LA FILLE
DE LA FABRIQUE

DU MÊME AUTEUR

Le Temps en héritage, Albin Michel, 2002
Le Chemin de Peyreblanque, Albin Michel, 2003
La Vie en plus, Albin Michel, 2005
Le Forgeron de la liberté, Albin Michel, 2006
Un brin d'espérance, Albin Michel, 2007
Le Sentier des pastelliers, Albin Michel, 2008
Le Destin de Marthe Rivière, Albin Michel, 2009
L'Auberge des myrtilles, Albin Michel, 2010
Rue des hortensias rouges, Albin Michel, 2011
Une nuit en juin, Albin Michel, 2012

Georges-Patrick Gleize

LA FILLE DE LA FABRIQUE

Roman

Collection
« France de toujours et d'aujourd'hui »
dirigée par
Jeannine Balland

calmann-lévy

COUVERTURE
Maquette : Atelier Didier Thimonier
Photographie : © Michel Malcor / Keystone France

ISBN 978-2-7021-4486-2
ISSN 2107-2639

« Le présent serait plein de tous les avenirs, si le passé n'y projetait déjà une histoire. »

André Gide, *Les Nourritures terrestres.*

Prologue

En posant le pied par terre, ce matin du 22 mai 1960, le premier réflexe d'Hervé Batesti fut de courir vers la fenêtre pour ouvrir les volets de la petite chambre qu'il occupait rue des Jardins. Rentré en février de cette guerre d'Algérie qui osait à peine dire son nom, il avait retrouvé son bleu de chauffe et son travail de mécano à l'usine. Depuis, il essayait d'oublier les deux années qu'il avait vécues dans les Aurès en s'adonnant sans limite à la passion de sa vie, la pêche à la truite. Hélas, depuis quinze jours il pleuvait sans discontinuer et la Garonne, toute proche, charriait des flots bouillonnants auxquels se mêlaient troncs d'arbres et détritus arrachés aux berges. Le vendredi soir, en rentrant de son travail à l'usine de cellulose qui parfumait la sous-préfecture de ses effluves nauséabonds, il avait même cru distinguer le cadavre d'un veau, flottant entre deux eaux, le ventre gonflé, les pattes raides, dressées en l'air comme l'ultime témoignage du temps où il gambadait follement sur les grasses prairies des bords de Garonne.

Comme par un fait exprès, le temps avait commencé

à se détraquer au moment où les premières éphémères arrivaient juste à éclosion. Le meilleur de la saison avait été en grande partie gâché. Les rares imagos disparaissaient dans les eaux sombres et seuls les pêcheurs au gros ver de fumier pouvaient prétendre à quelques belles captures. Même les « asticotiers », brocardés par les puristes de la gaule parce qu'ils n'hésitaient pas à abreuver de larges poignées de larves les belles mouchetées, se désespéraient de cette météo défavorable. Au grand dam de tous, les nuages étaient depuis presque quinze jours farouchement accrochés à mi-pente, bloqués par le versant nord de la chaîne des Pyrénées. Ils bouchaient l'horizon pour déverser des grains incessants qui achevaient de faire fondre la neige, alimentant les rivières d'une eau glacée. Pour les moucheurs passionnés comme Hervé, ces ondées étaient pires que les plaies d'Égypte. Cette pluie froide, presque gluante, avait aussi techniquement restreint les possibilités de pêcher à la mouche sèche, les six mètres cinquante de soie collant au bambou de Chine noir de la canne.

Un souffle d'air frais rentra par la croisée ouverte, le cœur du jeune homme fit un bond. Ce dimanche matin, la pluie avait cessé. Certes, le beau temps n'était pas encore de retour, mais le rideau de nuages se déchirait pour laisser apercevoir les maigres rayons d'un pâle soleil. Hervé Batesti huma l'air encore tout chargé d'humidité. L'accalmie n'était peut-être que provisoire. Sa décision fut prise rapidement : Inutile de traîner plus longtemps. Il fallait profiter de cette opportunité inespérée pour donner un coup de ligne. Il referma promptement la croisée, s'habilla en vitesse, courut au lavabo pour se passer un peu d'eau sur le visage, repoussant à plus tard la cérémonie quotidienne du rasage. Prenant juste le temps d'avaler un café à peine tiède, il enfila ses cuissardes, commandées à son retour de guerre chez Manufrance, pour se précipiter dehors, la canne à la main, le cœur battant d'une folle ivresse.

La Garonne coulait au bout de la rue, à quelques mètres de chez lui, dessinant ses paresseux méandres là où le piémont pyrénéen se raccorde aux collines de l'Aquitaine. Le fleuve était assez large pour voir son cours se scinder en deux par endroits, délimitant ainsi des îlots difficilement accessibles à pied même en période d'étiage et qui étaient les refuges naturels d'une faune de plus en plus menacée par une industrialisation désordonnée peu soucieuse de préoccupations environnementales en ces temps bénis des Trente Glorieuses. En aval du pont, Hervé fit une courte pause pour reprendre son souffle. Pendant quelques minutes, il observa patiemment la rivière, cherchant à lire la vie invisible dont elle foisonnait. À quelques mètres de lui, la barque du père Delrieu flottait, amarrée par une solide chaîne à un bloc de béton à demi immergé par la crue. Les pêcheurs du bourg connaissaient bien son esquif. Tous s'en servaient comme d'un ponton pour atteindre les coups plus lointains mais seuls quelques familiers du paisible retraité savaient que la clé du cadenas se cachait dans un interstice secret du plat-bord.

Tel un Sioux sur le sentier de la guerre, faisant très attention aux trépidations provoquées par ses pas, Hervé se rapprocha du bord du fleuve. La Garonne était vraiment très grosse. Les postes de chasse habituels des belles mouchetées s'en trouvaient visiblement perturbés. À une dizaine de mètres, il avisa une zone plus calme où un remous venait mourir. L'endroit lui parut assez favorable pour essayer : s'il y avait une truite, elle devait être là ! Mue par un mouvement souple de son poignet, la soie fouetta l'air, décrivant un S gracieux qui par la magie d'une pratique régulière aboutit à un posé tout en douceur. Il laissa dériver la mouche quelques secondes puis, sur la foi d'une intuition, il ferra d'un petit coup sec. Il perçut alors une légère vibration. En une fraction de seconde il vit un éclair fugace : le ventre argenté d'une truite qui montait au ras de l'eau disparut aussitôt en plouf assez sonore pour faire fuir toutes ses congénères. Furieux contre sa maladresse qui venait de lui faire manquer une prise, il décida d'aller un peu plus vers l'amont.

Remontant le talus en pente, Hervé Batesti traversa la petite départementale et franchit le pont par le haut, faute de pouvoir passer comme à son habitude sous le tablier à cause des hautes eaux. Sur le bas-côté, à gauche de la chaussée, un jeune églantier chargé de fleurs blanches sur le point d'éclore avait échappé à la faux du cantonnier. Il le contourna et s'engagea dans le sentier qui conduisait quelques mètres plus bas au bord de l'eau. Là, il connaissait un bon coup, juste au débouché de la petite râpe de galets. Bien souvent il y avait pris de belles pièces. Il suffisait de laisser dériver la mouche à la limite de l'eau calme pour avoir une touche puissante en fin de coulée. Le regard fixé sur la pointe de son sillon, il était à cet instant plus soucieux de ne pas accrocher la précieuse soie de sa canne dans les branches que de savoir où il mettait les pieds. Quand il regarda à nouveau le fleuve, il vit un amas de branches coincé sous la première pile du pont, divisant encore un peu plus le petit courant en deux, déviant les bulles du remous.

Il esquissa, dans l'air, un mouvement souple de son fouet pour poser sa mouche avec le plus de naturel possible juste au bord du petit courant, indispensable prérequis à la séduction de dame truite. Soudain, à sa droite, un ressac imprévu déplaça légèrement un tas de branchages accroché à la pile du pont. Instinctivement, il tourna la tête vers lui et découvrit sous les ramures, à une petite dizaine de mètres, une masse informe et chiffonnée. Hervé fronça les sourcils tout en poursuivant par réflexe son impulsion du poignet. Son regard se fixa sur un détail. Il ouvrit la bouche mais aucun son n'en sortit tant la surprise qui le submergeait était grande : de l'agrégat de branches, une main dépassait !

Ce que le paquet de végétaux périodiquement agité par le courant laissait deviner était sans équivoque : il avait devant les yeux quelque chose qui ressemblait à un corps flottant entre deux eaux ! Sans en distinguer plus à cause de l'enchevêtrement des débris qui recouvraient la forme, il avait pu voir assez de macchabées en deux ans en Algérie pour écarter toute confusion. Un trouble profond le submergea tandis qu'un goût désagréable d'amadou lui envahissait le palais. Il écarquilla les yeux, le regard focalisé sur cette tragique vision qui lui séchait brutalement la bouche. Hervé Batesti faillit laisser échapper sa canne à pêche. Les mains tremblantes, le souffle court, il lui fallut quelques secondes pour reprendre ses esprits.

« Oh putain ! » laissa-t-il échapper.

Revenu de cette mauvaise surprise, Hervé hésita sur la conduite à tenir. Que faire ? Courir chercher du secours au village lui prendrait de précieuses minutes. L'urgence était de porter assistance à cette personne tout de suite. Avec un tel courant, le corps risquait de dériver plus loin pour disparaître à nouveau… Il fallait faire vite. Même avec ses cuissardes, il était impossible de l'atteindre. Sa canne à pêche était beaucoup trop fragile pour lui être d'une quelconque utilité. Il chercha vainement des yeux une perche en bois sur le talus, quelque chose qui aurait pu faire office de gaffe. Et puis, soudain, il pensa à la barque du père Delrieu, juste de l'autre côté du pont. Il l'avait déjà manœuvrée plusieurs fois en compagnie du retraité qui n'était pas avare de conseils sur la traque du brochet dans les herbiers.

Posant sa canne à mouche dans l'herbe humide, en trois enjambées il remonta le talus non sans avoir jeté un regard en arrière pour s'assurer que sa sinistre trouvaille n'allait pas disparaître, emportée par les flots bouillonnants de la Garonne. Si libérer le canot de sa chaîne fut facile, manier cette barque à fond plat avec des eaux aussi hautes n'était pas une sinécure. Il fallait prendre garde à ne pas se laisser entraîner trop vite par le courant. Hervé savait qu'il devait réussir du premier coup. Quelques minutes plus tard, armé d'un des deux avirons pour guider l'esquif et lutter contre la force de la rivière, il parvint non sans efforts à s'approcher d'assez près de la pile du pont pour propulser vigoureusement de la pale les branches enchevêtrées vers la berge.

À moins d'un mètre du bord, là où le fleuve tirait plus faiblement, il sauta dans l'eau pour mettre la barque en sécurité. Il dégagea fébrilement les branchages et découvrit le corps massif d'un homme âgé. Par réflexe autant que par curiosité naturelle, il le retourna pour voir son visage. Le malheureux, chaussé de bottes en caoutchouc et vêtu d'une pèlerine kaki de l'armée américaine, avait dû séjourner quelques jours dans l'eau et le spectacle n'était pas beau à contempler. À la vue de ce faciès tuméfié et griffé, presque méconnaissable tant il était couvert de multiples hématomes, de ces chairs décolorées et déjà toutes gonflées, il ne put retenir une régurgitation d'horreur. Faisant un effort sur lui-même pour dominer son dégoût, Hervé Batesti saisit ce corps par les épaules pour le tirer au sec. Avec ses vêtements imbibés de limon, l'homme, déjà costaud, pesait très lourd. Hervé dut s'y reprendre à deux fois. Épuisé, bouleversé, les mains tremblantes, il se redressa, cherchant désespérément de l'aide.

Hormis un couple de pies bruyamment occupé à bâtir un nid à la pointe d'un peuplier, il n'y avait personne. Hervé Batesti dut alors se résoudre à abandonner la victime. Prenant ses jambes à son cou, il courut vers les maisons du bourg où il pensait pouvoir trouver un téléphone. La première qu'il rencontra sur sa route était une modeste mais pimpante villa à volets verts. Ceinturée d'une jolie barrière peinte en blanc, elle appartenait à un retraité de la SNCF, nommé Joseph Galy. Hervé l'aperçut courbé en deux sur le manche de son bigou en train de travailler quelques pieds de salade dans le jardinet. Il le héla et lui expliqua rapidement la situation.

– Entre ! On va vite téléphoner aux pompiers !

– C'est plutôt les gendarmes qu'il faudrait, non ?

– Ils arriveront ensemble comme d'habitude. Un type de soixante-dix ans, tu dis ?

– Oui, un pauvre bougre sans doute…

– À tous les coups, tu vas voir que ça doit être celui dont le journal a parlé cette semaine, fit Galy d'un air entendu.

– Ça a paru dans *La Dépêche* ?

– Eh oui… Tu n'as pas vu l'article ?

– Je ne suis pas abonné… c'est trop cher pour ma paye !

– Attends, je dois l'avoir gardé quelque part… fit Joseph Galy en furetant dans une pile de journaux entassés sous un poste de radio Thomson-Ducretet en bois verni.

– Ne cherchez pas ! De toute façon, on peut plus rien pour lui maintenant, répondit Hervé, un rien fataliste.

– Tiens, le voilà ! fit le retraité en brandissant fièrement un numéro défraîchi du grand quotidien régional.

Hervé prit le journal mal plié que lui tendait Galy qui avait saisi un combiné de bakélite noir pour appeler les secours. La publication datait du 17 mai 1960. En première page, à côté d'une photo de Khrouchtchev, le nouveau président de l'URSS qui demandait des excuses à Dwight D. Eisenhower pour le survol d'un avion U2, montrant que la guerre froide était loin d'être terminée, un article revenait sur l'enlèvement spectaculaire du nazi Adolf Eichmann qui se cachait en Argentine sous le faux nom de Ricardo Klement. Aux dires de tous, les services secrets israéliens, le Mossad, semblaient fortement impliqués dans l'affaire. Hervé tourna rapidement les pages du journal, sautant les articles de politique intérieure pour atteindre la rubrique des faits divers. En bas à gauche un titre en caractères gras attira son attention : Mystérieuse disparition d'un maître faïencier.

« Gaston Maréchal, l'un des plus célèbres fabricants créateurs de Martres-Tolosane, descendant d'une illustre lignée de maîtres faïenciers du XIXe siècle n'a pas rejoint son domicile au-dessus de Mauran qu'il avait quitté le matin même pour se livrer à une partie de pêche dans la Garonne. Le septuagénaire, un chef d'entreprise très alerte pour son âge, était bien connu pour aimer taquiner le brochet dans le secteur de Saint-Gaudens. C'est sa bonne, Mme Thérèse Cazenave, inquiète de ne pas le voir rentrer le soir, qui a donné l'alerte vers 21 heures. Aussitôt prévenus, une trentaine d'hommes des brigades du Comminges ont commencé les recherches avec l'aide de Toby, le célèbre chien policier qui a retrouvé vivant l'an passé le petit Laurent Coquillo. Sa voiture, une Juva 4 de couleur verte, a été retrouvée fermée à Bordes-de-Rivière, à quelques mètres du fleuve, mais les recherches n'ont pour l'instant rien donné. Au vu des circonstances, les fortes eaux de ces jours derniers font craindre le pire et un drame accidentel n'est hélas pas exclu. Pour toute information, téléphoner à la brigade de gendarmerie de Saint-Gaudens au 770. »

– À tous les coups, le malheureux aura glissé et sera tombé dans l'eau tout habillé. Et ensuite il n'a pas pu regagner la berge, supposa Galy.

– Surtout qu'il était seul…

– L'article n'en parle pas, mais on peut le supposer…

– C'est quand même curieux qu'ils n'aient retrouvé ni sa canne ni son panier, remarqua Hervé.

– Sans doute a-t-il cherché à s'en débarrasser pour essayer de mieux nager, suggéra Galy.

– Avec le courant, même un bon nageur aurait eu des difficultés à s'en sortir. Alors un type de plus de soixante-dix ans !

– Dis qu'on n'est plus bon à rien ! rétorqua Galy, un peu vexé, qui lui aussi allait atteindre cet âge vénérable.

– On n'a plus la force de ses vingt ans, c'est tout…

– À qui le dis-tu ! Avec ce temps pluvieux, si tu savais comment mes rhumatismes me chatouillent !

– Bon, ce n'est pas tout ! Faut que j'y retourne, fit Hervé.

– Attends-moi, je t'accompagne, répondit Galy en coiffant son crâne dégarni par l'âge de son éternel feutre mou délavé par le soleil et la pluie.

À l'écart des puissants flots gris du fleuve, le mort était toujours à la même place. Il gisait sur le dos, contemplant la folle course des nuages, le talon des bottes traînant dans l'eau. De ses yeux éteints, il fixait le ciel sans le voir, le regard capturé par les ténèbres éternelles qu'il avait désormais atteintes. Sous le pâle soleil qui essayait de percer entre deux cumulo-nimbus encore tout chargés de pluie, quelques grosses mouches bleues curieuses et bourdonnantes venaient lui butiner le visage. L'estafette noire des gendarmes arriva en même temps que le fourgon des pompiers. L'enquête rapidement menée et l'autopsie diligentée par le procureur de la République établirent sans surprise qu'il s'agissait bien du dénommé Gaston Maréchal, né en 1888 à Martres-Tolosane, décédé par noyade le 16 mai 1960. La disparition élucidée, l'affaire fut classée. Dès lors, la succession du maître faïencier pouvait s'ouvrir…

1

Un matin de septembre

En ce petit matin de septembre 1964, au pied des Pyrénées, aux confins du Comminges et du Volvestre, le ciel était d'un bleu transparent, presque diaphane. À l'image même du caractère fugace des choses de la vie, son évanescence laissait planer un voile d'incertitudes météorologiques sur ceux qui empruntaient la vallée. Était-ce le célèbre anticyclone des Açores qui se dégonflait, comme le clamait à intervalles réguliers le journaliste de Paris Inter ? Presque aussi lisse qu'un visage d'éphèbe grec, la voûte bleutée s'ourlait à peine d'une mince écharpe de nuages blancs qui chapeautaient à l'horizon la chaîne des Pyrénées, majestueuse barrière séparant le Comminges de l'Aragon espagnol.

En aval de la confluence où la Garonne, torrent assagi en paisible rivière, rejoint le Salat pour esquisser de paresseux méandres et se prélasser tranquillement avant d'arroser la Ville rose, l'été s'attardait, comme pour jouer les prolongations d'un match perdu d'avance. Un vent sucré, aussi doux que la main d'une femme, venait caresser les collines toutes proches du Salat et faire bruire les haies où merles et tourdes se gorgeaient de baies. En cette belle matinée, personne n'aurait cru que septembre était proche de sa fin sans un œil au calendrier découvrant que ce jour était bien celui de la Saint-Michel. C'était à peine si les peupliers, qui barraient classiquement l'horizon pour délimiter le lâche parcellaire des champs, voyaient leur ramure se parer d'or.

Depuis Carbonne, délaissant volontairement la voie express qui conduisait directement à Saint-Gaudens, la voiture avait emprunté une belle départementale, assez large pour se croiser sans difficultés, bordée par endroits d'une rangée de platanes centenaires dont les feuilles qui ne pouvaient se résoudre à jaunir avec un tel beau temps, ondulaient sous les sautes du vent fripon. Un vol d'étourneaux, tournoyant depuis un bon moment dans l'azur, coupa la route et s'abattit brusquement sur une parcelle de blé moissonné tardivement, qui dressait ses pailles hirsutes aux vents de l'automne. Un peu plus loin, la silhouette rouge d'un tracteur traçait des sillons rectilignes et bruns sur la terre argileuse. Ainsi la vie s'écoulait, éternelle, calme et tranquille dans cette vallée, lieu historique de rencontres et d'échanges, sur cette terre qui avait vu s'épanouir jadis la civilisation aurignacienne, comme en témoignaient ces cimetières de bisons et de mammouths faisant le bonheur des archéologues et des préhistoriens.

Le break ID 19, acheté d'occasion à un jeune couple d'ingénieurs de la rue de la Pompe, avec la carrosserie au bleu délavé par plusieurs années de vie parisienne et la custode arrière criblée d'autocollants jaunis, bifurqua aux portes de Martres-Tolosane et prit une petite route, franchissant la Garonne avant d'atteindre le village. Malgré l'heure matinale, sous l'effet des rayons d'un soleil généreux, l'air qui pénétrait dans la voiture par la vitre ouverte était déjà tiède. Mêlé à la musique classique, il incitait naturellement à la flânerie ou à la contemplation de la structure d'un monde qui pouvait passer pour immuable aux yeux des voyageurs du temps. « L'éternité doit avoir cette dimension-là », pensa Monique Maréchal, chassant d'un revers de main machinal une mèche de cheveux poivre et sel tout en négociant très précisément les premiers virages de la petite départementale.

« On arrive bientôt ? » s'enquit Rachel, sa passagère, qui étouffa un bâillement et baissa du doigt le volume de l'autoradio de la Citroën, rendant ainsi inaudible la toccata de Bach que diffusait France Culture, nouveau nom depuis le 8 décembre 1963 de France III, cette chaîne nationale née en 1946.

– Tu as des fourmis dans les jambes ?

– Avec le thé de ce matin, j'aimerais bien faire une pause, tu vois…

– Patience, Rachel, nous ne sommes plus très loin maintenant, il n'y a même pas une heure que nous sommes parties ! répondit Monique en désignant la montre rectangulaire à aiguilles rouges.

– Par la nationale, ce n'était pas plus direct ?

– Certes, mais c'est justement pour revoir d'abord le pays de mon enfance que j'ai pris cette route-là !

– Et puis, ça évite de passer à Martres, n'est-ce pas ? fit Rachel d'un air entendu en regardant la carte Michelin déployée sur ses genoux.

– Oui, aussi, concéda Monique avant d'ajouter d'une voix monocorde, teintée de fatigue : Tu sais, c'est peut-être le chemin des écoliers mais je l'ai assez souvent fait en vélo autrefois !

Discrètement, Rachel lui jeta un rapide coup d'oeil. Arrivée au gué de la quarantaine, à cet âge où les femmes commencent à afficher en rides perverses les premiers effets du temps qui passe, Monique Maréchal gardait le charme discret des filles pourvues d'une beauté naturelle. Avec son mètre soixante-cinq – une taille moyenne pour cinquante-deux kilos –, son ventre plat entretenu par une séance hebdomadaire d'abdominaux dans une salle de sport du XIe arrondissement, sa poitrine ferme qui n'avait pas besoin de soutien-gorge pour être mise en valeur, Monique Maréchal avait préservé un physique assez agréable pour susciter l'attention des hommes. La silhouette élancée aux hanches harmonieuses ne laissait pas indifférent lorsqu'elle traversait la rue à un passage clouté ou se frayait un chemin dans la foule des ménagères, le cabas débordant de poireaux et de salades. Mais ces regards flatteurs la laissaient de marbre.

Depuis six mois, son intérêt pour la gent masculine était en berne. Les bellâtres qui, l'œillet à la boutonnière, traînaient à la terrasse des bistrots dans l'espoir d'une tendre rencontre avec une étrangère, pouvaient toujours dévorer des yeux ses formes encore appétissantes. Monique n'y prêtait nulle attention depuis la disparition de son mari, Jean-François. Le seul fait de prononcer son prénom assombrissait d'ailleurs ses yeux d'une tristesse indicible. Comment oublier celui qui avait été son compagnon pendant plus de vingt ans !

Elle gardait un souvenir intact de leurs premiers instants. Elle l'avait rencontré un matin d'avril 1942 à une table du prestigieux café de Flore où, comme Simone de Beauvoir, il s'efforçait d'arriver de bonne heure pour avoir la meilleure place, à côté du tuyau du poêle. À Saint-Germain-des-Prés, dans ce lieu mythique de l'intelligentsia parisienne où se croisaient Sartre, Prévert, Yves Allégret, une foule de cinéastes, d'acteurs et de comédiens, plus ou moins faméliques en ces temps de guerre, elle refaisait le monde sur les banquettes rouges qui avaient servi jadis de rendez-vous à Apollinaire et ses amis.

Celui qu'elle appelait familièrement Jeff avait disparu un soir dans un de ces banals accidents de la circulation si fréquents en région parisienne, qui en comptait une bonne dizaine par jour. Percuté sur un passage clouté, son corps avait été traîné sur une vingtaine de mètres le long de la chaussée humide et grasse, le conducteur ne s'étant même pas arrêté pour constater qu'un pantin désarticulé gisait sous ses roues. Jean-François Calvetti, fils unique d'un immigré italien originaire des Apennins, avait rendu l'âme quelques minutes plus tard sous les yeux ahuris des passants indignés. Prévenue quelques heures plus tard, la dernière image qu'elle conservait de Jeff, si tragique, la hantait encore : un visage gris, émergeant d'un drap blanc, apparu dans le sinistre bruit du tiroir métallique d'une morgue glacée. Dans les journaux, le lendemain, son décès n'avait donné lieu qu'à quelques lignes dans la rubrique faits divers : la disparition d'un comédien, adepte du théâtre de Bertolt Brecht, pesait peu face au déploiement des premiers contingents de Casques bleus à Chypre en cette mi-mars 1964.

De biais, Rachel distingua un léger voile dans son regard. Ce n'était pas de la tristesse, non, sans doute juste le poids des souvenirs qui s'épanchaient au coin de ses yeux, débordements nostalgiques de trop-plein douloureux. Dans l'éclat mordoré de ses prunelles, les fantômes du passé dansaient une gigue désordonnée, s'entremêlant pour former un kaléidoscope obsédant. Par moments ils avaient la brutalité de ces pluies du mois d'août crépitant sur le sol et le criblant de mille impacts. Il y avait si longtemps ! Il y avait si longtemps qu'elle n'avait emprunté cette petite route serpentant au milieu des champs en pente douce et qui prenait, sous le soleil matinal, un air de Toscane.

La voiture avançait paisiblement sans à-coups à un train de sénateur dans le ronronnement régulier du moteur de 1,9 litre de cylindrée en conservant une bonne réserve de puissance. Les mains fermement posées sur le futuriste volant monobranche enrobé d'un ruban de plastique noir, les yeux sur la route, Monique Maréchal abordait chaque courbe en souplesse. Comparé aux embouteillages de la région parisienne dont elle avait été si souvent prisonnière, rouler ainsi était un vrai délice. Elle semblait presque prendre plaisir à cette conduite coulée, pilotant le break avec une légèreté qui faisait penser à la grâce d'un ballet classique. La gomme des pneumatiques, passablement usée par près de 60 000 kilomètres, ne s'en portait pas plus mal, taisant les plaintes martyrisées et mourantes que lui arrachait d'ordinaire la conduite plus sportive de sa conductrice dans les petites rues du XIe arrondissement.

À peine dépassés les premiers virages de Mauran, la voiture ralentit, tourna à gauche et aborda une départementale encore plus étroite. Au-delà d'une courte ligne droite, elle s'engouffra dans une petite allée empierrée, ornée d'un chêne centenaire. De part et d'autre de la chaussée, les haies envahissantes, à coups de branches d'aubépines, griffaient les flancs de la voiture. Bien qu'il n'y ait pas un grand chemin jusqu'à la maison, la végétation était telle qu'elle faussait la notion de distance, donnant l'impression d'arriver au bout du monde. Après une courbe, dans un écrin d'acacias qui commençaient à peine à jaunir, un quadrilatère de briques rouges aux façades marquées de grands volets verts se cadra bientôt dans le pare-brise du break.

– Voilà, nous sommes arrivées, fit Monique en stoppant la voiture devant un perron de pierre que quelques herbes folles commençaient d'envahir.

– C'est presque une maison de maître, dis-moi !

– Hum, c'est plus grand que ton appartement de la rue de Vaugirard…

– Laisse-moi rêver un peu !

– Y habiter tous les jours est moins plaisant que ce que tu pourrais penser !

– Pourquoi ? La maison est hantée ?

– Pas que je sache… sauf peut-être… par les fantômes de mon passé !

– Que lui reproches-tu à ta maison ?

– D'abord, on est loin de tout… Si tu as oublié le pain, tu dois prendre la voiture et puis, c'est le royaume des courants d'air !

– Des courants d'air ?

– Oui, quand l'autan souffle, tu verras ici… c'est infernal !

– Il suffit de fermer les fenêtres, non ?

– Il passe partout…

– Il faut juste attendre qu'il se calme…

– Facile à dire… si tu savais combien ça tape sur les nerfs !

– Ça dure longtemps ?

– Trois, six ou neuf jours…

– Question d'habitude, non ?

– Sauf que la nuit, il mugit à te faire dresser les cheveux sur la tête !

– Pourquoi ?

– Viens voir, tu vas comprendre… lâcha Monique en l'entraînant à l'orée d'un petit bosquet d'arbres.

Entre les troncs rugueux, droits comme des I, montant fièrement vers le ciel avec toute la ferveur des prières des hommes, on distinguait la déclivité du flanc d'une colline qui ouvrait sur le vide large d'une vallée à fond plat. À trois cent trente mètres d'altitude, les Taillades, toponyme dédié à cette maison sise dans une clairière, dominaient d'une bonne centaine de mètres la plaine où la Garonne cherchait son chemin vers Toulouse en méandres sinueux. La vue et le panorama que l'on découvrait d'ici étaient superbes. Adossée aux contreforts des Pyrénées, en bordure d'un couloir aérologique naturel, cette position dominante expliquait à elle seule le caractère ventilé de la demeure. Le moindre souffle d'air s'engouffrait avec assez de puissance naturelle pour redonner foi en Dieu à un mécréant.

– Regarde, le vent suit l'axe de la Garonne et, comme il n'y a rien pour l'arrêter, il balaie tout, fit Monique, tendant la main vers la vallée où les fumerolles de la cimenterie de Boussens traçaient une écharpe blanche qui s'effilochait aux sautes du vent d'automne.

– On va voir dans quel état est l'intérieur de la maison ?

– Espérons ne pas avoir de mauvaises surprises !

– Le notaire ne t'a rien dit ?

– Non ! C'est son premier clerc qui a fait l'inventaire à l'époque, et c'était il y a plus de trois ans…

Revenant vers la voiture, Monique chercha dans son sac à main l'enveloppe de papier kraft contenant la clé que maître Lacoste, le notaire de la rue de la Pomme à Toulouse, lui avait confiée la veille. En se retournant, elle contempla l'endroit où elle avait passé les dix-huit premières années de sa vie. Bien que fermée depuis presque quatre ans, en dehors de quelques touffes de graminées et de fougères mâles qui s'accrochaient dans l'interstice des pierres du perron, la maison n'affichait pourtant pas la désolation des lieux inhabités. D'aucuns lui auraient même trouvé le goût délicieux des choses surannées, tant il émanait de ces murs un charme presque désuet.

Certes, sous l'effet du soleil, de la pluie et du vent, la peinture des volets de bois se craquelait en longues balafres qui venaient souligner les écarts des planches disjointes. Un peu plus loin, sur le pignon sud, la vigne vierge, rendue à sa nature première, montait à l'assaut de la gouttière en prenant appui sur le tuyau en zinc de la descente des eaux de pluie. Mais ce laisser-aller contribuait à donner au lieu magie et séduction. À contempler ses murs de brique rose jointés d'un trait de ciment gris, la bâtisse paraissait solide, de nature à alimenter les rêves de plus d'un citadin avide d'air pur et de campagne. Construite dans le dernier tiers du siècle précédent, ayant abrité cinq générations de Maréchal, elle assumait vaille que vaille la succession des saisons et des jours.

En gravissant les deux marches en pierre du perron usées par les ans, Monique se retourna et posa la main sur la rampe de fer pour s'assurer que Rachel la suivait. Sans doute à ce moment précis avait-elle besoin de trouver dans les yeux de son amie un peu d'assurance pour dominer les sentiments contradictoires qui l'assaillaient. Faire ces quelques pas n'allait pas de soi : elle n'était pas revenue ici depuis un certain 28 septembre 1938 ! Cette date, elle ne l'avait pas oubliée. Comment aurait-elle pu d'ailleurs ? Ce jour, resté gravé à jamais dans sa mémoire, était celui où elle avait choisi les chemins de sa liberté.

Vingt-six ans après, elle éprouvait une certaine appréhension à l'idée de pousser le double battant de chêne. Ouvrir cette porte, n'était-ce pas aujourd'hui faire un pas vers le passé comme vers l'avenir ? Le sourire tranquille de Rachel la rassura. La sérénité qu'elle lut dans son regard lui donna la force d'introduire la grosse clé de fer dans la serrure. Son visage, dont un peu de fond de teint et un léger rouge à lèvres masquaient la fatigue, montra alors sa détermination. Usé par des milliers de tours, le pêne couina un peu mais coulissa sans trop forcer. Monique agrippa le gros bouton de cuivre pour libérer la targette et entrouvrit la lourde porte. Par l'entrebâillement, une odeur froide de moisissure monta à ses narines. À cet instant précis, les battements de son cœur s'accélérèrent. Sans doute, pour elle, cette porte avait-elle plus que l'épaisseur du temps…

Accueillie par la fraîcheur des murs qui contrastait avec la tiédeur de cette agréable matinée de fin septembre, Monique marqua un temps d'arrêt. Un bref frisson de crainte lui parcourut l'échine. Ce n'était pas seulement parce qu'il y avait si longtemps… Au-delà des années écoulées, c'était surtout toute sa jeunesse qui lui sautait au visage avec l'agressivité des blessures mal refermées. Avait-elle raison de vouloir revenir s'installer ici ? N'aurait-elle pas mieux fait de demander au notaire de tout vendre ? La conjoncture immobilière n'était pas mauvaise. Elle aurait pu tirer un bon prix de l'ensemble, s'acheter un confortable appartement à Paris ! N'était-ce pas une idée un peu folle que de venir se perdre dans ce coin du Sud-Ouest, elle qui n'avait plus d'attaches dans la région ? Elle avait pourtant passé l'âge des rêves immatures de gamine ! Ne voulait-elle pas conjurer le passé une bonne fois pour toutes en s'immergeant dans le tombeau de ses souvenirs ? L'hésitation rendit son souffle court. La main de Rachel, se posant à cet instant sur son épaule, vainquit ses dernières résistances.

Poussant la porte, dans la pénombre d'un vestibule dallé de tomettes hexagonales rouges, Monique distingua la silhouette familière d'une massive enfilade Napoléon III à trois portes, surmontée d'une pendulette Louis XV en régule et colonnes de marbre blanc. Encadrée de deux chandeliers en faïence, l'ensemble se mirait dans une glace biseautée au miroir terni. Tout au fond, la masse sombre de l'escalier de pierre enrubanné de sa rampe en fer forgé dressait une spirale qui conduisait à l'étage. Avançant de quelques pas dans l'entrée, son nez s'empêtra dans une toile d'araignée traîtreusement tissée d'un mur à l'autre. Instinctivement, elle balaya le frêle obstacle d'un revers de main, esquissant une grimace dégoûtée. Elle n'avait jamais porté ces bestioles dans son cœur. Elle conservait ainsi dans sa mémoire des souvenirs de peur enfantine qui déclenchaient de féroces pulsions de meurtre, dont elle ne se débarrassait que par l'écrabouillement frénétique de l'adversaire.

La poussière, balancée par le souffle régulier du vent d'autan, avait déposé dans le vestibule un voile grisâtre qui recouvrait tout de façon uniforme. Même les crosses d'un fagot de cannes et de parapluies, émergeant, à gauche de la porte d'entrée, d'un vase ventru en faïence blanche ornée d'élégants ibis à la crête bleue, avaient perdu leur éclat naturel pour se statufier, hiératiques et dérisoires témoins du temps passé. Monique avait l'impression de pénétrer dans un monde englouti, un de ces tombeaux secrets où le maléfique le dispute au merveilleux. Si elle n'avait pas déjà vécu ici, dans la maison de son enfance, sans doute eût-elle éprouvé la même sensation qu'Howard Carter découvrant dans la Vallée des Rois la tombe de Toutankhamon en 1922, celle de l'étouffement généré par le poids des ans.

– Hum ! Hum ! toussota nerveusement Monique, sensible des voies respiratoires après des années de tabagisme et un laborieux sevrage.

– Mon Dieu, quelle poussière ! s'exclama Rachel avant d'ajouter : Ton père ne faisait pas souvent le ménage ?

– Tu sais, mon père est mort il y a un peu plus de quatre ans.

– La maison est toujours restée fermée depuis ?

– En dehors du clerc de maître Lacoste venu pour faire l'inventaire après décès, je ne crois pas que quelqu'un soit rentré ici.

– Un peu d'aération ne ferait pas de mal ! s'écria Rachel.

– Regarde ! On me suit à la trace, sourit Monique en observant sur les tomettes les marques de ses premiers pas.

– Pour un peu, on se croirait dans *Frankenstein*, murmura Rachel.

– Le monstre en moins, heureusement.

– Eh ! Boris Karloff, tu es par là ? lança son amie en riant.

– Ça sent le refermé…

– C'est le parfum des souvenirs ! lui répondit en souriant Rachel, habituée à l'entretien facile de son deux pièces cuisine de la rue de Vaugirard.

– Ceux que j'ai gardés de cette maison ne sont pas toujours des plus agréables…

– Laisse donc le passé où il est ! À quoi ça te servirait de te torturer les méninges ?

– Si tu savais, Rachel, comme tout ce passé me marque encore…

– Tu n'es pas venue ici en pèlerinage, que je sache ?

– Non, bien sûr…

– Si tu veux y voir plus clair, commence donc par allumer la lumière ! Où est l'interrupteur ?

– Inutile de le chercher, maître Lacoste m'a dit au téléphone que, devant les factures impayées, les compteurs d'eau et d'électricité avaient été coupés quelques mois après la mort de mon père. Allez, suis-moi ! On va faire le tour du propriétaire…

Monique pénétra dans une pièce obscure de belle taille qui semblait être un salon. Faute de clarté, elle se dirigea à tâtons, progressant dans l'épaisse pénombre vers ce qui devait être une porte-fenêtre entourée de lourdes tentures. Tournant la crémone d'une main ferme, elle ouvrit la croisée qui pivota en grinçant. Un flot de soleil tiède entra par la baie, renouvelant l'air vicié par des années de fermeture. De larges pans de lumière se découpèrent, semblables à ces images de première communion qui marquaient jadis les pages des missels, pour dévoiler le décor vieillot d'un intérieur bourgeois du début du siècle.

Une série de fauteuils en merisier d'époque 1900 aux pieds tarabiscotés, typiques du style Henri II alors à la mode, entouraient une table basse encombrée d'une lampe en pâte de verre d'Émile Gallé. Plusieurs pièces de faïence, deux caquetoires hiératiques à assise trapézoïdale et l'inévitable piano droit de couleur noire rehaussée de deux candélabres dorés, que l'on trouvait dans nombre de familles de la petite bourgeoisie, ornaient le salon. Un peu plus loin, dans un coin, un lutrin en bois massif supportant un gros ouvrage à la reliure plein cuir défraîchi faisait face à une armoire à glace transformée pour l'occasion en vitrine. Seule note de relatif modernisme, un téléphone, un modèle à l'esthétique désuète, tout en bakélite noire, nanti d'un cordon gainé de toile, un spécimen en vogue dans les années cinquante.

Rachel détailla tout ce qui l'entourait avec l'attention passionnée d'un entomologiste minutieux. Partout, accrochées aux murs, posées à même le sol ou sur les meubles, étaient exposées des pièces en faïence. Sans doute certaines devaient-elles être rares ou précieuses. Mais il y en avait tant que, par leur profusion, elles perdaient toute mise en valeur, le regard passant de l'une à l'autre sans s'attarder. Ainsi, c'était dans ce décor figé et poussiéreux que Monique avait passé sa jeunesse ! Certes, son amie lui avait souvent parlé de cette vieille maison pour laquelle elle conservait, malgré les épreuves, assez de tendresse pour avoir aujourd'hui voulu y revenir. Glissant d'une faïence à l'autre, le regard de Rachel s'attarda sur cinq tableaux de sobre facture. Probablement exécutés au milieu du siècle précédent par un de ces portraitistes toulousains pour immortaliser avec la solennité qu'il convient la gloire des aïeux. Les trois hommes et les deux femmes avaient le visage figé du modèle en pleine pose. Tous en costume du dimanche, arborant lavallières et jabots de dentelle, ils constituaient une galerie d'ancêtres presque touchants. Rachel observa longuement leurs traits, essayant sans trop de succès de discerner, dans les profondeurs des craquelures de la peinture à l'huile, un air de famille avec Monique.

– Qui est-ce ? demanda-t-elle en pointant un doigt inquisiteur vers les cadres aux motifs à feuilles d'acanthe.

– Mes arrière-arrière-grands-parents paternels…

– Ce sont eux qui ont fait bâtir cette maison ?

– Oui, ils ont voulu construire cette demeure comme symbole de leur réussite, expliqua Monique en effleurant le couvercle terni d'une tabatière en argent.

– Ils ont toujours été maîtres faïenciers ?

– Oui… tu vois, celui de droite, c'est Jean-Bernard Maréchal. C'est lui qui a créé l'entreprise familiale en rachetant un modeste atelier de poterie en 1844.

– Il était riche ?

– Non ! Quelques économies tout au plus. Je crois même qu'il a dû emprunter de l'argent à un bourgeois toulousain pour s'installer. C'était un simple contremaître ! Dans son monde, à l'époque, la fortune des travailleurs se limitait le plus souvent aux hardes qu'ils avaient sur le dos ! Mais il avait le sens des affaires. Ma grand-mère m'a toujours dit que c'était un tourneur hors pair. Quant à sa femme, Louisa, c'était une vraie artiste. Elle savait très bien dessiner. Tiens, regarde, ce plat à barbe sur la commode… C'est elle qui l'a décoré.

– Comment peux-tu t'en souvenir depuis tout ce temps ?

– Ma mère me l'a souvent répété. Et puis, tu vois, sous l'ibis, c'est sa signature…

– Tes arrière-grands-parents sont nés ici ?

– Non, je crois savoir qu'ils étaient tous les deux originaires de la région de Nevers.

– Nevers ? Pourquoi sont-ils venus là ?

– La terre, Rachel…

– La terre ?

– Oui, la qualité des argiles que l'on trouve sur les collines de Marignac, de Monclar et de Mauran… Des veines riches de silice, d'oxyde de fer et de chaux.

– Et ta fabrique est toujours située au même endroit à Martres ?

– Oui, là où Jean-Bernard l'a installée à l'époque. On ira y faire un tour cette après-midi…

Chaque objet rappelait à Monique un souvenir, une histoire, l'image d'un passé qu'elle avait voulu oublier, enfouir dans sa mémoire et qui avait fini, à la quarantaine, par la rattraper comme ces vagues inlassables qui reviennent mouiller le sable des plages une fois désertées du pullulement populeux des juilletistes et des aoûtiens. Dans ses yeux, il n'y avait pas de nostalgie. Juste pouvait-on y lire peut-être un mélange d'émotion et de regrets. Il y avait si longtemps ! Machinalement, elle souleva le couvercle du piano, laissa courir ses doigts sur l'ivoire des touches, esquissant les premières notes de la *Lettre à Élise*. Elle s'arrêta au bout de quelques mesures pour en refermer le couvercle. Le piano était totalement désaccordé ! Monique avait l'impression de feuilleter les pages des premiers chapitres du livre de sa vie. Rien ne manquait, rien n'avait changé depuis son départ. Sauf cette fine couche de poussière, collante et grasse, qui recouvrait tout en nimbant d'un voile uniforme la fraîcheur des souvenirs qu'elle avait gardés de cette pièce de réception.

Délaissant le salon livré à des courants d'air purificateurs, les deux femmes traversèrent le couloir pour rejoindre la salle à manger juste en face. Monique ouvrit les croisées révélant une pièce de belle dimension, meublée dans un pur style Henri II. Rachel survola la pièce d'un regard amusé. Le buffet à double corps affichait une solennité passée de mode en ces années soixante qui voyaient le triomphe du formica et du plastique bon marché. Comment pouvait-on aimer ces chaises à pieds torsadés dont le dossier aussi raide risquait de casser les reins des convives après un repas prolongé ?

Partout, là aussi, on retrouvait d'innombrables faïences dont le décor était terni par une même couche de poussière grise que le vent d'autan faisait pénétrer par de mystérieux interstices : soupières, pots, vases, assiettes, pichets, coupes s'entassaient en un méli-mélo qui aurait fait le bonheur d'un chineur du dimanche. Sans doute s'agissait-il encore de pièces rares ou précieuses... Comme dans le salon, leur accumulation donnait à cette pièce un air de musée. Monique ne s'attarda pas outre mesure. Cet endroit était uniquement fréquenté les jours de réception et pour elle le poids de ses souvenirs y était sans doute moins lourd qu'ailleurs. Elle s'engouffra dans le corridor, Rachel sur ses talons. Mais, devant une double porte en chêne moulurée, elle marqua un temps d'arrêt.

– Le… Le bureau de mon père, murmura Monique.

– Eh bien, entre… Qu'attends-tu pour ouvrir ?

– C'est… C'est là que je l'ai vu pour la dernière fois, tu comprends.

– Ne me dis pas que ça te fait quelque chose !

– Oui, c'est vrai qu'il était plus que sévère… mais…

– Après tout ce que tu m'as raconté sur lui…

– C'est plus compliqué que tu ne crois !

– Je sais, on ne guérit jamais de son enfance, n'est-ce pas ? dit gentiment Rachel.

Monique jeta un regard complice à son amie. À trente-huit ans à peine, Rachel avait une allure attirante. Une flamboyante chevelure rousse entourait l'ovale de son visage et tombait en cascade sur ses épaules, lui donnant l'air d'une éternelle jeune fille. Ses yeux, d'un bleu semblable au ciel des Pyrénées, s'éclairèrent alors d'un pâle sourire, faisant oublier un peu les cernes mal estompés par le fond de teint, traces de la fatigue qui l'accablait depuis quelques semaines. De huit ans sa cadette, Rachel appartenait à cette génération que l'histoire avait marquée au fer rouge. Née en juillet 1926, le jour même où Poincaré revenait aux affaires pour rétablir de sa seule présence une confiance que le Cartel des gauches avait perdue, elle connaissait aussi le poids des souvenirs, faisant partie des J3, ces jeunes qui avaient vu leur adolescence ravagée par la guerre.

– C'est toi qui me dis ça !

– Tu as la chance d'avoir cette bâtisse pour te souvenir. Moi, côté lieu de mémoire, il ne me reste pas grand-chose, juste des images au fond des yeux !

– C'est vrai que tu es née au Havre...

– La maison de mon enfance a été rasée par les bombardements américains du 5 septembre 1944. En deux heures de temps, tout le centre de la ville a été dévasté par les 80 000 tonnes de bombes qu'ils ont déversées. Quand je suis revenue en juillet 1945, j'ai eu du mal à reconnaître la rue Théodore Maillant où je faisais les courses avec maman. Les immeubles dressaient partout des moignons déchiquetés par les bombes. Même l'hôtel de ville était réduit à des pans de murs noircis. Il y a eu plus de 2 000 morts ce jour-là...

– Et il ne restait rien de ta maison ?

– Je n'ai même pas réussi à retrouver la rue où, petite fille, je jouais à la marelle dessinée à la craie sur le trottoir. Un vrai désastre !

– Nantes, Saint-Nazaire, Rouen, Dunkerque ont aussi connu de tels drames...

– Oui ! Mais il n'y a pas que les pierres qui ont été détruites... Tu vois, c'est mon enfance tout entière qui a été ravagée. Un peu comme une matrice personnelle qui serait partie en fumée...

– La mienne est ici, mais bien sûr moins douloureuse. Tu vois, cette porte-là, c'est un peu comme la frontière d'un territoire interdit. Mon père détestait par-dessus tout qu'on entre dans son bureau. Enfant, il me grondait tant qu'à l'idée d'en franchir le seuil, j'en éprouvais une terreur indicible ! Il disait que c'était son royaume, sa citadelle, sa forteresse. Nul n'osait l'y déranger et surtout pas ma mère.

– Il lui en interdisait l'accès ?

– À elle, comme à tout le monde.

– Et personne n'essayait de savoir ce qu'il y faisait ?

– Le plus souvent, il s'enfermait pour concevoir de nouveaux modèles, que ce soit des coupes, des vases ou des assiettes.

– C'est lui qui les dessinait ?

– Oui, il avait un très joli coup de crayon…

– Il avait fait l'école Estienne ?

– Non, juste suivi quelques cours de dessin et d'esthétique aux Beaux-Arts à Toulouse… Pour le reste, il avait fait comme la plupart des artisans faïenciers d'ici, il avait appris le métier avec son père lorsqu'il était jeune. Il est devenu créateur par la suite. Il était comme toi, il avait un sens inné de la ligne et du motif.

– Il les donnait à exécuter aux ouvriers ensuite ?

– Non, c'est lui-même qui les tournait le lendemain à la fabrique…

– Et c'est pour ces secrets qu'il ne voulait voir personne ici ?

– Pour ça et pour autre chose aussi. Julia, la nouvelle petite bonne que l'on avait à l'époque, devait se cacher pour passer le plumeau. Quand il s'en apercevait, il entrait dans des colères noires. Et pourtant, avec elle…

– Que veux-tu dire ? la pressa Rachel, sentant une blessure secrète.

– C'était en 1937, un dimanche. Une chaude après-midi d'octobre où la tiédeur de l'autan finissait de mûrir les raisins de la treille. Je me souviens que Radio Paris venait d'annoncer la mort de Paul Vaillant-Couturier, le rédacteur en chef du journal *L'Humanité* que Jaurès avait fondé en 1904, juste avant la Grande Guerre. J'avais juste dix-huit ans. J'ai voulu pousser la porte du bureau, ce que je ne faisais jamais, mais elle était ouverte... Dans la pénombre des rideaux tirés pour conserver un peu de fraîcheur, j'ai aperçu la petite Julia blottie dans ses bras.

– Mon Dieu !

– Leur position ne laissait guère de doute sur la nature de leur relation. Tu comprends maintenant pourquoi passer cette porte me rappelle trop de souvenirs, répondit Monique en poussant le battant.

Un mince rai de lumière venait trancher le volume de la pièce en deux, et apporter sur son passage une légère clarté. Il conférait à la pièce l'ambiance chère aux images pieuses où la lumière divine éclaire par pans les ténèbres humaines pour donner un sens à la vie. L'indicible relent de poussière et de renfermé de la maison s'entremêlait ici avec une odeur tenace que Monique reconnut entre mille. Celle du tabac gris que toute sa vie son père avait fumé, roulant d'une main experte ses feuilles de Riz-la-Croix. La silhouette de son père surgit dans sa mémoire : massif avec ses cent kilos sanglés dans un indémodable sarrau noir, presque aussi large que haut, éternellement coiffé d'une casquette, arborant une chemise à col rond fermée d'une cravate jaune défraîchie, le visage toujours impassible, comme taillé à coups de serpe, le menton volontaire, les yeux bleus, le nez en lame de couteau, Gaston Maréchal imposait naturellement le respect à tous ceux qui l'approchaient.

Elle revoyait encore l'image de ses doigts, usés par les années passées à triturer inlassablement la terre : ses ongles taillés au carré, teintés d'un croissant de terre ocre, ses phalanges, noueuses, si rongées d'arthrose qu'il ne pouvait serrer les poings. Habilement, s'aidant de la pointe du Laguiole, il découpait avec autant de méticulosité qu'un chirurgien la bande de garantie blanche du paquet de tabac. Dans ces instants solennels, son sourcil épais se fronçait, traduisant sa concentration particulière. Gaston n'utilisait pas de ces blagues à tabac exposées en vitrine par les buralistes à Martres-Tolosane. Il préférait garder son gris dans son papier d'origine, se contentant de clore le paquet une fois ouvert d'un bracelet de caoutchouc noir. Par contre, la savante opération d'ouverture menée à bien, son père ne manquait jamais de glisser toujours dans le paquet la pointe d'une carotte fraîche, histoire de garder au gris toute son élasticité, gage d'une saveur intacte.

Dans l'obscurité, Monique fit quelques pas à l'intérieur de la pièce, cherchant à retrouver malgré le temps passé quelques repères pour se guider. Elle se souvenait trop, l'une des rares fois où petite fille elle avait pénétré dans ce sanctuaire, de s'être heurtée à l'angle du monumental bureau en merisier qui occupait le centre. Outre la bosse, elle avait essuyé une verte réprimande de son père accompagnée d'une magistrale paire de gifles pour avoir osé braver l'interdit. Elle contourna une table basse, chargée des inévitables faïences, puis le dos d'un fauteuil Empire pour se glisser jusqu'à l'une des croisées. Manifestement, son père ne l'avait pas ouverte souvent ces dernières années : la crémone était si dure à tourner qu'elle dut s'y reprendre à deux fois et utiliser toute la force de ses deux mains pour la soulever et la faire pivoter sur son axe.

Monique poussa vivement les contrevents à la peinture écaillée, plaqués sur les fenêtres. Un flot de lumière crue jaillit à nouveau sur un bric-à-brac incroyable. Elle cilla des paupières, le temps de s'habituer à la vive luminosité, laissant son amie Rachel, demeurée sur le pas de la porte, découvrir avec étonnement ce qui avait constitué pendant des années l'univers de son père : la faïence. Et de la faïence, là encore, il y en avait partout, de toutes sortes, de toutes formes. Quel que soit l'endroit où Rachel tournait les yeux, ce n'était qu'un empilement d'aiguières, d'assiettes, de soupières, de vases, de plats qui se déclinaient en ébauches plus ou moins finies, allant du façonnage le plus primitif à la cuisson totalement ratée. Dans cette vraie caverne d'Ali-Baba, certains modèles de faïence paraissaient mieux achevés grâce à un bain d'émaillage ou à une décoration de motifs floraux, d'autres, par contre, brisés et réduits à l'état de tessons, semblaient destinés aux archéologues.

Si la lumière secouait un peu sa léthargie, la pièce respirait un profond abandon. Les deux fauteuils qui faisaient face au bureau, étaient eux-mêmes inaccessibles, leur assise encombrée d'emballages et de boîtes en carton. Surmonté d'un bougeoir en cuivre équipé d'un abat-jour en faux parchemin pour le transformer en lampe, le bureau lui-même disparaissait sous un monticule de papiers qui accumulaient dans un indescriptible désordre factures, bordereaux d'envoi, catalogues, dessins, épures, croquis. À gauche, près d'un modèle de téléphone ancien en bakélite noire, une pile de livres était prête à s'écrouler, un bout de papier dépassant çà et là de la tranche pour marquer une page. À côté d'un pot en bois, décoré de la figure en régule d'un gnome grimaçant, quelques crayons émergeaient, la pointe tournée vers le plafond, soigneusement taillés au canif. Plus loin, un tampon buvard en bois verni se dégageait d'un tas de dossiers, attendant désespérément d'étancher sa soif d'encre. À droite, figée dans le temps, une antique machine à écrire noire du début du siècle, une vieille Japy au ruban bicolore sec, prenait des aspects d'insecte préhistorique avec ses touches rondes suspendues au bout de tiges de fer.

– Quel capharnaüm !

– Je ne t'avais pas menti en te disant que mon père n'était pas un modèle d'ordre !

– Bon sang, j'étais loin de m'imaginer que cela pouvait atteindre de telles proportions, lui répondit Rachel en cherchant désespérément du regard un centimètre carré dégagé.

– Dans ce domaine comme dans d'autres, ma mère avait abandonné tout espoir. Je suppose que, comme souvent en vieillissant, les choses n'ont dû qu'empirer. Il se vantait pourtant de ne jamais rien perdre. Allez, viens, pour le rangement on verra plus tard !

Les deux femmes allaient quitter la pièce quand une sournoise rafale de vent d'autan, balayant le bureau, souleva une feuille de ce papier pelure léger dont Gaston Maréchal se servait pour dessiner ses épures. En se retournant prestement pour l'attraper au vol, Monique crut avoir une hallucination. À deux pas, dans un recoin sombre de la pièce, vêtu de sa traditionnelle blouse noire, son père était là, debout devant elle, grandeur nature. Monique fut instantanément tétanisée par cette vision. Une onde de sueur la recouvrit d'un suaire glacé. Non, ce n'était pas possible ! Son père, Gaston Maréchal, était mort depuis presque quatre ans… La bouche brusquement sèche par l'émotion, son regard chavira, à l'image de ces navires démâtés partant à la dérive vers de profonds abîmes. Devant ses yeux, le décor se troubla. Prête à s'évanouir, elle porta mécaniquement la main vers le rebord du bureau en merisier, accrochant au passage la pile de livres en équilibre. En une fraction de seconde, Monique vit défiler les images de sa vie passée…

2

Les Taillades d'enfance

Les images du passé dansaient devant les yeux de Monique. Accompagnées d'une cacophonie de sons, de musiques, de mots, de cris, de couleurs qui leur donnaient un air de carnaval barbare et churrigueresque, elles émergeaient du tréfonds de sa mémoire en un chaos aussi désordonné que celui de Targasonne. Parfois l'une d'entre elles, plus précise qu'une autre, s'imposait avec plus de force. Monique conservait une impression floue des premières années de sa vie. Ces images, couleur sépia, se superposaient avec les clichés contenus dans l'album de photos de famille pour former un ensemble où il lui était difficile de distinguer la part du mémoriel de celle des clichés pris à l'époque par les plaques de l'appareil photo 9 × 13. Sa connaissance de ces temps lointains était confuse, parfois construite avec les bribes de récits de sa grand-mère maternelle, affectueusement nommée Mamie Cathou, qui habitait au-dessus de sa petite épicerie, à deux pas du café Saune.

Sa grand-mère lui avait ainsi conté les circonstances de l'union de ses parents, Marguerite et Gaston, un mariage qui, comme bien souvent à l'époque, était l'aboutissement d'une rencontre arrangée. Germaine Labat, la tante de Marguerite, en avait été la cheville ouvrière. Cette marieuse patentée, assez bonne commère devant l'Éternel pour susciter la méfiance des taiseux, habitait elle-même à deux pas de la faïencerie. Elle passait tous les jours devant le porche de la fabrique pour aller chercher son lait, un bon prétexte pour s'arrêter et papoter quelques instants avec Henriette Jacob, une cousine des faïenciers, aussi bonne langue qu'elle, employée comme vendeuse à la boutique. Gaston Maréchal, né ici aux Taillades en octobre 1888, avait juste vingt-trois ans, et le jeune homme venait au printemps de perdre son père des suites d'une grippe mal soignée.

Sans autre famille qu'une mère paralysée depuis plus de dix ans, clouée dans un fauteuil et désormais enveloppée dans ses voiles noirs de veuve éplorée, avec tout juste la vieille bonne, Marie, pour s'occuper de lui, ce garçon bien bâti au regard noir, devenu par la force des choses patron de la faïencerie, avait grandement besoin d'une jeune femme pour tenir cette maison. Germaine Labat avait mis les deux jeunes gens en contact et le modelé charmant du visage de la jeune fille, la fraîcheur enfantine de son sourire, ses yeux en amande avaient séduit Gaston. Leur mariage avait eu lieu le samedi 24 juin 1911, dans la petite église de La Bastide du Salat, en Ariège.

Le menu du repas de noce avait de quoi satisfaire les estomacs les plus exigeants. Il sortait vraiment de l'ordinaire. Mamie Cathou le connaissait par cœur et se plaisait à le réciter :

Consommé Tapioca
Hors-d'œuvres variés
Brochet en gelée
Écrevisses à la nage
Suprême de Poularde du Béarn
Rôti de veau Orloff
Côtelettes de caneton
Fromages
Pâtisseries
Bombe glacée
Café
Liqueurs
Champagne

Ce traditionnel banquet, arrosé de pommard et de chambertin, avait été clôturé très joyeusement par un bal. Vers les deux heures du matin, alors que la fête battait son plein, les deux jeunes gens s'étaient éclipsés, laissant les convives danser jusqu'à l'aube. Mais, passé ces moments de liesse, Gaston s'était vite révélé un homme intransigeant. Soumise comme la plupart des femmes de l'époque, Marguerite s'était appliquée à être une épouse obéissante, veillant à satisfaire rapidement les désirs d'un homme autoritaire qu'il ne faisait pas bon contrarier.

Le 4 août 1914, dans l'allégresse grave d'une mobilisation générale qui faisait partir toute une génération au combat la fleur au fusil, Gaston Maréchal, appartenant à la classe 1908, avait précipitamment rejoint comme tant d'autres son unité, le 259e RI de réserve caserné à Pamiers. Rapidement incorporé dans un troupeau hétéroclite de paysans, d'ouvriers et d'employés, neuf jours plus tard, le Lebel en bandoulière, il avait embarqué à la gare de Foix à destination de celle de Suippes avant de gagner à pied Dombasle en Argonne puis Danloup. Faisant jouer ses relations parmi la bonne bourgeoisie toulousaine à laquelle il fournissait régulièrement de magnifiques services en faïence, Gaston avait réussi à se faire renvoyer dans ses foyers quinze jours plus tard, faisant état de son nécessaire maintien à la tête de l'entreprise. Affecté spécial, il avait échappé ainsi aux grandes tueries qui frappèrent cruellement le régiment les 22, 23 et 24 septembre 1914, où plus de 200 hommes et sept officiers avaient perdu la vie.

Grâce à ce bref séjour de quelques semaines au front, Gaston pouvait néanmoins se prévaloir d'avoir connu l'épreuve du feu. Dans le bois d'Hautricourt, au milieu de ses camarades, il avait courageusement essuyé le marmitage des canons allemands de 105 mm. Auréolé de cette présence en ce lieu, Gaston n'avait jamais été considéré comme un embusqué par ceux qui avaient vécu l'enfer des tranchées de la Somme, du Chemin des Dames ou de Verdun. Sans être un héros patenté par l'épinglage sur sa poitrine d'une croix de guerre, il pouvait écouter chaque année le discours patriotique du maire lors des cérémonies du 11 novembre sans éprouver cette sensation de malaise qui saisissait parfois les planqués face au Monument aux Morts et qui contemplaient la pointe de leurs chaussures lorsque retentissaient les notes d'une *Marseillaise* massacrée par l'Harmonie municipale.

Bien sûr, dès les premiers mois de la guerre, la production de la faïencerie avait ralenti comme toutes les affaires en France, les ouvriers de la petite fabrique ayant été mobilisés. Mais l'évolution des effectifs de l'entreprise n'était pas la seule explication : le carnet de commandes était en berne parce que le marché traversait un grand calme. Celui qui concernait les services au décor personnalisé réalisé sur mesure était particulièrement atone. Les grosses commandes étaient rares, notamment celles provenant de cette vieille bourgeoisie toulousaine ayant pignon sur rue qui pouvait se prévaloir bien souvent d'une prestigieuse ascendance où la parenté d'un ancêtre capitoul valait brevet de noblesse. En ces premiers mois du conflit, cette fidèle clientèle, plongée dans une prudente expectative, s'était faite soudain plus rare, dégradation de la rente et du pouvoir d'achat oblige. Si, pour les faïenciers comme Gaston Maréchal, ces années de guerre n'étaient pas des plus mirifiques, tous s'efforçaient de faire le dos rond et contre mauvaise fortune bon cœur.

– Et toi Monique, tu es née sept ans après leur mariage, ici, aux Taillades… avait conclu sa grand-mère en lui caressant affectueusement ses anglaises blondes.

– C'était le 8 août 1918, n'est-ce pas, Mamie ?

– En effet… Le jour même où le généralissime Foch s'apprêtait à déclencher l'offensive générale qui allait conduire enfin les alliés à la victoire finale.

– Tu t'en souviens ?

– Oh oui ! Il faisait ce jour-là une chaleur étouffante à faire cuire un œuf au soleil... Bêtes et hommes cherchaient les bienfaits de l'ombre apaisante des frondaisons. Les râpes caillouteuses des bords du Salat comme celles de la Garonne qui servaient de terrain de jeux aquatiques à des gamins à peine libérés des bancs de la communale ne désemplissaient pas.

– Tu as bonne mémoire, Mamie Cathou !

– Ce n'est pas le genre de choses qu'oublie une grand-mère !

Depuis deux semaines, Marguerite guettait les signes d'un accouchement imminent. Dans cette perspective, elle avait soigneusement tout préparé pour accueillir son premier bébé. Elle aurait préféré accoucher chez ses parents. Non que la maison maternelle fût plus confortable que les Taillades et ses beaux volumes. Leur logis, trois pièces cuisine, était bien plus modeste mais il était situé en plein cœur du village. Elle s'y serait sentie moins seule que dans cette belle maison isolée. Gaston aurait pu l'y rejoindre aisément avec la camionnette de la faïencerie. La petite bourgade où ils habitaient, La Bastide du Salat, forte de 330 habitants et de 95 maisons, était à moins de vingt-deux kilomètres de là. Mais, au prétexte de mieux enraciner sa lignée, Gaston Maréchal avait refusé que son épouse accouche ailleurs qu'ici. Et Marguerite, comme tant de femmes encore éloignées de l'émancipation sociétale dont commençaient à faire preuve certaines bourgeoises, n'avait pas osé aller contre l'affirmation de cette mâle volonté.

– Gaston... Gaston...

– Que viens-tu faire ici ? lui avait demandé son mari, les sourcils froncés, en la voyant passer le seuil du bureau, vers onze heures ce matin-là.

– Je crois que c'est pour bientôt ! avait balbutié d'un filet de voix Marguerite Maréchal toute flageolante sur ses jambes, une main protectrice posée sur son ventre pointu, forme qui faisait subodorer à voix basse aux ouvrières de la faïencerie que ce serait une fille.

– Tu es sûre ? avait fait Gaston, perplexe.

– Je viens de perdre les eaux...

– Eh bien, va te coucher... lui avait-il ordonné, en réajustant ses fines lunettes d'acier avant de se replonger dans l'épure d'un motif où de savantes arabesques florales s'entremêlaient pour composer un décor de rose destiné à orner un service de coupes à fruit.

– Gaston...

– Oui, quoi encore ?

– Je... Je...

– Eh bien, dis à Marie de te préparer le lit.

– Il faut aller chercher le médecin !

– Envoie-y Friedrich, ça l'occupera... répliqua Gaston.

Depuis un peu plus d'un an, en sus de Marie, la bonne de la maison, les Taillades profitaient des services d'un homme à tout faire, un jeune Allemand du nom de Rösener, originaire du Bade-Wurtemberg. Âgé de dix-neuf ans, de son état pianiste dans un cabaret, pourvu d'une bonne éducation, il était le miraculeux rescapé d'une compagnie de grenadiers. Son unité avait été décimée sur la Somme par le déluge d'acier de grenades qui avait précédé l'assaut, baïonnette au canon, de tirailleurs sénégalais avides de vengeance. Seul Friedrich, protégé par les cadavres encore tièdes de ses camarades, avait eu la chance d'échapper au nettoyage de tranchée qui avait suivi. Fait prisonnier, envoyé au camp de Roanne puis au dépôt de Toulouse, il était arrivé aux Taillades par le hasard d'une répartition de main-d'œuvre. Employé alternativement à couper du bois d'acacia pour alimenter le four à double moufle de la faïencerie ou comme jardinier, travailleur et aimable, le PGA Rösener avait su faire oublier qu'il était un Boche, selon le vocabulaire de l'époque.

– Tu l'as expédié hier chez les Sablayrolles pour finir la moisson…

– Bon… j'y vais ! avait conclu son mari en ôtant sa blouse pour passer un veston.

Le docteur Castex avait été prévenu dans l'heure. Ce praticien dévoué, aguerri par plus de trente-cinq ans de métier, avait saisi sa trousse d'urgence pour se porter au chevet de la jeune femme qui souffrait jusqu'à tordre les montants en fer et cuivre de son lit. Dans la pénombre de la chambre aux volets mi-clos, le vieux médecin en manche de chemise, à cause de la chaleur accablante, avait longuement ausculté la patiente puis, arborant un large sourire, il avait conclu que le travail s'annonçait bien. Enfin, il avait fait sortir Gaston, réclamé du linge et de l'eau chaude. Trois heures plus tard, il avait délivré Marguerite avec l'aide de

Mme Pagès, sage-femme patentée qui l'assistait dans la commune en de semblables circonstances. Alertés par télégramme, un moyen encore réservé aux grandes occasions, ses grands-parents maternels, Joseph et Catherine Bareille, étaient arrivés le soir même par l'autobus pour partager le bonheur des premiers vagissements.

Mais tous les souvenirs de sa prime enfance n'étaient pas aussi heureux que celui de sa naissance. Demeurée fille unique, Monique Maréchal conservait de ces jeunes années la mémoire d'une éducation spartiate. Sans doute était-ce alors dans la logique d'une époque où les punitions faisaient partie de l'apprentissage naturel. À moins que ce ne fût aussi parce que Gaston Maréchal aurait préféré avoir un garçon… Ainsi elle se revoyait, petite fille, dans le salon de la maison, « à vouloir aider maman »… Coiffée à l'anglaise, ses jolies boucles blondes lui tombaient sur les épaules en une cascade friponne et gracieuse sous le soleil printanier. C'était en 1922 et les journaux du moment faisaient des gorges chaudes de l'adoption à Gênes du *Gold Exchange Standard*, cet accord destiné à régler les immenses problèmes monétaires d'alors. Mais ça ne risquait pas d'intéresser Monique… Elle avait juste quatre ans !

Dans un piaillement furibond, un merle furtif venait juste de passer au-dessus de la haie d'aubépines en fleur lorsque soudain un fracas effroyable de vaisselle cassée avait déchiré l'air parfumé de ce petit matin de mai. Marguerite Maréchal, sa mère, occupée à ranger des partitions de musique dans le porte-revues noir, se retourna vivement comme si un scorpion l'avait piquée. Au bruit insolite, ses yeux s'étaient instantanément durcis. Plusieurs pièces de collection exposées sur l'enfilade Napoléon III de la salle à manger venaient de s'écraser sur le sol dans un bruit de crécelle aigrelette. Anses brisées, becs versoirs ébréchés, assiettes en mille morceaux, éclats de faïence de toutes tailles gisaient aux pieds de sa fille transformée pour le coup en une statue de sel. Dans le lourd silence qui suivit, Marguerite leva les bras au ciel avant de s'écrier :

– Mais, bon sang, je t'avais bien dit de ne rien toucher !

– Maman, j'ai pas fait exprès... Elle m'a glissé...

– Celle-là aussi, elle m'a glissé ! fit Marguerite en lui administrant une gifle à la volée.

– Oh, pardon, Maman... Pardon ! avait-elle répondu entre deux hoquets, les yeux pleins de larmes, tremblante dans sa robe jaune.

– Mon Dieu, tu as même cassé l'aiguière que ton grand-père avait décorée lui-même pour son apprentissage.

– Pardon, ma petite Maman !

– Ah, c'est surtout à ton père qu'il va falloir demander pardon. Il va être content ! Tu n'ignores pas qu'il y tenait particulièrement ?

– Faut pas lui dire... Faut pas !

– Et que vas-tu lui raconter quand il s'apercevra en rentrant que l'aiguière est cassée ?

– Que c'est Tybert !

– Ma pauvre enfant ! Et pourquoi pas un courant d'air aussi ?

– À Tybert, il dira rien par ce qu'il attrape des souris.

– Tu crois que ton père sera dupe ? Le chat est bien plus adroit que nous tous réunis !

Marguerite avait raison et, au retour de Gaston, Monique avait eu droit à une séance de martinet. Ce n'était pas la première fois qu'elle se faisait punir ! Son caractère effronté, un rien rebelle et frondeur, qui ne la prédestinait guère aux vertus cardinales de l'obéissance, avait souvent provoqué l'ire paternelle. Mais, cette fois, elle se souviendrait du sifflement sinistre des étroites lanières de cuir qui avaient tracé des sillons rougeâtres sur la peau rose de ses cuisses. Pire que ce châtiment en usage dans la plupart des familles d'alors, son père l'avait condamnée ensuite au cachot. Avec pour seule pitance un verre d'eau et un croûton de pain dur, elle avait ainsi passé tout l'après-midi et le début de la soirée enfermée dans l'inconfortable placard qui, sous l'escalier, servait d'ordinaire à remiser les balais et les produits d'entretien que vendait la droguerie de Martres-Tolosane. Elle craignait particulièrement ce lieu sombre et humide, repère propice aux araignées, petites ou grosses.

Les moments qu'elle avait vécus dans ce réduit sans lumière étaient restés gravés dans sa mémoire à tout jamais. Comment aurait-elle pu oublier ces affreux instants où la peur s'instillait en elle ? Sans aucun repère de temps, elle avait été réduite à guetter le bruit des pas, dans l'espoir d'une délivrance. Pendant des heures, elle avait dû lutter contre la terreur galopante qui menaçait de la submerger lorsqu'elle se laissait aller à fermer les yeux, l'imagination hantée par les hordes rampantes d'arachnides montant à l'assaut de sa robe. Assise sur une caisse en bois qui avait servi d'emballage à des boîtes de blanc d'Espagne – du carbonate de calcium en poudre pour faire briller l'argenterie ou les vitres –, elle avait tellement pleuré toutes les larmes de son corps que, le soir, son visage était méconnaissable, tout bouffi de rougeurs inquiétantes.

Mais si le souvenir douloureux de ce cachot l'avait longtemps habitée avant de parvenir à l'enfouir dans un coin de sa mémoire, c'est aussi parce qu'elle y avait fait bien régulièrement d'autres séjours, la plupart du temps pour des peccadilles. Ainsi était punie son indiscipline lorsque sa mère découvrait qu'elle avait entamé par gourmandise un pot de confiture sans autorisation. Pourtant, Monique n'avait rien d'une gamine particulièrement turbulente. Comme bien des enfants, elle était certes un peu espiègle mais de nature aimable. Jamais boudeuse ou rancunière, elle était toujours de bonne humeur et souriait.

Curieuse de tout, Monique appréciait d'accompagner sa mère faire une fois par semaine quelques emplettes à Martres-Tolosane pour compléter les tournées des commerçants ambulants dont les fourgonnettes faisaient halte au bout du chemin menant aux Taillades. La petite bastide ceinturée de deux boulevards circulaires, celui de la Magdeleine et celui du Nord, lui paraissait être une grande cité en comparaison du village ! Sans espérer pouvoir se perdre dans ces artères au plan ordonné, y descendre la distrayait de la monotonie des jours des Taillades. Le spectacle des rues, la variété des commerces l'enchantaient. Cela lui donnait aussi l'occasion d'aller faire un tour à la faïencerie de son père où les ouvrières avaient souvent une attention pour elle.

Échappant à la main de Marguerite toujours attentive à l'éloigner des dangereuses fosses de décantation où était entreposée plusieurs mois durant la terre fraîchement débarrassée de ses impuretés par une série de bains successifs, Monique traversait en courant l'atelier de coulage où Pascaline Marasset remplissait les moules en plâtre de barbotine. Elle traversait ensuite celui de l'estampage et se glissait dans la demi-pénombre jusqu'au banc de travail de Gabriel Cassagne. Spécialisé dans les pièces rondes au tour, le vieil ouvrier aux yeux pétillants de bonté, fervent militant de la SFIO et admirateur inconditionnel de Jean Jaurès, l'apôtre de la paix, lui avait appris jour après jour que le vrai courage consiste à prendre un travail et à le faire bien. Il cachait sous sa couronne de cheveux blancs une blessure profonde : la mort de son fils unique, Vincent, mobilisé au 288e RI de Mirande, porté disparu sur les Hauts de Meuse le 22 septembre 1914, le jour même où le lieutenant Alain-Fournier, l'auteur du *Grand Meaulnes*, trouvait la mort au champ d'honneur à la lisière du bois de Saint-Rémy.

Gabriel l'asseyait sur ses genoux et, de ses mains gantées de terre ocre, il lui prodiguait ses conseils pour faire fonctionner le tour. Il lui confiait de temps à autre une boule de cette argile humide qui dans ses doigts experts prenait forme par magie. Bien qu'elle fût une fille, donc naturellement plus portée vers la réalisation des décors, peut-être avait-il l'espoir de lui apprendre un jour le métier pour la voir succéder à son père ? Atteignant à grand-peine de la pointe du pied le plateau inférieur du tour qui permettait de faire varier la vitesse, Monique s'appliquait de ses petits doigts pour essayer de donner à la terre sous l'effet de la force centrifuge une forme présentable. Hélas, le résultat n'était que rarement à la hauteur de ses espérances : tantôt les parois étaient trop épaisses ou trop minces, tantôt la boule se centrait mal sur le plateau… Mais Gabriel Cassagne faisait preuve de pédagogie, de patience et ne se décourageait jamais.

Cathou, sa grand-mère ariégeoise qui habitait La Bastide, ce petit bourg rural arrosé par le Salat, ce modeste affluent de la rive droite de la Garonne, était de ceux qui avaient aussi largement participé à ces apprentissages d'enfance. Présente dès les premiers jours de son existence, Mamie Cathou avait été une véritable deuxième mère pour elle, se levant à toute heure de la nuit pour la bercer dès qu'elle l'entendait pleurer ou vagir dans son berceau. Elle l'avait accompagnée tout au long de son jeune âge, entretenant le mythe enfantin de la petite souris qui passe à chaque dent de lait tombée. De la même manière, elle lui avait appris en cachette ses premiers mots de patois, contrevenant aux consignes de Marguerite, sa propre fille, persuadée que cette langue de paysans était inutile pour qui devait devenir une jeune fille comme il faut.

Son mari, l'épicier Joseph Bareille, toujours vêtu d'un sarrau gris serré à la taille par une ceinture de cuir, était assez casanier pour détester quitter plus d'une journée ce petit commerce qui était toute sa vie. Il la laissait bien volontiers partir aux Taillades pour aider sa fille et s'occuper du bébé. Quand il voyait la Cathou, surnom qu'il lui donnait depuis plus de trente ans, commencer à tourner en rond, déplacer systématiquement les objets les plus anodins ou ranger les boîtes de conserves dans le magasin en les passant d'une étagère à une autre, histoire de s'occuper les mains et l'esprit, il lui lançait :

– Vas-y donc !

– Je ne veux pas te laisser tout seul…

– Rassure-toi, je me débrouillerai bien pour faire la popote !

– Je ne serai absente qu'une semaine, tu sais…

Quelles que soient les saisons, Mamie Cathou faisait ainsi des séjours réguliers aux Taillades. L'autocar la déposait au pont et, traversant le village, elle montait à pied, oubliant ses rhumatismes. Elle arrivait toujours à l'heure du goûter, vers les quatre heures de l'après-midi, portant son sac de voyage en cuir fauve au bras et, selon les saisons, un bouquet de lilas odorant, de jonquilles éclatantes d'un jaune printanier ou une brassée de chrysanthèmes mordorés provenant de son jardin. Gaston Maréchal ne trouvait rien à redire à sa présence. Non qu'il eût nourri un sentiment d'amour particulier envers sa belle-mère mais sans doute y trouvait-il l'avantage d'apprécier une cuisine aux menus renouvelés.

Avec l'isolement relatif des Taillades qui l'avait éloignée dans ses jeunes années de la fréquentation quotidienne des petites filles de son âge, Monique était devenue un peu plus rêveuse que d'autres, davantage habituée à des jeux solitaires qu'aux expéditions picaresques du genre « guerre des boutons ». À l'âge de six ans, elle avait attendu avec impatience tout au long de l'été de rejoindre le 1er octobre les bancs de l'école et le troupeau de bambins de Martres-Tolosane et des environs qui entraient cette année-là au cours préparatoire. Monique se revoyait dans la cour de recréation, au moment des adieux, une main dans celle de sa mère, son petit cartable de cuir fauve dans l'autre, les cheveux sagement coupés au carré, arborant une marinière écrue sur une jupe bleue, des souliers noirs à bride bien cirés, les chaussettes de fil blanc remontées jusqu'aux genoux. Comme il était de règle dans les établissements de la France d'alors, le bâtiment de l'école des filles était distinct de celui des garçons. La mixité n'étant tolérée que dans les communes de moins de 500 habitants, le seul espace en commun restait la fréquentation de la cour de recréation sous l'œil attentif des maîtres et des maîtresses qui l'arpentaient en devisant, le regard toujours inquisiteur.

Son premier jour, traditionnellement celui des larmes, avait été marqué chez elle par la désillusion à cause de la sévérité de l'institutrice qui l'avait accueillie, Mlle Armand. C'était une vieille fille aussi longue et maigre qu'un salsifis. Cette femme, âgée d'une bonne cinquantaine d'années, était la caricature féminine de ces hussards de la République formés dans les Écoles normales au siècle précédent. Plate, elle était dotée d'autant d'appas naturels qu'un saumon épuisé par la traversée de l'Atlantique. Portant toujours des couleurs sombres, sans jamais aucune fantaisie vestimentaire, Mlle Armand avait un visage long et ingrat où brillaient des yeux noirs et durs voués à débusquer les bêtises et les drôleries des gosses.

– Je vous la confie, avait conclu Marguerite en présentant sa fille à l'institutrice.

– Et comment s'appelle cette jeune enfant ?

– Monique Maréchal…

– Eh bien, voilà en tout cas une jeune effrontée, avait répondu la maîtresse, glaciale, d'une voix nasillarde et désagréable.

– Moi ? avait rétorqué Monique.

– Oui, vous, péronnelle ! Quel est votre nom ?

– Monique…

– Il faudra donc tout lui apprendre…

– Elle est encore jeune, avait souri Marguerite.

– Je le vois bien, avait répliqué l'institutrice plus aigre que jamais et, se retournant vers elle, elle lui avait assené : Apprenez, mademoiselle, qu'ici l'on me dit madame. Avez-vous compris ?

– Oui, madame.

Monique gardait des souvenirs diffus de ses premiers moments dans l'univers scolaire : la cloche qui sonnait l'entrée et la sortie de classe sous l'unique bras d'Antonin Soula, un blessé de la Grande Guerre que la commune employait comme homme à tout faire, Mlle Armand qui tapait dans ses mains pour rassembler son juvénile troupeau de gosses rieurs aux frimousses encadrées de boucles châtaines, la pingrerie légendaire d'une certaine Armelle qui refusait toujours de partager ses friandises, un saignement de nez qui avait taché sa blouse, quelques échos de bagarres chez les garçons de l'école voisine, où le vainqueur se relevait ivre de sang, de poussière et de gloire… Toutes ces images se superposaient pour former le millefeuille d'une scolarité banale, autant marquée par les rires et les pleurs de la cour de récréation que par la peur inspirée par Mlle Armand.

La première heure de classe commençait toujours à huit heures trente par la traditionnelle leçon de morale. La baguette à la main pointée sur les profondeurs du tableau noir, Mlle Armand leur apprenait des sentences qui allaient constituer le référentiel de leur substrat moral. « J'aime l'eau et le savon », « L'oisiveté est mère de tous les vices », « Je chéris mes parents comme la justice », telles étaient ces maximes pleines de foi dans une République laïque que les maîtres d'alors enseignaient. Malheur à celui ou à celle qui aurait fait preuve de distraction en ces instants. L'impénitent était aussitôt remis dans le droit chemin avec une sévère punition pour avoir fait preuve d'insolence ou, pire, d'insubordination. Souvent tirée des œuvres de Rousseau, comme « Il n'y a point de bonheur sans courage, ni de vertu sans combat », ou de Victor Hugo, « La liberté commence où l'ignorance finit », cette phrase du jour servait ensuite de support à l'exercice de calligraphie, lui-même préambule à la leçon de grammaire, ce qui conduisait à la pause de la récréation vers dix heures et demie.

Deux ou trois scènes lui revenaient aussi en mémoire. Celle du claquement sec des pupitres, marquant la fin de la classe de filles sages pour retrouver celle, plus bruyante, des garçons dans la cour. Il y en avait toujours quelques-unes pour se précipiter vers les lieux d'aisance, des W-C à la turque, familièrement surnommés les « cabins » dans le vocabulaire des écoliers de l'époque. Pourvus d'une porte en planches mal équarries qui laissait apparaître en bas les chaussures et en haut la tête des plus grands, ils exhalaient l'odeur tenace d'urine qu'une chasse d'eau asthmatique avait bien du mal à faire disparaître. Monique avait horreur de cet endroit. Plutôt que de le fréquenter, préférait-elle se retenir, quitte à se tordre sur son banc et avoir mal au ventre toute la journée. Plus gai, le souvenir des parties passionnées de carré magique ou d'osselets que la cloche venait toujours interrompre au moment le plus important.

Contrairement à certains galapiats plus à l'aise pour dénicher les pies au lance-pierres que pour réciter les tables de multiplications, l'école n'avait jamais été un pensum pour Monique. Bien au contraire, c'était pour elle l'assurance de descendre tous les jours à Martres-Tolosane, cette bastide circulaire nommée jadis Angonia et où, d'après la légende, se déroula à l'époque de Charlemagne une furieuse bataille entre chrétiens et Sarrazins. En souvenir de la mort glorieuse du chef des chrétiens, un certain Vidian, près d'une fontaine devenue depuis miraculeuse, la cité avait changé de nom, devenant celles des Martyrs Toulousains. Depuis le milieu du XIXe siècle, tous les ans cet épisode était d'ailleurs commémoré lors d'une cérémonie solennelle où les Martrais, vêtus de costumes de fête, rendaient grâces à leur saint patron et reconstituaient la bataille au lieu-dit Campèstre.

Ainsi allaient pour elle les saisons et les jours. De cette école, les meilleurs moments pour Monique demeuraient ceux des leçons de musique, dispensées par M. André, un maître tout aussi respecté qu'admiré. Âgé d'une bonne cinquantaine grisonnante, il enseignait aux grands de la classe de fin d'études qu'il préparait, avec toute la rigueur nécessaire, aux épreuves redoutées du certif'. Mélomane averti, passionné par les concertos de Sibelius et de Prokofiev, M. André vouait un culte tout particulier à Gabriel Fauré, qu'il goûtait pour le génie harmonique de son œuvre et aussi parce que le compositeur était presque un enfant du pays, né à Pamiers, dans l'Ariège toute proche.

Monique gardait en mémoire l'image de ses mains velues, aussi larges que les battoirs utilisés par les femmes au lavoir, dans lesquelles le violon paraissait minuscule. L'instrument coincé sous sa puissante mâchoire carrée, un mouchoir de batiste plié en quatre pour protéger la mentonnière de sa transpiration, les yeux mi-clos, pénétré de son art, la tête oscillant au son des notes de musique, il alternait avec aisance le legato, ce jeu fluide où l'oreille ne différencie pas les notes, et le staccato, détachant les cordes de l'archet. Parfois, il se laissait aller au vibrato ou à la trille, et il esquissait des arpèges. Il essayait tant bien que mal d'éveiller le sens artistique de ces gamins aux tignasses noires, plus attirés par les parties de billes ou celles de ballon prisonnier que par les symphonies de Brahms ou de Schubert.

Les cours de musique dispensés par M. André avaient plus compté dans sa vie que bien d'autres leçons. Cette laborieuse initiation au solfège, Monique l'avait quotidiennement reproduite sur le piano du salon sous l'œil attentif de Marguerite qui l'incitait à exécuter ses gammes, plus dans l'espoir secret que cet art d'agrément soit un atout pour trouver plus tard un bon mari que pour envisager une quelconque carrière artistique. Ainsi, forte de la qualité de l'enseignement de ses bons maîtres, Monique avait fait des études très honorables à l'école primaire de Martres-Tolosane. Bien que particulièrement douée pour le chant et de manière plus générale pour les arts musicaux, elle aurait, en d'autres temps plus ordinaires, sans doute poursuivi naturellement sa scolarité vers la classe de fin d'études. Là où on obtenait deux ans plus tard le précieux certificat d'études primaires, sésame indispensable à tous ceux qui entraient ensuite dans la vie active. Cette perspective semblait naturelle à Gaston Maréchal pour qui l'avenir de sa fille était déjà tout tracé.

– L'an prochain, avec le certificat d'études, ce sera du sérieux !

– Elle a encore tout le temps d'y songer, avait vivement répondu Marguerite qui nourrissait en secret bien d'autres ambitions pour Monique, une manière comme une autre de prendre sa propre revanche sur un destin dont on ne lui avait pas laissé le choix.

– Les filles n'ont-elles pas pour fonction d'être avant tout de bonnes épouses ?

– Mais voyons, Gaston, il n'est pas encore question de la marier, s'était rebellée Marguerite qui montrait d'ordinaire un caractère plus soumis.

– Certes, Monique est encore trop jeune pour penser à ça, mais des études secondaires trop longues risquent de gâter ses qualités naturelles de femme au foyer, avait répondu son père, sûr d'une tradition plaçant encore les femmes dans une position dont elles avaient du mal à se démarquer malgré la mode de ces garçonnes qui faisaient voler en éclats les cadres traditionnels d'une société bouleversée par la Grande Guerre.

– Qu'envisages-tu pour elle, alors ?

– Suivre les cours d'une école ménagère, peut-être… Il y en a d'excellentes et puis c'est un domaine qui convient aux ambitions des filles.

– Cette petite a d'autres qualités qui ne demanderaient qu'à s'épanouir, peut-être, avait hasardé Marguerite.

– Tu oublies que les qualités principales d'une femme sont d'abord d'ordre domestique !

– Mais Gaston…

– Une femme doit servir son mari et assurer l'éducation de ses enfants. Le reste est accessoire ! avait affirmé son père d'un ton péremptoire.

Il avait fallu toute l'insistance pugnace de Marguerite pour que son destin prenne une autre voie. Mettant en avant une ascension de la famille liée au développement de la faïencerie, sa mère avait habilement plaidé pour un choix plus audacieux : pourquoi laisser le cursus du prestigieux lycée à la bourgeoisie ? La dichotomie sociale et non pédagogique établie par Ferdinand Buisson, le directeur de l'Enseignement primaire en 1899, entre « ceux qui travaillent sans posséder et ceux qui possèdent sans travailler » n'avait plus désormais de fondements. La guerre avait laissé des traces durables, celles de la dénatalité, creusant de profondes tranchées dans la pyramide des âges de la France d'alors. En 1929, afin de compenser la baisse des effectifs de ces classes creuses, les lycées, pour résister à la concurrence des Écoles primaires supérieures qui voulaient garder pour elles les meilleurs élèves du primaire, se faisaient moins sélectifs. Les coûteux frais de scolarité venaient même d'être supprimés, ouvrant les portes de l'enseignement secondaire à des gosses des classes plus populaires. Ainsi, profitant de ce contexte scolaire, l'ambition maternelle l'avait éloignée de l'EPS de Saint-Gaudens pour la faire entrer en sixième au lycée Saint-Sernin de Toulouse en qualité de pensionnaire à l'âge de onze ans.

Monique avait gardé un souvenir assez précis de l'été qui avait précédé cette rentrée scolaire. Sans doute avait-elle inconsciemment eu le désir de le vivre plus pleinement que les autres, peut-être parce qu'elle se savait être au seuil d'une nouvelle vie. Pour la première fois, elle allait quitter les siens, faire un saut dans l'inconnu. Elle s'était imaginé cette grande ville, où elle n'avait encore jamais mis les pieds, à partir des récits de Mamie Cathou ou de sa mère. Elle concevait mal le grouillement de la foule, le bruit, les klaxons des voitures, la circulation si intense qu'il fallait s'y prendre à deux fois avant de traverser la chaussée. Monique ne connaissait que les petites rues paisibles de son village et celles à peine plus animées du centre de Martres-Tolosane où les voitures étaient encore assez rares pour qu'on se retourne à leur passage.

Ces après-midi d'août et de septembre 1929, après la sieste rituelle que lui imposait encore Marguerite à l'âge de onze ans malgré ses énergiques protestations, Monique avait passé de longs moments au piano, à faire ses gammes. Dans la fraîcheur relative des murs épais de la vieille maison, le buste bien droit, assise sur une banquette finement cannée – marqueterie de bois fruitier et citronnier clair –, ses doigts laissaient mourir les notes de la *Lettre à Élise* sous l'œil vigilant de sa mère qui terminait la broderie d'un napperon rose. Pourtant, elle préférait de loin la répétitivité monotone de cet exercice aux fastidieux cours de dessin que son père lui imposait parfois, l'obligeant à esquisser potiches, vases, soupières, assiettes garnies de motifs floraux ou de décors polychromiques.

Vers les cinq heures, parvenue enfin à échapper à la tutelle parentale, Monique goûtait alors un réel plaisir à courir dans le chemin qui conduisait aux Taillades, faisant fuir les quelques merles qui se tenaient à l'abri de la chaleur lourde, nichés dans le feuillage frais des haies d'aubépines. De toute la force de ses petites jambes maigres, elle détalait comme un lièvre pressé de trouver un gîte plus sûr. Que n'était-elle un garçon ! Elle le regrettait alors sincèrement. Comme ses petits camarades d'école, on l'aurait sans doute envoyée dans les prairies qui couraient en bordure de la Garonne pour garder les vaches. Et là, sur les râpes caillouteuses au bord de la rivière, elle aurait pu, les pieds dans l'eau, construire des moulins ou s'ingénier à bâtir des barrages que le courant se plaît à défaire dans la nuit. Des après-midi de vagabondages au lieu d'être ainsi cloîtrée, vouée à ces occupations de petite fille sage !

Les derniers jours de septembre, la fièvre des vendanges avait gagné l'ensemble du piémont pyrénéen. Partout, avec le mûrissement précoce du raisin, les hommes et les femmes s'activaient. Les chemins de terre bruissaient du cheminement paisible des charrettes tirées par des attelages de bœufs gascons transportant des comportes pleines de raisins dorés. À l'image de ces vignerons pressés de rentrer la précieuse récolte d'un pays où le vin était encore un aliment de base de l'alimentation, Monique, dont les bagages étaient préparés de longue date, était de plus en plus survoltée à l'idée de bientôt quitter la maison. Même les réprimandes ne parvenaient plus à la faire obéir. Trois jours avant la rentrée des classes, elle eut du mal à trouver le sommeil la nuit, tant elle attendait cet instant.

Et puis le moment tant attendu était enfin arrivé : c'était le lundi 30 septembre 1929, quelques jours après l'évacuation de la Rhénanie occupée par les troupes françaises depuis 1923 pour saisir un gage productif face à la mauvaise volonté allemande de payer des réparations. Après le déjeuner, vers les deux heures d'un après-midi torride, quand son père eut doucement tiré la porte des Taillades, ce fut pour elle comme les portes de son enfance qu'il fermait à tout jamais. Et ce jour-là, en montant dans la camionnette de la faïencerie qui l'emmenait vers Toulouse, elle avait bien eu conscience qu'une nouvelle vie allait commercer. Elle s'en souvenait encore…

3

En route pour la fabrique

La pile de livres entremêlés à des numéros de revues d'art et de décoration s'était effondrée dans un bruit sourd. Elle avait entraîné dans sa chute une assiette d'un blanc laiteux, tout juste sortie du bain d'émaillage, qui tenait en équilibre instable sur un annuaire téléphonique. Elle s'éparpilla sur le sol, l'écho résonna dans la pièce, lugubre, et semblait jaillir du passé. Rachel, au seuil de la porte du bureau, se retourna, surprise par ce bruit inattendu. Elle vit alors son amie tituber, chercher un appui de la main, comme si, prise d'un brusque vertige, elle était sur le point de s'évanouir, sentant le sol se dérober sous ses pas. Elle se précipita alors pour la soutenir.

– Monique ! Ça ne va pas ?

– Ah ! Mon Dieu…

– Tu te sens mal ?

– Mon père… Mon père… balbutia Monique, la respiration haletante. Il… Il est là ! tenta-t-elle d'expliquer.

– Là ? répondit Rachel en désignant la silhouette austère qui s'encadrait en face d'eux. Mais ce n'est qu'un tableau !

– Oh, j'ai bien cru qu'il était là…

– Tu sais bien que ton père est mort depuis quatre ans, répondit Rachel en posant la main sur son épaule.

– Tu ne peux pas savoir ce que j'ai ressenti quand je l'ai vu, balbutia Monique, cherchant à dominer l'émotion qui l'avait submergée. Il se tenait là, devant moi, comme il a toujours été, raide de sévérité, me scrutant de son sourcil interrogateur… Rien qu'à y songer, j'en ai des frissons !

– Raison de plus pour te débarrasser de ce souvenir…

– Continuons la visite, veux-tu, répondit Monique après un bref silence, cherchant visiblement à couper court à une proposition qui, au fond d'elle-même, la gênait ; malgré le temps écoulé, le passé était encore bien mal assumé.

Délaissant l'indescriptible capharnaüm du bureau de Gaston Maréchal, les deux femmes traversèrent le couloir et firent une brève incursion dans la cuisine juste en face. Monique savait par maître Lacoste que Thérèse Cazenave, la dernière bonne de son père, avait quitté la maison peu de jours après son décès. Avant de partir, en bonne femme ordonnée, elle avait procédé au rangement de son royaume. Rien ne traînait sur la grande table de bois, toujours recouverte d'un morceau de linoléum verdâtre pour la protéger des salissures, et aucune vaisselle n'encombrait l'évier de faïence blanche.

Mais la pièce, avec son petit fourneau Arthur Martin à deux feux qui avait pris le relais du potager d'autrefois, avait le profil de la fin des années trente, à l'exception, dans un coin, d'un réfrigérateur plus moderne qui avait remplacé la traditionnelle glaciaire. Dans l'office qui jouxtait la cuisine, les étagères avaient un air de petite épicerie, regorgeant de bocaux de verre soigneusement étiquetés.

– Au moins ton père n'avait pas l'intention de mourir de faim ! fit Rachel face à l'empilement des conserves recouvertes d'une fine couche de poussière.

– Je ne préfère pas y goûter ! Depuis quatre ans, elles sont sûrement périmées…

– Si le menu ne convient pas à madame, vous pouvez toujours essayer cet excellent jambon, il est sec à souhait ! plaisanta Rachel en lui montrant un torchon gris qui pendait au plafond et laissait échapper un tas peu ragoûtant de scories noirâtres. Je crois que nous irons déjeuner à Martres.

– Avant, montons jeter un coup d'œil au premier ! fit Monique.

En sortant du bureau, Monique montra à Rachel le placard où petite fille on l'enfermait des heures durant à la moindre peccadille. Que ce temps lui semblait loin à présent ! Puis, les deux femmes empruntèrent l'escalier de pierre pour monter à l'étage. Les marches avaient l'usure naturelle d'une maison centenaire. Suivant son amie, Rachel posa la main instinctivement sur la rampe en fer forgé pour en éprouver la solidité puis, rassurée, elle se hâta de rejoindre Monique, déjà sur un palier desservant quatre chambres, une salle d'eau désuète où trônait une monumentale baignoire 1900 posée sur pieds de style nouille et enfin un grand local obscur servant de débarras. Faute d'électricité, elles en furent réduites à ouvrir en grand les croisées pour faire entrer un peu de lumière. Dans toutes les pièces, le spectacle était le même : armoires, fauteuils, commodes, bois de lit, tables de toilette réclamaient coup de plumeau et encaustique !

Dans la vallée baignant sous un tiède soleil de septembre, une cloche, lointaine, tinta pour leur rappeler qu'il était midi. Le tour du propriétaire était presque achevé. Aussi, elles laissèrent toutes les fenêtres ouvertes pour aérer la vieille demeure, se hâtèrent de tirer la lourde porte et d'aller déjeuner. Descendre à Martres-Tolosane en voiture parut à Rachel plus court que monter aux Taillades : la Garonne traversée, elles avaient pris à gauche, franchirent la voie de chemin de fer, laissèrent à droite les bâtiments de la tuilerie pour parvenir enfin sur un boulevard circulaire qui donnait au bourg son architecture de bastide. Monique gara sans difficulté le break ID19 à l'ombre bienfaisante d'un platane centenaire et elles se mirent en quête d'un endroit pour déjeuner. Guidées par les seuls souvenirs de Monique, elles arrivèrent bien vite au café de la Magdeleine, un établissement populaire et bon enfant qui servait jadis de lieu de rendez-vous aux militants antifascistes du secteur, notamment à ceux du PCF à la fin des années trente.

En poussant la porte vitrée du bistrot un petit carillon aigrelet tinta et Monique eut l'impression de replonger dans l'ancien temps. Ici rien n'avait dû changer depuis les années d'avant-guerre. Dans la salle enfumée de « gris », tout était comme les estaminets de sa jeunesse, très loin de la modernité des années soixante : la rangée de tables près des fenêtres, rectangles de marbre gris veiné de noir montés sur un lourd piétement de fonte, postes d'observation privilégiés des curieux et des jeunes, contrastaient toujours avec celles du fond de la salle, en bois, usées par le temps, espace unanimement apprécié des invétérés joueurs de belote et des amoureux en quête de discrétion. Le sol, un parquet noir à larges lames, était usé par les allées et venues. Le comptoir, patiné par quelque millions de chopines et de petits noirs dégustés à la hâte et support d'interminables palabres, brillait sous le coup de torchon humide du patron. Entouré de son aréopage de hauts tabourets, le zinc servait toujours d'escale à l'ouvrier matinal comme de havre au retraité qui, vers le coup de onze heures, venait boire son petit blanc en allant chercher son journal ou faire pisser le chien, histoire de retrouver les copains et un peu de sociabilité perdue.

Ici, point de ce formica envahissant qui se déclinait en rouge, vert ou jaune. Point de ces lumières tamisées, diffusées par de modernes appliques murales aux formes design. Si les trois tubes fluorescents délivraient au-dessus du comptoir une lumière crue, le reste de la salle connaissait une pénombre douceâtre et intimiste, propice tout autant aux confidences qu'à l'ennui. La seule entorse au temps jadis était la présence d'un moderne juke-box, étincelante machine de chrome et de lumières, prête, sous l'œil réprobateur des habitués, à déchirer les tympans du dernier tube de Johnny Hallyday ou de la reprise de *Be-Bop-A-Lula* par les Chaussettes noires, ce groupe de rock français créé en 1959 à Créteil par un certain Claude Moine, plus connu sous le nom d'Eddy Mitchell. Une vedette de ces années yéyé que devait sûrement apprécier la toute jeune fille au visage poupin, marqué de taches de rousseur, arborant des couettes à la Sheila, qui, un torchon sur l'épaule, trônait derrière le comptoir pour servir l'habituel troupeau des assoiffés de la mominette et du petit jaune.

– Bonjour, mademoiselle… On peut déjeuner ? lui lança Monique un peu sceptique, le lieu tenant plus du bistrot que du restaurant.

– Bien sûr… Vous êtes combien ? demanda la jeune serveuse avec un accent chantant qui contrastait avec le parler pointu des deux femmes.

– Simplement nous deux, répondit Rachel.

– Pas de problème…

– On s'installe où ? fit Monique en observant la salle de bistrot où quelques habitués dégustaient des Ricard tomate et des Suze à l'eau de Seltz, histoire de refaire le monde tout en picorant de temps à autre quelques cacahuètes.

– Là où vous voulez, à moins que vous ne préfériez la petite salle si vous voulez être plus tranquilles…

– Nous préférons rester ici, fit Monique, craignant un service plus long.

Sous les yeux des accoudés au bar, les deux femmes s'attablèrent dans le coin gauche de la salle, à distance raisonnable du juke-box et de ses éventuels déferlements musicaux. La jeune fille plaça rapidement devant elles une nappe festonnée en papier blanc, puis deux jeux de couverts en inox et deux assiettes en porcelaine jaune à liseré rouge d'une grande banalité pour la cité de la faïence. D'un même mouvement, elle ajouta un panier ovale en métal brillant avec la traditionnelle salière piquée de grains de riz, l'huilier graisseux et un vinaigrier marbré de dépôts et sortit de sa poche un bloc publicitaire au logo des apéritifs Martini :

– Vous prenez l'apéritif ?

– Non, nous désirons juste déjeuner, expliqua Rachel que l'ambiance vieillotte du café décontenançait un peu.

– Que nous proposez-vous ? demanda Monique.

– Nous n'avons qu'un seul menu. Aujourd'hui, c'est cou d'oie farci et cassoulet.

– Ce sera très bien, fit Rachel en souriant.

– Pour le dessert, vous avez quoi ? demanda Monique.

– Je peux vous proposer une croustade... C'est une sorte de tarte aux pommes, mais servie tiède, en croûte.

– Tu verras, c'est succulent, affirma Monique. Quand j'étais petite fille, je me souviens que Mamie Cathou, ma grand-mère, en préparait une délicieusement caramélisée. Elle la conservait dans le garde-manger mais moi, je ne pouvais résister à la tentation et j'en chapardais toujours un morceau !

– Vous connaissez ? fit la jeune serveuse, un peu surprise vu leur accent qui les classait étrangères à la région.

– J'ai habité ici autrefois, expliqua Monique.

– À Martres-Tolosane ?

– Oui, mon père était faïencier.

– Ah bon ? Et il travaillait chez qui ? demanda la serveuse pleine de curiosité. Il était chez Ané, rue de l'Hôpital ? Au Vieux Martres, chez Sales et Marestang ? Ou bien au Matet ?

– Ma foi, ni les uns ni les autres ! Il travaillait tout simplement chez lui.

– Comment ça, chez lui ?

– Il était son propre patron. Il était propriétaire d'une faïencerie.

– Ça alors, quel est votre nom, madame ? demanda la jeune fille surprise.

– Je suis Monique Maréchal.

– Monique Maréchal… De la faïencerie Maréchal ?

– Tout à fait…

– Eh bien je crois que ma grand-mère a travaillé chez vous autrefois !

– Comment s'appelait-elle, votre grand-mère ?

– Pascaline Marasset…

– Mon Dieu, oui… J'étais toute petite ! Elle est toujours vivante ?

– Oui, enfin si vous appelez ça vivre ! Elle a perdu la tête, depuis deux ans environ… C'est un peu comme si elle était retombée en enfance… Il faut toujours faire attention aux bêtises qu'elle pourrait commettre ! Tenez, on a même dû lui faire couper le gaz… Elle passe des heures dans son fauteuil à regarder on ne sait quoi par la fenêtre. Depuis quelque temps d'ailleurs, elle parle de moins en moins. Elle répète toujours les mêmes mots, sans qu'on comprenne bien ce qu'elle veut dire...

– C'est triste !

– Oh, vous savez, ma grand-mère ne se rend compte de rien... expliqua la jeune fille en détachant la feuille de son bloc-notes publicitaire avant d'ajouter : Après le déjeuner, si vous voulez la voir...

Dans le café, parmi les consommateurs qui avaient suivi la conversation sans en avoir l'air, l'un d'eux, Léon Saunière, avait tendu l'oreille au nom de Monique Maréchal. Ainsi, la rumeur qui courait depuis quelques jours dans le bourg était donc fondée : l'unique héritière de cette vieille dynastie de faïenciers qu'étaient les Maréchal était de retour vingt-cinq ans après avoir quitté le pays ! Pour une nouvelle, c'en était une... Même Marcel Laffargue, le contremaître de la faïencerie, croisé pourtant ce matin même, ne lui avait rien dit ! À coup sûr, Germaine, sa femme, retraitée des PTT comme lui et surtout bonne commère devant l'Éternel, n'avait pas fini d'en faire des gorges chaudes. Voilà qui leur ferait un bon sujet de discussion pour le repas de midi, adoucissant les habituelles jérémiades qu'elle ne manquait pas de lui faire d'ordinaire pour s'être trop attardé au bistrot. Pressé de rentrer pour lui raconter, Léon goba deux cacahuètes de la soucoupe puis, presque à la hussarde, il prit son verre évasé en forme de tulipe et avala la dernière gorgée de pastis.

De la main, Léon Saunière esquissa un vague signe d'adieu en direction des habitués et posa sur sa calvitie avancée une casquette de toile qui ne le quittait que rarement. Il franchissait la porte dans le tintement du carillon quand la jeune serveuse réapparut. D'un mouvement souple des hanches, elle écarta le rideau à fleurs qui séparait la partie bar de la cuisine, les bras chargés de deux assiettes. Artistiquement présentées dans des sucrines en gondole toutes perlées de la fraîcheur des petits matins, parsemées de quelques gros grains d'un muscat doré au soleil du piémont des Pyrénées, les quatre tranches de cou d'oie farci sur tranche de pain de campagne grillé étaient nimbées d'une cuillerée de gelée piquée d'un grappillon de groseilles, un vrai plaisir des yeux à faire saliver de bonheur le plus difficile des gourmets. Avec un large sourire, elle déposa gracieusement les assiettes devant les deux femmes :

– J'ai oublié de vous demander ce que vous vouliez boire…

– Qu'est-ce que vous nous proposez ? demanda Rachel qui ne cachait pas aimer le bon vin, héritage ancestral d'un fond de culture méditerranéenne transmis par ses grands-parents.

– Avec le foie gras ou les cous d'oie, les gens d'ici boivent parfois un verre de pacherenc.

– Un pach… quoi ? fit Monique.

– Le pacherenc, c'est un petit vin blanc du Gers qui ressemble au madiran, expliqua la jeune fille. Il n'est pas très connu, mais il est apprécié. Je crois savoir qu'on le vendange assez tardivement pour profiter des belles arrière-saisons.

– Eh bien, mademoiselle, nous allons le goûter, histoire d'arroser le retour au pays ! conclut Rachel.

Les cous d'oie étaient un pur délice : passés à la poêle pour les faire légèrement dorer, parsemés de fines lamelles noires dont on ne pouvait dire s'il s'agissait de véritables truffes hachées ou de simples mais odorantes trompettes de la mort, ils fondaient dans la bouche pour envahir les papilles du palais de subtiles saveurs, mélangeant les arômes des bois et les tonalités puissantes d'une viande goûteuse. À l'évidence, cette fabrication maison n'avait rien à voir avec celles de ces conserveries industrielles qui commençaient à fleurir dans cette France en pleine euphorie des Trente Glorieuses où les modes de consommation étaient en pleine mutation. Dans le subtil dosage de la chair à saucisse et du foie gras, on percevait un savoir-faire parfaitement maîtrisé, sans doute davantage le fruit d'une solide tradition régionale du bien manger que d'un quelconque apprentissage familial, vu la minceur endémique du pouvoir d'achat ouvrier.

Le cassoulet, que la jeune fille leur servit dans une de ces petites soupières de terre vernissée qu'on nomme ici « cassole », était du même acabit. Légèrement gratinés d'une fine pellicule de chapelure, riches d'un mariage de plusieurs viandes, les haricots du pays, des tarbais, étaient délicatement accommodés à la graisse de canard, assez pour rassasier un travailleur de force affamé. Même Rachel qui avait toujours une sensation de faim au creux du ventre depuis les années de guerre ne put finir son plat, tant il était copieux. Elle venait de repousser avec regret sa cassole quand la silhouette d'une femme tout juste quinquagénaire sortit du rideau à fleurs. Toute en rondeur, les cheveux poivre et sel vaguement permanentés, le visage marqué de couperose, le ventre enveloppé d'un large tablier bleu, elle aurait pu illustrer l'archétype de la ménagère dans ces publicités qui commençaient à envahir les écrans de télévision. Sans hésiter, elle vint se planter devant elles, s'essuyant les mains à son tablier.

– Alors, ça vous a plu ? leur lança-t-elle, joviale.

– C'était parfait, répondit Monique.

– Hé, pourtant vous n'avez pas fini le cassoulet...

– C'est beaucoup trop copieux...

– La petite m'a dit que vous étiez Monique Maréchal ?

– Oui, en effet...

– Moi, je suis Clémence Marasset, la fille de Pascaline... Enfin maintenant, depuis mon mariage, je m'appelle Esteban... Vous ne vous souvenez peut-être pas de moi ? Jeune fille, je travaillais ici à la plonge et je venais parfois chercher ma mère à la fabrique de votre père.

– Je ne vous aurais pas reconnue...

– Vous étiez gamine quand j'ai quitté Martres... C'était en mars 1929, la même semaine où le maréchal Foch est mort. J'avais à peine dix-huit ans et je venais d'épouser Jean. Il était ouvrier à la cimenterie de Saint-Gaudens. J'ai suivi mon mari et on a vécu là-bas.

– Vous y êtes restés longtemps ?

– Presque trente ans ! Au début de mon mariage, j'ai travaillé à Villeneuve-de-Rivière comme cuisinière dans l'École de langue française. On y accueillait près de 150 jeunes étudiants étrangers. J'y suis restée jusqu'à la déclaration de guerre. Après, j'ai été employée dans plusieurs établissements du centre de Saint-Gaudens, toujours pour faire la cuisine.

– Pourquoi êtes-vous revenus ici ?

– Il y a cinq ans, le 23 mars 1959 exactement, mon Jeannot a été victime d'un grave accident du travail. Plus question pour lui d'aller à l'usine. Alors, avec ce qu'on a touché de l'assurance et quelques économies qu'on avait de côté, on a acheté le café, histoire de se mettre à notre compte et d'être enfin patrons. La petite qui a pris votre commande, c'est ma fille, Jacqueline.

– Et Pascaline, votre mère ?

– Quand on s'est installés ici, Maman était déjà veuve depuis trois ans. Jeannot lui a aménagé un petit appartement dans le grenier pour qu'elle soit avec nous tout en étant chez elle. Ça vous ferait plaisir de la revoir ? demanda Clémence.

– Oui, elle était toujours si gentille avec moi…

– Vous allez la trouver changée. Allez, mangez votre croustade, et après je vous y monte…

Vers les deux heures de l'après-midi, guidées par Clémence, Monique et Rachel gravirent les marches d'un étroit escalier qui ressemblait aux échelles de meunier. Parvenue à un palier aussi exigu que ces ascenseurs parisiens où l'on tient juste à deux, Clémence s'arrêta, comme si elle hésitait presque à entrer sur le théâtre de cette vie qui, tel le sable coulant entre les doigts, s'en fuyait pour emporter avec elle le temps de vivre et d'aimer. Elle jeta aux deux femmes un bref regard puis poussa doucement une porte qui donnait accès à un deux pièces situé sur la partie arrière de la maison. Il y avait là une petite chambre et une modeste cuisine, meublées en pitchpin en vogue dans les années vingt. Par les fenêtres de l'appartement, on plongeait dans l'océan des toits de tuiles rouges de Martres-Tolosane. Simple et propre, empreint d'une agréable odeur d'encaustique, le logis fleurait bon les valeurs de la classe ouvrière.

Vêtue d'une blouse de nylon bleu qui contrastait avec son teint pâle, assise dans un confortable fauteuil Voltaire recouvert de tissu bordeaux, les mains jointes, percluses de rhumatismes, une vieille dame aux cheveux blancs tirés en chignon était immobile, statue momifiée d'un temps qui n'était plus le sien. Le regard fixe, perdu dans un ailleurs insondable, elle ne semblait plus appartenir au monde qui l'entourait. Monique s'approcha d'elle à pas feutrés, comme si elle craignait presque de la déranger. Elle s'agenouilla pour tenter d'entrer dans son champ de vision mais la vieille dame, étrangère à son environnement, demeura aussi figée qu'un bas-relief suspendu au mur d'une chapelle romane. À force de patience et de sourires, Monique parvint à capter son regard. Si ses yeux étaient aussi bleus qu'autrefois, ils n'avaient plus aucune expression. Pascaline Marasset semblait la regarder sans la voir, détachée des choses de la vie, comme absente.

À plusieurs reprises, Monique, en lui tenant la main, lui murmura doucement son prénom à l'oreille, tentant de faire surgir un souvenir en usant d'un ton presque confidentiel, sans pour autant parvenir à provoquer une quelconque réaction. Ankylosée à force de rester accroupie, elle allait se redresser, déçue de n'avoir pu faire surgir un souvenir, quand la vieille femme laissa soudain couler de ses lèvres : « Coquette… Coquette… Coquette… Les Taillades… Les Taillades… Les Taillades… Soleil… Soleil… Soleil… Les aubépines en fleur… Ne jamais parler… Jamais dire… » Monique la regarda, interloquée pendant une fraction de seconde par ces mots incohérents. Les yeux de la vieille dame n'avaient pas bougé : ils scrutaient toujours par-delà les toits un horizon lointain qui se perdait dans l'infini du ciel de septembre. Les doigts de sa main ridée où les veines dessinaient de longs fils bleuâtres s'étaient imperceptiblement raidis.

– Elle se rappelle de Coquette, l'ânesse que nous avions alors, murmura Monique, émue par les mots que Pascaline venait de dire.

– C'est possible. Votre père l'envoyait parfois avec la carriole, le plus souvent pour faire partir une commande à l'arrêt du chemin de fer.

– Mais pourquoi se souviendrait-elle du chemin des Taillades ? Du soleil ? Et que voulait-elle dire avec ces aubépines en fleur ?

– Elle n'a plus sa tête ! fit Clémence.

– Elle est toujours comme ça ? demanda Rachel, impressionnée par la vieille femme immobile dans sa raideur.

– Hélas oui, et ça ne s'arrange pas ! Depuis quelque temps, elle répète le même mot pendant plusieurs minutes, comme un vieux disque rayé sur un phono.

– Vous croyez qu'elle pense à quelque chose de précis ? fit Monique, cherchant un sens aux paroles de la vieille dame.

– À quoi voulez-vous qu'elle pense ! C'est de la sauce blanche, là-haut, fit Clémence en secouant pensivement la tête.

– Et le médecin, que dit-il ?

– Que peut-il me dire ! Elle mange bien, elle dort bien… il n'y a rien à faire… Son monde n'est plus le nôtre et, là où elle est, personne ne peut plus grand-chose pour elle.

– Mon Dieu, que c'est triste de finir ainsi ! soupira Rachel.

De retour dans la salle du bistrot, Monique et Rachel se réconfortèrent en dégustant à petites gorgées un café noir brûlant que leur servit Jacqueline, la fille de Clémence. Elle rinçait en chantonnant quelques tasses dans un minuscule évier invisible aux regards des clients. L'estaminet était quasiment vide. C'était l'heure creuse, celle où même les habitués désertent les lieux quotidiens d'échanges villageois pour retrouver plus d'intimité. Seuls au fond à droite, deux petits vieux aux crânes ornés d'une couronne de cheveux blancs s'installaient tranquillement dans la pénombre apaisante. Avec des gestes lents et mesurés, ils déployaient devant eux un tapis vert fatigué par les ans, se préparant à passer leur après-midi à jouer aux cartes. Depuis qu'ils avaient pris leur retraite huit ans plus tôt, Lucien et Hippolyte venaient là chaque jour pour disputer de longues parties de belote. Confortablement assis sur la banquette de molesquine bordeaux usée, ils attendaient l'arrivée d'Adolphe pour commencer leur traditionnelle partie qui les conduirait jusqu'à l'apéritif.

– Vous partez à la fabrique ? leur demanda la jeune serveuse en les voyant se lever et repousser leur chaise contre la table.

– Oui. Elle est toujours au même endroit ? demanda Monique.

– Bien sûr. Enfin, moi je l'ai toujours connue là…

– On pourra manger ici ce soir ? s'assura Rachel.

– En principe, on ne sert pas à dîner. Mais, pour vous, pas de problème. Je dirai à Maman de vous préparer deux couverts.

Délaissant la partie circulaire de la bastide, les deux femmes s'engagèrent en ce début d'après-midi tiède sur le boulevard de la Magdeleine en direction de la rue Saint-Roch. Dans ce bourg, à l'évidence, tout était à portée de main. Rapidement, elles parvinrent devant un grand bâtiment harmonieusement couvert de tuiles comme tout le reste du village. Il gardait une certaine humanité, un certain art de vivre que les barres et les tours des cités avaient oubliés. Sur le mur de couleur ocre, à gauche, Rachel aperçut une inscription peinte en lettres marron au graphisme un peu désuet des années trente, légèrement ombré pour mieux faire ressortir les capitales d'imprimerie. Dessus, on pouvait lire en caractères légèrement défraîchis :

MANUFACTURE GASTON MARÉCHAL
Faïences d'Art
Urnes, Vases, Corbeilles
Jardinières, Garnitures de Bureau
Plats décoratifs
Services de Table
Articles fantaisie de toutes sortes

Un large portail rouge s'ouvrait sur un porche de briques rongées par l'usure du temps, et on accédait à une vaste cour rectangulaire pavée de galets de la Garonne, tous séparés d'un joint herbeux. Autour d'elle, s'organisait un ensemble d'anciennes écuries transformées en ateliers éclairés par des baies à petits carreaux.

« Rien n'a changé ! » fit Monique en promenant un regard ému, presque attendri sur les bâtiments en état passablement négligé.

Les murs de la faïencerie respiraient en effet l'Histoire. Un simple regard suffisait, il n'y avait pas grand effort à faire pour imaginer ces lieux habités du va-et-vient de ces journaliers qui, à l'aube du XXe siècle, constituaient encore le monde ordinaire des travailleurs des faïenceries. Quittant dès potron-minet leur pauvre logis, une partie de cette troupe d'ouvriers faiblement rémunérés avait pour mission d'aller tous les jours et par tous les temps chercher la terre ou le bois nécessaire au chauffage des fours. Par des chemins boueux, coupés de fondrières où les roues des charretons s'enfonçaient parfois jusqu'à l'essieu, à la lumière tremblotante d'un fanal à pétrole, ils partaient aussi bien dans le froid et le vent que dans la fournaise de l'été. Piocher la terre argileuse à la carrière, se procurer ces brassées de « toujagues », ces fagots d'ajoncs piquants qui permettraient une rapide montée en chaleur des fours, entretenue ensuite par de grosses bûches bien sèches pour obtenir un épais lit de braises, tel était le rude travail de leur quotidien.

Chaussés de mauvais sabots en bois garnis d'une poignée de paille plus souvent que de brodequins de cuir, vêtus de toile grossière et rapiécée, la taille entourée d'une longue ceinture de flanelle noire pour protéger la force de leurs reins, ils étaient les damnés d'une terre assoiffée autant de leur sueur que de leur énergie. Ces prolétaires des faïenceries étaient les forçats d'un travail ingrat récompensé d'un salaire de misère et d'une nourriture frugale, une assiette de soupe au lard, le plus souvent un brouet de légumes clair, un morceau de pain agrémenté d'un oignon, d'un peu d'huile d'olive et d'un fruit du jardin, selon la saison. Si, dans un coin de la cour de la fabrique, une moderne fourgonnette R4 de couleur bleue n'avait remplacé la camionnette Renault KZ vert pomme de son enfance, leurs fantômes auraient parus très proches à Monique.

En poussant un double vantail de bois dont la peinture fanée s'écaillait par plaques, elles pénétrèrent alors dans un vaste hangar plongé dans une pénombre tiède qui, sous le toit de tuiles plates, baignait dans une atmosphère douceâtre. Par un étroit « fenestrou », un rai de lumière, telle une lame de couteau, jetait une pâle clarté sur le sol. Là, s'ouvraient trois grandes cavités rectangulaires, chacune profonde d'une bonne hauteur d'homme, toutes construites par un empilement de blocs de pierres sèches. Une émanation de terre grasse leur monta aux narines. Cette odeur, à l'image de la madeleine de Marcel Proust, éveilla instantanément un flot de souvenirs chez Monique. Au-dessus des fosses, un petit trottoir médiocrement cimenté permettait de circuler le long d'un mur enduit d'une épaisse couche de plâtre de Paris qui laissait apparaître tout un entrelacs de traces brunes.

– Fais attention à ne pas tomber, fit Monique en empruntant un étroit passage qui longeait les inquiétantes profondeurs béantes.

– Pourquoi ces trous ? questionna Rachel.

– Ce sont des fosses de décantation.

– Et à quoi servent-elles ?

– C'est ici qu'on entrepose la terre une fois nettoyée, lavée et tamisée. Elle y reste plusieurs mois, parfois plus longtemps. C'est ce qu'on appelle le pourrissage. Ensuite, les galettes sont plaquées contre le mur pour absorber l'humidité en trop. Regarde où tu mets les pieds.

– Il y a de quoi se rompre les os.

– Tu comprends pourquoi, quand j'étais petite, Maman m'interdisait de venir ici…

– Et toi, tu désobéissais ?

– Je voulais toujours me pencher pour voir ce qu'il y avait au fond !

Traversant le hangar précautionneusement, le pas aussi léger qu'un Sioux sur le sentier de la guerre, attentives aux abîmes menaçants, Monique et Rachel se glissèrent sous une voûte de briques crues en plein cintre pour pénétrer dans l'atelier de coulage qui jouxtait les fosses de décantation. Une rengaine à la mode jaillissait en sourdine d'un transistor rouge et blanc posé en hauteur sur une étagère. Deux ouvrières d'une trentaine d'années, vêtues de tabliers bleus maculés de traces de terre, les cheveux enveloppés d'un fichu, s'affairaient à remplir, à l'aide de brocs de tôle émaillée, des moules cubiques de plâtre poreux cerclés de feuillards de fer d'un mélange d'eau et d'argile communément appelé barbotine. Un peu en retrait, une autre ouvrière, assise sur un banc, ébarbait à l'aide d'un cutter à lame d'acier monté sur un manche de bois une corbeille fraîchement démoulée après quarante-huit heures de séchage. Devant leurs mines surprises par cette intrusion, Monique les salua rapidement d'un sourire et poursuivit son chemin sans leur laisser le temps de réagir.

Concentrées sur leur ouvrage, les trois ouvrières se contentèrent de suivre des yeux les deux femmes dans la traversée de la pièce. À droite, au fond, un passage un peu plus étroit ouvrait sur une autre salle, plus vaste que la précédente et largement ventilée. Cette partie des ateliers, dans une demi-pénombre, servait manifestement au stockage, à en juger par les pièces brutes méthodiquement entassées sur des planches de bois formant un véritable entrelacs d'étagères. Il y en avait de toutes sortes : assiettes, vases, coupes, pots, corbeilles, raviers, écritoires… Par lots d'une bonne douzaine, de six, huit ou dix, les formes s'y alignaient, bien rangées pour occuper le moins d'espace possible. Tout en s'efforçant de suivre son amie, Rachel regardait autour d'elle, découvrant un univers qui lui était jusque-là totalement inconnu.

Alors que le regard de Rachel s'attardait encore sur les rayons surchargés, Monique était au seuil de l'atelier suivant, pressant le pas comme si elle avait hâte de prendre possession de ce qui avait constitué le décor des saisons et des jours de sa jeunesse. Quoique tout aussi abondamment pourvu d'étagères en bois où s'entassaient moules et pièces en cours d'élaboration, ce lieu jouissait d'une bien meilleure luminosité, grâce à une double baie vitrée et quatre tubes néons, éclairage nécessaire aux trois ouvrières qui, assises sur de solides tabourets, y œuvraient derrière des établis couverts d'une pellicule de terre ocre et grasse. Les femmes pressaient la terre humide contre un moule qui servait de gabarit, formaient des galettes et démoulaient au bout de quelques heures. Après un jour complet de séchage à l'air libre, les pièces étaient enfin ébarbées, les bords étant égalisés et lissés d'un coup d'éponge humide, prêtes à passer entre les mains des employées chargées de l'étape du façonnage.

– Bonjour… Vous cherchez peut-être quelqu'un ? leur demanda une ouvrière qui affichait une pimpante quarantaine.

– Pas vraiment !

– C'est juste la fabrication ici. Si vous désirez faire un achat, il faut aller à la boutique. Le magasin est de l'autre côté de la cour.

– Je le sais bien. J'y ai si souvent joué quand j'étais petite fille…

– Vos parents ont travaillé ici ?

– Oui… Mon père autrefois !

– Alors, j'ai sûrement dû le connaître, répondit l'ouvrière avec assurance, j'ai presque vingt ans de maison ! J'ai été embauchée en mai 1945, juste au lendemain de la victoire… Et comment s'appelait votre père ?

– Gaston Maréchal.

– Pardon ? fit l'employée, craignant d'avoir mal entendu.

– Gaston Maréchal, répéta Monique un peu plus fort.

– Mais, madame, vous…

– Oui, vous avez bien compris !

– Vous êtes la petite Monique qui est partie avant guerre ? questionna l'employée en écarquillant des yeux ronds. Ah ça alors ! Mon Dieu… bredouilla-t-elle, tellement surprise qu'elle avait failli laisser échapper la coupe de style Renaissance qu'elle tenait à la main, avant d'ajouter : Je vais prévenir M. Marcel que vous êtes là !

– C'est le contremaître, n'est-ce pas ? fit Rachel d'un air entendu.

– Oui, vous le connaissez ? demanda l'ouvrière.

– Moi, pas du tout ! répondit Rachel.

– C'est simplement l'un des noms que maître Lacoste, le notaire que j'ai vu à Toulouse avant d'arriver ici, m'a indiqués, expliqua Monique avec un large sourire.

– L'autre, c'est celui de Jean-François Descamps, intervint Rachel.

– Ah ! M. Descamps, lui, c'est l'administrateur...

– C'est lui qui s'est occupé de gérer l'affaire ?

– Oui, quand monsieur votre père est décédé, M. Marcel a expédié les affaires courantes pendant quelques jours. Mais il a bien fallu prendre d'autres dispositions pour continuer de fonctionner. M. Descamps a été nommé par le tribunal de commerce pour diriger la fabrique en attendant de savoir ce que vous étiez devenue.

– Où puis-je trouver Marcel Laffargue ?

– À cette heure-ci, il doit être au bureau. D'habitude, en début d'après-midi, il prépare toujours les expéditions pour le transporteur qui passe le lendemain matin.

– Eh bien, je vais lui faire la surprise !

– Je vais vous y conduire...

– Ne vous dérangez pas. Il est toujours à côté de l'atelier de peinture ?

– Ça n'a pas changé...

– Alors, je vais bien le retrouver toute seule.

– À votre service, madame, balbutia l'ouvrière, encore toute troublée, en s'essuyant fébrilement les doigts sur son tablier bleu avant de serrer la main que Monique lui tendait pour prendre congé.

Avec une assurance de propriétaire, Monique franchit une petite porte basse à la peinture écaillée. Au grand air, sous le tiède soleil de septembre, elle marqua une pause, cillant à cause de la lumière crue qui baignait généreusement la cour. Jailli d'on ne sait où, à quelques pas d'elles, un chat noir et maigre traversa l'espace pavé qui les séparait du bureau. Le matou, une vraie terreur des arrière-cours, des caves et des greniers, avait le poil sale et graisseux. Parvenu presque au centre de la cour, il s'arrêta net et, orientant ses oreilles, tourna lentement sa tête pour regarder les deux femmes venir à sa rencontre, semblant jeter un regard mauvais à ces deux étrangères qu'il percevait comme des intruses sur son territoire de chasse. Rachel l'observa du coin de l'œil. À l'évidence aussi teigneux que sûr de lui-même, le matou ne semblait pas craindre grand-chose. Superstitieuse, Rachel dut faire un effort pour ne pas voir dans cette apparition comme un signe du destin.

Face à elles, ce que les ouvrières appelaient familièrement le « magasin » offrait au regard du visiteur les tentations d'une chatoyante vitrine. Là s'étalaient, artistiquement agencées sur une étamine de couleur bleu nuit, les magnifiques pièces que la fabrique Gaston Maréchal était capable de produire à l'intention des clients les plus exigeants : aiguières aux anses savamment torsadées, élégantes bouquetières murales parées de fleurs de solanacées, délicieuses écritoires à deux encriers, moutardiers laissant apparaître l'extrémité d'une spatule d'olivier, paniers festonnés et corbeilles délicatement ajourées, bonbonnières côtelées en forme de citrouille, simples sucriers ornés des traditionnels bouquets de fleurs de Martres, soupières aux décors polychromes, rafraîchissoirs aux poignées serpentines… Il y en avait pour tous les goûts, sans oublier les multiples collections de services de table. À quelques mètres de la vitrine, jouxtant presque la devanture du magasin, s'ouvrait une étroite porte ripolinée en rouge vermillon, vitrée à petits carreaux, ornée au-dessus de son linteau de l'inscription *Bureaux* qui s'étalait en lettres défraîchies.

Les yeux émerveillés de Rachel errèrent quelques instants sur les belles pièces que l'étalage présentait au visiteur. Sensible à la beauté de ces formes simples, à l'esthétique de ces décors où les ibis, signe identifiable de la faïence martraise, dansaient sur fond blanc laiteux émaillé de fleurs stylisées, à l'harmonie naturelle des camaïeux de couleurs, elle savoura avec gourmandise cet art du feu qui était à l'évidence un art de vie, celui d'une terre d'hommes, où talent se conjuguait avec authenticité. Fruits d'une tradition multiséculaire, ces faïences étaient l'illustration d'un savoir-faire transmis patiemment de génération en génération, témoignant de la parfaite maîtrise de la plasticité de la terre. Mon Dieu, qu'ils étaient beaux, ces bleu cobalt aussi profonds que les mers du Sud ! Le regard, attiré par une force mystérieuse, avait envie de s'y perdre peut-être pour mieux retrouver le sens du vrai et plonger dans cette plénitude de l'infini qui n'appartient qu'aux créateurs.

4

Un retour inopportun

Rachel admirait encore les pièces sublimes produites par la faïencerie Maréchal, quand Monique poussa d'un geste vif le bouton de laiton jaune de la porte vitrée et entra résolument dans le bureau. L'espace d'une seconde, dans le souffle du battant, elle se retrouva plongée en 1938, éprouvant d'un seul coup la curieuse impression de renouer avec un passé que les ans n'avaient même pas eu le temps d'éroder. Il est vrai qu'ici rien ou presque n'avait réellement changé depuis son départ. La pièce avait toujours les mêmes dimensions modestes. Le classeur de bois verni ouvrait son ventre sur une montagne de dossiers au dos soigneusement calligraphié en lettres noires : factures, bordereaux d'envoi, commandes. Le bureau, lui-même surmonté et entouré d'étagères garnies d'une savante superposition de classeurs, disparaissait sous plusieurs piles de chemises cartonnées. À droite d'une lampe à l'abat-jour en opaline verte, juste à côté d'un cendrier publicitaire débordant de mégots, émergeait le combiné d'un téléphone. À l'opposé, une machine à écrire noire de marque Japy trônait sur une petite table, déployant le méthodique alignement de ses touches rondes cerclées d'aluminium.

Humant un air qui sentait le tabac froid et la poussière, Monique marqua un temps d'arrêt en apercevant le dos rond d'un homme vêtu d'une blouse grise aussi usagée que celles portées encore par les potaches à l'école. Il était assis sur une chaise en bois verni, semblable aux sièges en place ordinairement dans tous les bistrots de province. Un crayon à la main, penché sur un bureau ministre de bois sombre, il était si absorbé dans la vérification d'une longue addition qu'il ne prêta même pas attention à la porte qui venait de s'ouvrir derrière lui. Dans le silence presque monacal de la petite pièce, Monique perçut le bruit de sa respiration. Elle avait la puissance régulière d'un soufflet de forge, résultat d'une longue et excessive consommation de tabac. Détournant les yeux, elle promena un regard attendri sur tout le décor qui l'entourait. Que cet endroit où si souvent, enfant, elle avait fait ses devoirs, évoquait de souvenirs !

Brutalement, comme s'il avait senti une force mystérieuse, l'homme se retourna légèrement, faisant volte-face d'un mouvement de tête pour jeter un regard inquisiteur à l'intrus. Âgé d'une cinquantaine largement dépassée, le cheveu gris filasse dévoilait un crâne rose parsemé déjà de quelques taches de vieillesse. Ses petits yeux durs et noirs, presque porcins, enfoncés dans des orbites soulignées d'un cerne jaunâtre, la fixaient sans aménité, le classant au premier coup d'œil dans le genre incapable d'éprouver de la compassion pour son semblable. Sous sa barbe bleuissant d'un rasage matinal, une lippe graisseuse lui faisait un double menton, assorti aux joues parsemées de multiples veinules violacées, type parfait du teint rougeaud de ceux qui font trop bonne chère. La tête enfoncée dans un cou de taureau, les épaules en portemanteau, il semblait comme prêt à bondir. De surprise, sa bouche s'ouvrit sur un alignement irrégulier de chicots jaunes de nicotine.

– C'est pour quoi ? laissa tomber le bonhomme d'une voix aussi rocailleuse que celle de ces montagnes des Pyrénées.

– Monsieur Laffargue ?

– Oui, c'est bien moi ! fit-il d'un ton rogue, comme contrarié d'être dérangé en plein travail.

– Marcel Laffargue ? répéta Monique chaleureusement pour détendre l'atmosphère et établir un dialogue.

– Qu'est-ce que vous me voulez ?

– Je suis Monique Maréchal.

– Qu'avez-vous dit ? Monique Maréchal ?

– Oui !

Si tous les bâtiments de la fabrique qui l'entouraient lui avaient été inconnus, Monique aurait presque eu l'impression d'avoir prononcé une incongruité. À ces mots, en effet, vivement, l'homme tourna un peu plus la tête vers elle, presque comme s'il avait été piqué par une de ces vipères aspics redoutées par les chasseurs. Elle sentit poindre sur elle un regard aussi dur qu'une de ces barres de fer portées au rouge par les forgerons à grands coups de soufflet. Il la fixait intensément et ses sourcils en broussaille se fronçaient tandis que les prunelles de ses petits yeux noirs se rétrécissaient, la dardant sans pitié d'un véritable trait de feu où on ne pouvait distinguer ni aménité ni encore moins une once de bonne humeur.

Le temps, rempli soudain du poids des souvenirs, de suspicion et d'inquiétude, sembla pendant quelques secondes suspendre son vol, ouvrant une parenthèse dans le cours du destin. L'un observait l'autre, dans un de ces silences de cathédrale, propice aux plus folles rêveries de l'esprit, à l'image de ces comédiens qui, derrière les plis d'un rideau rouge d'un théâtre de province, dans l'attente fébrile des trois coups, la tête et le cœur chavirés avant l'entrée en scène et le contact avec un public volontiers gouailleur, sortes de gladiateurs dans l'arène, à l'aube d'un de ces combats sans vainqueur ni vaincu où seul le pouce du prince, dans sa loge, désignera le survivant incertain.

Immobiles, dans un silence à peine troublé du bruit imperceptible de leurs respirations, ils étaient là dans un de ces face-à-face historiques où le premier qui baisserait les yeux aurait définitivement perdu la partie. Comme ces grands rapaces qui se laissent porter par les masses d'air pour planer longuement dans l'azur en cercles concentriques avant de se laisser fondre sur leur proie, ils se dévisageaient dans un étrange mélange de curiosité, d'estimation et de méfiance, cherchant à analyser la personnalité de l'autre. C'est à ce moment précis que Rachel, un large sourire aux lèvres, franchit à son tour la porte du petit bureau et saisit aussitôt la tension qui y régnait.

Elle jugea la situation du premier coup d'œil. À l'évidence, l'homme qui faisait face à Monique était un dur à cuire, un de ceux que l'on ne roule pas facilement dans la farine. Un type à qui il ne faisait pas bon raconter des histoires. Inutile d'essayer de l'emberlificoter ou de chercher à l'avoir au sentiment. Sous sa couenne qui devait avoir l'épaisseur de la peau d'un sanglier, on percevait aisément toute la rouerie d'un de ces vieux de la vieille, un de ceux à qui on ne la fait plus. Le bonhomme avait suffisamment de métier pour affronter les chausse-trappes de la vie en société. Avec ses petits yeux noirs à la lueur machiavélique, on devinait aisément qu'il était rompu à toutes les turpitudes dont les hommes sont capables pour assurer leur domination sur leurs semblables.

– Monique Maréchal ! répéta très lentement Marcel Laffargue en détachant intentionnellement chaque syllabe comme s'il voulait leur donner le temps d'arriver à son cerveau pour s'y imprimer.

– Maître Lacoste a dû vous parler de moi…

– Maître Lacoste ? Ah oui, bien sûr ! Je suis très heureux de vous rencontrer, balbutia-t-il d'une voix doucereuse en se levant pour lui tendre une main molle et des doigts fuyants, et aussi gluants que ces anguilles qu'il capturait à la saison dans la Garonne, qui donnaient la sensation d'effleurer le corps d'une méduse. Vous venez de Paris, n'est-ce pas ?

– Nous sommes arrivées ce matin, répondit Monique en se retournant vers Rachel.

– C'est un bien long voyage pour deux femmes seules !

– Nous avons dormi à Toulouse, hier soir, le rassura Rachel.

– Bien sûr… Et ici, puis-je savoir à quel hôtel vous êtes descendues, mesdames ? demanda-t-il courtoisement d'un ton patelin.

– Oh… Nous sommes montées directement aux Taillades. C'est d'ailleurs là que nous allons nous installer dès ce soir.

– Aux Taillades ! Vous installer aux Taillades ?

– Oui… C'est la maison où j'ai passé toute ma jeunesse, n'est-ce pas ? fit Monique d'un sourire entendu.

– Bien sûr… Bien sûr… répéta Marcel Laffargue, comme s'il voulait bien saisir la situation avant d'ajouter d'un ton mielleux : Vous y avez naturellement beaucoup de souvenirs…

– Tout comme ici du reste, lui répondit Monique en tournant la tête de gauche à droite pour embrasser d'un regard presque attendri le décor de la pièce où de multiples détails, comme ce thermomètre, réclame des entremets FrancOrusse, offert avant guerre par l'épicier de la grand-rue en échange d'un reliquat de coupons, qui la rattachait à sa prime enfance.

– Comme vous pouvez le constater, ce bureau n'a dû guère changer depuis votre départ… Du moins, depuis que je suis arrivé, je l'ai toujours connu ainsi.

– Il y a longtemps que vous êtes employé dans cette maison, monsieur Laffargue ? fit Rachel.

– Presque vingt-cinq ans, madame…

– Vingt-cinq ans, répéta Monique avec un brin d'étonnement.

– Oui, voyez-vous, ma venue ici est liée à la guerre… Je suis arrivé à l'automne 1940, le 25 octobre exactement, juste le lendemain de l'entrevue entre Pétain et Hitler à Montoire... Les journaux de l'époque n'étaient d'ailleurs pleins que de ça et cette fameuse poignée de main faisait toutes les manchettes.

– Et quel rapport avec votre embauche ? Il y avait un surcroît de travail ?

– Oh non, c'était plutôt le contraire ! À vrai dire, votre père cherchait un ouvrier assez qualifié pour diriger la chaîne de production, expliqua Laffargue.

– Quand je suis partie d'ici en septembre 1938, si je me rappelle bien, c'était le travail dévolu à Jean Dastugues, non ? fit Monique.

Elle conservait l'image d'un grand type sympathique d'environ trente ans, au sourire désarmant de candeur. Avec ses cheveux noirs soigneusement peignés en arrière et luisants de brillantine Roja, ses yeux noirs veloutés, il était assez séduisant pour faire chavirer le cœur des midinettes et frémir celui de bien des jeunes filles en fleur. Hélas pour lui, le pauvre garçon était marié à une véritable pie-grièche du nom de Rosette, une blonde aux cheveux peroxydés comme ces vedettes du cinéma américain, jolie et garce. Non contente de lui mener la vie dure au quotidien, la belle enfant affectionnait de se promener en déshabillé vaporeux encore à l'heure où les honnêtes ménagères sont depuis longtemps à l'ouvrage. Elle le trompait régulièrement avec un commis voyageur représentant d'engrais azotés. Mais Dastugues, accaparé par son travail, ignorait sans doute tout de ses incartades et de son infortune, il était très fier de rapporter à la maison une paye qui dispensait son épouse de travailler.

– Oui, en effet, répondit Laffargue... Mais Dastugues a été mobilisé dès les premiers jours de septembre 1939.

– Comme des milliers d'autres...

– Certes ; c'était je crois un bon ouvrier, votre père lui avait d'ailleurs naturellement gardé la place. Hélas, le pauvre gars s'est fait coincer par les Boches dans les Ardennes aux premières heures de l'offensive de Guderian. Résultat, dès la fin mai 1940, Dastugues s'est retrouvé prisonnier en Allemagne pour cinq ans !

– Il n'a pas tenté de s'évader ? demanda Rachel.

– Si... une fois, je pense, mais les Frisés l'ont vite repris.

– Et en 1945 ?

– Pendant la guerre, la Rosette avait fricoté avec les Allemands en garnison à Saint-Gaudens. À la Libération, elle a préféré prendre le large pendant quelque temps, ce qui lui a évité d'être tondue comme d'autres. J'ignore comment Dastugues l'a appris mais, quand les Américains ont libéré son stalag, je sais qu'il a écrit une lettre à votre père en lui expliquant qu'il préférait rester là-bas.

– En Allemagne ?

– Oui, en Allemagne ! Je crois qu'il n'avait guère envie de rentrer au pays pour la retrouver.

– Il aimait pourtant bien son métier, remarqua Monique Maréchal qui conservait de Dastugues le souvenir d'un ouvrier consciencieux et d'un commerce agréable.

– Certes... Mais, d'après un de ses copains de stalag, à partir de 1942 il a été affecté dans un *Kommando* agricole pour travailler dans une exploitation de la Sarre. C'est là qu'il aurait fait la connaissance d'une gentille petite femme, la veuve d'un type disparu sur le front de l'Est, du côté de Stalingrad, paraît-il.

– Et mon père vous a embauché pour le remplacer ?

– Oui, il ne pouvait pas tout assumer seul. Sans contremaître la fabrique n'aurait pas fonctionné plus de quelques mois.

– Pourtant, depuis quatre ans, vous êtes seul à faire tourner la boutique, n'est-ce pas ? fit Rachel.

– Je m'occupe uniquement du courant ! lui répondit Marcel Laffargue d'un sourire faussement modeste.

– Et c'est quoi, votre courant ? insista Rachel.

– Le même que dans les autres faïenceries de Martres-Tolosane ! Il faut organiser la production, gérer tout aussi bien le stock matières est que celui des produits, être attentif aux désirs de la clientèle, prévoir l'article qui peut devenir à la mode, suivre le carnet de commandes et l'enrichir pour maintenir le plan de charge, veiller aux expéditions…

Monique observa le contremaître. Debout, face à elles, légèrement voûté, ses grosses mains velues enfoncées dans les poches d'une blouse grise avachie, sa silhouette alourdie manquait singulièrement de prestance. À la vitesse d'un éclair, l'image furtive de Jeff, son mari, traversa sa mémoire. Derrière ses sourcils en broussaille où s'enfonçaient des yeux vifs qui auraient pu appartenir à un de ces braves paysans bonhommes, comme on peut encore en trouver dans les campagnes méridionales, elle devinait un homme qui, de toute évidence, aimait le pouvoir et la domination qui inspire la crainte à ceux qui la subissent, un type retors, que les scrupules ne devaient guère étouffer pour atteindre son but.

– Un vrai travail de patron, dites-moi ! fit Monique en le gratifiant d'un sourire, sachant qu'il s'agissait d'un dur labeur.

– Vous savez, c'est M. Descamps qui s'occupe de tout, les comptes, le bilan, toute la gestion financière… répondit Laffargue, faisant un peu la chattemite comme s'il voulait faire oublier l'omnipotence du pouvoir de décision à laquelle la mort de Gaston Maréchal lui avait permis d'accéder. Je travaille sous son contrôle…

– Maître Lacoste m'a en effet informé du rôle dont le tribunal administratif l'a chargé, acquiesça Monique avant d'ajouter un peu ironique, troublée par l'attitude mielleuse du contremaître : Monsieur Laffargue, c'est quand même bien vous qui êtes sur le terrain…

– Voulez-vous visiter la fabrique ? Peut-être votre amie ne connaît-elle pas tous nos secrets de fabrication ? proposa alors aimablement Marcel Laffargue, pour faire diversion, en se tournant vers Rachel.

– Si le cœur lui en dit ! lâcha Monique, un peu agacée par cette proposition qui l'éloignait du sujet qui lui tenait à cœur, la direction de l'entreprise.

– Volontiers ! répondit Rachel, en saisissant la balle au bond pour quitter la petite pièce où elle se sentait à l'étroit.

Marcel Laffargue hocha pensivement la tête, comme s'il réfléchissait. Il regarda Monique à la dérobée alors qu'elle le fixait des yeux, en silence. Prenant une inspiration profonde, il se leva lentement, lissa des doigts ses cheveux gris filasses avant de laisser tomber un « suivez-moi » d'un ton qui contrastait avec ses yeux noirs et durs. Tirant la porte du bureau derrière lui, il les entraîna à travers un dédale de pièces servant d'entrepôt jusqu'à la partie de la fabrique où étaient installés les fours. Situés dans une demi-pénombre semblant faite pour des méditations intimes, trois fours à double moufle, à l'évidence de facture ancienne, ouvraient leurs gueules béantes comme si, affamés, ils attendaient leur ration de poteries. Construits par paires, Rachel observa qu'ils étaient plus hauts que larges. Devant ces cavités d'une bonne profondeur, bâties en briquettes, le contremaître se tourna délibérément vers elle pour lui expliquer la technique dite du grand feu.

– Après l'étape de l'estampage ou du tournage puis celle du façonnage que vous avez traversée pour arriver au bureau, on laisse sécher les pièces quelque temps. Elles y restent une bonne dizaine de jours avant d'être amenées ici pour la première cuisson. Il faut atteindre 1080 degrés pour que l'argile prenne une belle couleur rouge. Les oxydes de fer… la transforment en biscuit.

– Mais comment arrivez-vous à une telle température ? Votre four n'a pas de porte, observa Rachel malicieusement.

– Quand le four est plein, on mure l'ouverture avec des briques réfractaires. Mais, nous sommes les derniers à travailler encore ainsi à l'ancienne. Lorsque la cuisson est terminée, on laisse refroidir le four, puis on démonte les briques. La cuisson n'est pas une science exacte, précisa Laffargue. On place dans le mur une lunette pour surveiller l'opération. L'important, c'est surtout d'avoir une montée en chaleur rapide, d'où l'usage au démarrage du feu de fagots de bois.

– Des fagots bien secs qu'ici on nomme « toujagues ».

– Et que deviennent les pièces après l'ouverture du four ? demanda Rachel.

– D'abord, il faut les laisser refroidir pour qu'elles retrouvent une température normale. Ensuite elles passent à l'atelier d'émaillage... Je vais vous montrer, fit Laffargue aimablement.

À voir la manière courtoise dont l'homme répondait à son amie, Monique eut la nette impression que Rachel ne laissait pas le contremaître indifférent. Était-ce l'intérêt qu'elle manifestait pour ces détails techniques ou bien était-ce le charme de ses grands yeux et les courbes agréables de sa plastique ? Passant devant elles pour ouvrir leur chemin, Marcel Laffargue s'avança vers un large panneau en bois à l'opposé des fours. Se saisissant vigoureusement d'une poignée de bois, il fit coulisser, dans un raclement métallique, la porte en planches grossièrement rabotées sur son rail de fer pour donner accès à un autre atelier. Un ciel de toit encombré de toiles d'araignées éclairait assez mal un homme d'une quarantaine d'années, debout, le crâne marqué par un début de calvitie, qui était penché sur une grande lessiveuse remplie d'un liquide blanchâtre ressemblant à s'y méprendre à de la crème fraîche liquide. En les apercevant, l'ouvrier leva la tête pour les dévisager avec surprise.

« Continue, Robert, continue ! » lança d'une voix de stentor Laffargue à l'ouvrier, vêtu d'une blouse grise maculée d'un camaïeu de taches jaunes et blanches qui, sous d'autres cieux, aurait pu passer pour un camouflage militaire. Les mains gantées, il tenait une coupe ajourée à bords joliment festonnés qu'il venait juste de sortir de la bassine toute nappée d'une généreuse couche du bain onctueux.

– C'est donc ça que vous appelez l'émaillage ? fit Rachel.

– Oui, on plonge toutes les pièces dans un bain d'émail à froid.

– Et quelle est donc la composition de cette mixture ?

– C'est principalement un mélange de gros sel, de plomb et d'oxyde d'étain… C'est d'ailleurs lui qui confère à la pièce sa tonalité et sa couleur plus ou moins éclatante.

– Pourquoi ce trempage ?

– À ce stade, les pièces sont encore très fragiles et l'émaillage permet de durcir la surface avant de mettre en place le décor.

– Ça, c'est ma partie ! dit Rachel.

– Vraiment ? releva Laffargue.

– Oui, je dessine des costumes pour le théâtre.

– Alors, suivez-moi. L'étape suivante vous intéressera davantage. Vous allez voir nos décoratrices à l'œuvre. Elles travaillent entièrement à main levée. Il leur faut beaucoup de sûreté dans le trait car si elles se trompent, la pièce est définitivement perdue ! Elles n'ont donc pas droit à l'erreur.

Monique Maréchal, presque hiératique, demeurait, telle une statue de sel, dans la posture d'une spectatrice en retrait. Marcel Laffargue entraîna derechef Rachel vers un atelier contigu. Éclairée par une croisée à petits carreaux que la vigne vierge avait partiellement recouverte, la pièce baignait dans une lumière paisible et reposante. Là, quatre femmes, les cheveux poivre et sel sobrement tirés en chignon, un pinceau à la main, concentrées sur leur objet, travaillaient en silence, assises sur des chaises basses à haut dossier face à des socles ronds qui ressemblaient comme deux gouttes d'eau aux tours des potiers. Rachel, les yeux mi-clos, en bonne professionnelle de l'art graphique, les regarda œuvrer pendant quelques minutes.

Devant chacune des quatre femmes, s'étalait tout un ensemble de pots et de timbales contenant des peintures aux couleurs vives. Dans chacun, elles plongeaient à intervalles réguliers des pinceaux plus ou moins fins à poils longs, les magnaient d'un imperceptible mouvement du poignet. Dans un silence feutré digne d'un confessionnal, la pointe de leur pinceau semblait danser. Elles esquissaient en quelques traits des bouquets de fleurs aux tons chatoyants où les tiges de roses, les fleurettes sauvages, les pivoines glorieuses toutes gorgées de sève se mariaient sur un fond blanc. D'un calme presque jupitérien, elles tenaient la pièce à décorer de la main gauche et l'effleuraient d'un toucher aérien. Au bout de quelques instants, Rachel demanda à voix basse à Marcel Laffargue, comme si elle craignait de déranger les ouvrières dans leur travail, et usant volontairement d'un ton de confidence, ce qui fit naître une onde de plaisir aux joues du contremaître :

– Dites-moi tout, monsieur Laffargue… comment obtient-on les couleurs de base ?

– À partir d'oxydes métalliques. Par exemple, le manganèse nous donne les tons violets, le cuivre les verts, l'oxyde de fer le rouge… mais, vous savez, précisa-t-il, la polychromie du décor n'est apparue qu'au milieu du XVIIIe siècle ! Avant cette date, les faïences de Martres étaient uniquement décorées d'un camaïeu de bleu.

– Une couleur obtenue à partir du cobalt, je suppose ?

– Tout à fait, opina Laffargue avec un large sourire, semblant heureux de parler avec quelqu'un qui n'était pas de la race de ces habituels touristes pressés que la fabrique voyait passer à l'occasion. D'ailleurs, regardez, c'est exactement le genre de décor que Jacky met en place devant vous.

Rachel observa l'ouvrière qui lui faisait face. Sans lever la tête, la femme tenait fermement de la main gauche un élégant rafraîchissoir aux anses serpentiformes pour, de l'autre, faire naître à petites touches, sous les poils de son pinceau, le profil d'un curieux oiseau stylisé. Pourvu d'un long bec recourbé, largement ouvert comme s'il cherchait à saisir quelque limaçon dans le semis de fleurs multicolores qui l'entourait, doté d'un cou gracile outrageusement retourné par-dessus un corps au plumage bien fourni, juché sur de hautes pattes d'échassier qui lui conféraient une démarche presque hautaine, l'oiseau semblait battre l'air de ses ailes déployées, donnant ainsi au motif l'illusion du mouvement.

– Elle dessine un ibis, expliqua Monique d'une voix basse.

– Mais pourquoi dessiner un oiseau d'Égypte ? Il n'y en a pas en bord de Garonne, que je sache ? fit Rachel, surprise.

– Bien sûr, c'est un oiseau mythique !

– À vrai dire, voyez-vous, ce motif, vous le trouverez au centre d'innombrables décors. Depuis le XIXe siècle, c'est un peu le symbole de la faïence de Martres-Tolosane…

– Ces décors ne sont-ils pas un peu répétitifs ?

– Ne le croyez pas ! répondit Laffargue, une intonation passionnée dans la voix. Le talent des artistes des faïenceries est le gage d'une variété extrême ! Elles vont jusqu'à créer des paysages, mais parfois aussi des personnages ou des animaux issus de l'imagerie médiévale…

– Et comment procèdent-elles pour dessiner les motifs les plus complexes ?

– Je suppose que, dans votre métier, vous savez naturellement ce qu'est un poncif ?

– Bien sûr, fit Rachel qui n'ignorait rien de l'usage de ces papiers piqués de microscopiques trous servant de calques, ce qui permetait d'obtenir ainsi un tracé précis du sujet à reproduire sur n'importe quelle surface.

– C'est ce qu'elles utilisent ici, expliqua Laffargue.

– Et les marques résiduelles de charbon ?

– Rassurez-vous. Elles disparaissent d'elles-mêmes à la deuxième cuisson.

– La deuxième cuisson ? répéta Rachel en fronçant les sourcils.

– C'est l'étape suivante. Il faut bien vitrifier l'émail pour pérenniser le décor ! Sans compter, poursuivit Laffargue, qu'avec la chaleur les couleurs vont naturellement devenir plus brillantes. Les pièces sont ainsi résistantes à toutes les manutentions.

– Et à combien recuisez-vous les pièces ?

– Presque comme la première fois, à environ 980 degrés.

– Et, à cette température, vous fixez définitivement l'émail et les couleurs ? insista Rachel.

– Oui, mais c'est une étape très délicate, vous savez ! À la moindre erreur de chauffe, le dessin peut couler ou parfois aussi se piquer de points blancs.

– Et la faïence est alors irrémédiablement perdue, n'est-ce pas ?

– Exactement. Faute d'une bonne maîtrise des températures ou du temps, on peut gâcher des fournées entières, si on n'y prend garde !

– Et cette deuxième cuisson prend longtemps ?

– Parfois jusqu'à huit heures. Et quand la cuisson est achevée, il faut encore attendre que la température baisse au minimum à 150 degrés avant d'ouvrir la porte du four. Mais regardez ces pièces, conclut le contremaître. Le résultat ne mérite-t-il pas tout ce travail ?

Rachel surprit alors le regard de Marcel Laffargue qui fixait une magnifique paire d'aiguières posées devant eux sur une table basse. Le contremaître avait les yeux de Chimène. Ses pupilles étaient aussi brillantes que celles d'une jeune fille à qui son fiancé offre un bijou en témoignage de son amour. Une passion incandescente, aussi brûlante que la lave d'un volcan en éruption, semblait couler de ses yeux sombres qui, dans la quiétude de l'atelier, prenaient des reflets d'or liquide. En couvant les aiguières du regard empreint d'une passion toute andalouse, le timbre de sa voix même s'était modifié imperceptiblement, gagnant un demi-ton dans l'octave. Il s'était enrichi d'un vibrato charnel, chargé d'une émotion touchante.

– Incontestablement ! laissa échapper assez froidement Monique qui se sentait un peu mise à l'écart de la conversation.

– Mais toutes ces explications techniques doivent vous lasser, reprit Laffargue, presque charmeur, avec un regard gourmand qui enveloppait Rachel à la dérobée.

– Mais pas le moins du monde ! Apprendre est toujours un plaisir pour moi, répondit-elle aimablement.

– Mon amie aura tout le temps les jours prochains de découvrir tous les secrets de la fabrication... de « nos » faïences ! assura Monique en insistant sans ambiguïté sur un pronom possessif qui indiquait clairement son intention de marquer son territoire.

– Bien sûr, bien sûr... murmura Laffargue en baissant les yeux, plus chattemite que jamais, et il ajouta : Peut-être désirez-vous que je vous montre le carnet de commandes ?

– J'aimerais bien voir en effet quelles sont les perspectives de l'entreprise...

– Eh bien, dans ce cas, retournons au bureau...

Précédées de Marcel Laffargue, Monique et Rachel cillèrent des paupières, en émergeant dans la cour de la fabrique, sous la caresse du soleil radieux de cette fin d'après-midi. À cette heure encore, les merles rechignaient à partir au gagnage dans les treilles où les chasselas n'en finissaient pas de mûrir. Un souffle d'air tiède, aussi doux que la main d'une femme, aussi velouté que la peau de ces pêches de vigne qui mûrissaient dans les jardins du bourg, vint leur caresser le visage. Le chat noir avait à peine bougé. Les yeux mi-clos, réduits à une simple fente, les oreilles dressées, toutes droites, s'orientant imperceptiblement au moindre bruit insolite, il demeurait tapi dans l'ombre bienfaisante d'un angle de la cour. Juste à une portée de griffe d'un soupirail qui ouvrait une gueule béante soulignée d'un arc de brique au ras du sol sur un univers de toiles d'araignées, le matou semblait dormir, ramassé sur lui-même pour ne plus former qu'une boule compacte, guettant l'apparition d'un hypothétique mulot à la chair tendre.

Parvenu au pas de la porte du bureau, Marcel Laffargue posa sa main calleuse sur le bouton de cuivre patiné pour ouvrir le battant et les laissa entrer. Il n'y avait nulle galanterie dans son geste, même pas une vieille habitude qui aurait pu traduire un reliquat de bonne éducation racornie par les années passées, juste un antique relent de méfiance des gens de province à l'égard des Parisiens. Un atavisme sourd et profond étendu aux citadins en général. Mais les deux femmes, plongées dans la moiteur collante d'une chape de transpiration, telles les pièces sorties du four que l'on plongeait dans les bains d'émail froid, étaient bien éloignées de ce genre d'analyse. Pressées d'échapper à la chaleur que les pierres de la cour réfléchissaient généreusement, elles s'engouffrèrent prestement dans la petite pièce avec la dévotion d'un fidèle sur le point d'atteindre le seuil du paradis.

– Mettez-vous à l'aise, susurra-il d'une voix de fausset, en se hâtant de débarrasser une chaise basse d'un fatras de catalogues et de revues de décoration.

– Je peux très bien rester debout, marmonna Rachel qui n'avait guère envie de s'incruster dans la petite pièce où planait l'odeur persistante et désagréable de tabac froid échappée du cendrier débordant de mégots.

– Tenez, tout est là, fit Laffargue en saisissant dans un classeur à rideau un épais registre à la solide couverture verte en carton marbré et à la tranche en toile noire qu'il tendit à Monique. Je vous laisse étudier tout ça…

– Je peux m'installer là ? demanda Monique en désignant le petit bureau.

– Mais bien sûr ! Je vais vous faire de la place…

– Ne vous dérangez pas…

– Prenez tout votre temps et n'hésitez pas à me demander des explications si vous avez besoin. Je suis juste à côté, aux expéditions… poursuivit-il d'un ton presque enjôleur qui s'efforçait de masquer le sentiment d'inquiétude qu'il tentait de dominer en vain depuis leur arrivée.

Marcel Laffargue s'était éclipsé aussi vite qu'un courant d'air, abandonnant les deux femmes dans l'exiguïté austère de la petite pièce. Le contremaître parti, Monique chercha un coin pour poser son sac à main. Faute de mieux, elle opta pour le dessus de la machine à écrire Japy qui offrait quelques centimètres carrés de libre. Puis, balayant d'un geste naturel une mèche de cheveux, elle s'assit sur la chaise de bois verni pour compulser à son aise l'épais registre, laissant Rachel butiner dans l'amoncellement d'objets. Entre les piles de dossiers, les catalogues et les revues, les nombreuses pièces de faïence, pour la plupart inachevées, un calendrier publicitaire des huiles, il y avait là un véritable inventaire à la Prévert.

À peine fut-il dehors que Marcel Laffargue, au lieu de se diriger tranquillement, comme il l'avait annoncé aux deux femmes, vers le local où l'on préparait les expéditions à grand renfort de papier journal et de paillon pour éviter une désastreuse casse, s'en alla d'un pas rapide vers le porche de briques rouges qui marquait l'entrée de la fabrique. Débouchant sur l'asphalte tiédi sous le soleil, il observa pendant plusieurs minutes les mouvements de la rue. Dans cette partie du bourg, la circulation automobile était épisodique et les passants rares. À ces heures, on sortait à peine de chez soi à cause de la chaleur de cette fin d'après-midi qui décourageait toute velléité de balade. À plusieurs reprises, délaissant l'ombre bienfaisante du portail pour faire ostensiblement les cent pas comme s'il attendait quelqu'un, Marcel Laffargue consulta sa montre-bracelet. C'était un modèle simple et solide, pourvu d'un mouvement à ancre, acheté au bijoutier de Saint-Gaudens une dizaine d'années auparavant, un modèle comme on en offrait traditionnellement pour les premières communions.

Son attente était tout à fait justifiée. Il savait qu'en fin d'après-midi le gamin traînait souvent par là.

Depuis la rentrée scolaire, Marcel Laffargue avait bien remarqué que le gosse avait repris le manège de l'an passé. À l'heure où il aurait dû fréquenter les bancs de l'école, le petit Serge Moro, juché sur une planche en bois équipée de roulements à billes de récupération, s'élançait de toute la force de ses frêles guiboles dans une course effrénée en direction du boulevard de la Magdeleine. Certes, le gamin avait des excuses pour faire l'école buissonnière ! N'était-il pas un de ces rejetons issus d'une de ces familles que l'on qualifiait pudiquement, à voix basse, de « tuyau de poêle », c'est-à-dire peu respectueuses des valeurs traditionnelles et des liens sacrés du mariage ? Il est vrai qu'à la maison personne ne s'occupait de lui et si on ne confondait pas encore les Moro avec les voleurs de poules qui campaient parfois à la périphérie du bourg au grand dam des riverains, c'est parce que Lucille, sa grand-mère, volage épouse d'un modeste cantonnier et jadis maîtresse d'un ingénieur des Ponts et Chaussées, avait pu faire construire une respectable maison de pierre en utilisant habilement les dispositions de la loi Loucheur et les générosités de son amant.

Marcel Laffargue, le front barré d'une méchante ride de rage, dépité par quelques minutes d'une infructueuse attente, se préparait à rentrer quand un bruit de crécelle métallique lui fit tourner la tête. Aussitôt, son visage s'éclaira d'un rictus : au bout de la rue, le gosse venait de surgir ! Arborant une chemisette à manches courtes usagée en nylon vert clair, un short défraîchi de couleur beige qui découvrait des genoux cagneux, sales et écorchés, coiffé d'une casquette publicitaire blanc et bleu au logo de la marque Superlait, chaussé d'une mauvaise paire d'espadrilles à semelle de corde, le petit Serge Moro avait l'air de ce qu'il était : un gamin livré à lui-même, rétif à toute autorité naturelle et qui en l'absence d'un strict contrôle familial s'était transformé en un vrai gavroche des temps modernes, endurci par les réprimandes. Avec cette allure inimitable, on l'aurait cru jailli de *La Guerre des boutons*, le célèbre roman de Louis Pergaud, tant sa silhouette ressemblait à celle de Petit Gibus.

Propulsé par toute la puissance que pouvaient fournir ses maigres mollets, le corps ramassé sur lui-même, le gamin cherchait manifestement à prendre le maximum de vitesse possible afin d'aborder le boulevard circulaire sur les chapeaux de roues, histoire d'éprouver la grisante sensation du danger en négociant *in extremis* un virage sur une artère au débouché de la route de Toulouse où la circulation automobile était beaucoup plus dense. Quittant l'ombre bienfaisante que le porche de la fabrique pouvait offrir, Marcel Laffargue vint délibérément se placer au milieu de la rue bien en travers de son passage. Les mains sur les hanches, il semblait bien décidé à tout faire pour l'intercepter. Serge Moro fonçait tête baissée, il l'aperçut tardivement et chercha en vain à infléchir sa trajectoire d'un habile jeu du pied droit, ce qui ralentit sa course folle et donna l'opportunité au contremaître, qui avait deviné sa manœuvre, de faire un pas de côté pour le harponner au passage d'une pogne de fer.

– Holà, bolide ! On fait la course ? lâcha Laffargue en ricanant du bon tour qu'il venait de jouer au jeune chenapan.

– Lâchez-moi ! Putain, lâchez-moi ! glapit le mioche en se débattant comme un beau diable sous l'étau qui le coinçait.

– Calme-toi, le pirate !

– Vous me faites mal ! Vous me faites mal !

– Bon, tu as fini maintenant de faire le mariole ou tu veux une beigne ?

– Qu'est-ce que j'ai fait de mal, monsieur ?

– Oh, à moi rien, répondit Marcel Laffargue en le gratifiant d'un sourire ironique.

– Ben alors ? Pourquoi vous m'avez arrêté ? Vous auriez pu me casser le bras !

– Fallait pas aller si vite !

– D'abord vous n'êtes pas mon père !

– Heureusement, sinon tu ne serais pas dans la rue à faire le couillon au lieu d'aller à l'école !

– Je vais où je veux !

– Dis-moi, trêve de parlotte ! Tu veux gagner cinq francs ?

– Cinq francs ?

– Oui, une pièce de cinq francs…

– Montrez…

Laffargue sortit de la poche de sa veste une de ces pièces en argent de douze grammes à l'effigie de la Semeuse qui avaient fait leur apparition en 1960, nouveau franc oblige.

– Elle est belle, hein ?

– C'est une vraie ?

– Bien sûr !

– Donnez-la pour voir…

Un sourire corrupteur éclaira brièvement le visage du contremaître. Pour satisfaire à la demande, Marcel Laffargue déposa la lourde pièce en argent au creux de sa menotte. Le petit Serge Moro avait naturellement la main assez sale pour que la crasse incrustée entre ses doigts forme des écailles rebelles au savon de Marseille. Le gamin prit la pièce et la fit tourner entre ses doigts avant de la soupeser quelques instants. D'un naturel méfiant, c'est tout juste s'il n'hésita pas à en tester l'authenticité d'un coup de canine comme il l'avait vu faire dans les films à la télé. Voyant son hésitation à s'engager plus loin, Marcel Laffargue lâcha d'une voix douceâtre :

– Tiens, pense à tous les Malabars que tu pourrais acheter à l'épicerie avec ça au lieu de les chiper pendant que la mère Couderc a le dos tourné !

– Tsss… Tsss… C'est pas vrai ! Qu'est-ce que je dois faire pour ça ?

– Me renseigner… me renseigner sur deux personnes qui sont actuellement chez moi au bureau, fit le contremaître en désignant d'un geste de la main l'entrée de la fabrique.

– Comment ça, vous renseigner ? questionna le gamin d'un œil soupçonneux.

– Les suivre, si tu préfères… Comme tu traînes toujours dans la rue, ça te sera facile !

– Et pourquoi ?

– Disons que je voudrais savoir où elles vont, ce qu'elles disent, qui elles rencontrent…

– Des clients à vous ?

– Tu poses trop de questions ! Reviens plutôt me voir quand tu sauras quelque chose...

– Je peux la garder ? fit le gosse en faisant tourner la pièce d'argent dans ses doigts, les yeux brillants de désir.

– Quand tu auras fait ton travail ! Pas avant ! Et, n'oublie pas, je veux tout savoir... tout, tu m'entends !

– Et où je vous trouverai, monsieur, pour vous dire ?

– À la fabrique !

D'un coup de pied, le gosse donna rapidement de l'élan à sa planche et disparut au bout de la rue aussi vite qu'il était arrivé. Le contremaître le regarda s'éloigner puis jeta un coup d'œil à droite puis à gauche. Rassuré de voir qu'aucun quidam n'avait assisté à leur conciliabule, une sorte de grimace perverse contracta son visage. Il sortit un mouchoir de sa poche et se tamponna le front. Quelle tiédeur en cette fin d'après-midi ! Si ces étés indiens faisaient le délice des oisifs et des retraités sirotant leur pastis sous les parasols, ils étaient une plaie pour les travailleurs contraints de supporter une telle chaleur, handicap certain pour la rentabilité de la production. On en serait presque venu à souhaiter quelques bienfaisantes gouttes de pluie !

Il retourna au bureau. Laisser ces deux bonnes femmes toutes seules dans ce qu'il considérait comme son domaine ne lui disait rien qui vaille ! Tournant les talons, Marcel Laffargue se hâta de traverser la cour tout autant pour fuir la moiteur ambiante que pour surveiller discrètement ses inopportunes visiteuses.

5

Quand naissent les doutes…

Malgré les rayons du soleil qui déclinait, traverser la cour dans cette tiédeur où les atomes d'air semblaient faire défaut, était presque une épreuve. Marcel Laffargue, la respiration haletante, poussa la porte du petit bureau, content de gagner l'ombre. Sans doute un peu naïvement, le contremaître s'était attendu dès l'entrée à devoir affronter un flot de questions. Dans sa tête couraient des mots, des idées, fragments d'explications qu'il pensait devoir fournir à celle qui s'était présentée comme Monique Maréchal. Mais non ! Les deux femmes étaient si absorbées qu'elles firent à peine attention à la porte qui s'ouvrait. Faute de chaise disponible, Rachel s'était sagement assise sur une pile de revues pour feuilleter un catalogue tandis que Monique compulsait un gros classeur à dos gris qui contenait tout un lot de doubles de correspondances établies sur un papier pelure de couleur jaunâtre. Seul le bruit des pages qu'elle tournait venait régulièrement troubler un silence presque monacal.

Un peu décontenancé par leur attitude studieuse qui semblait l'exclure d'un lieu qu'il considérait comme sien, Laffargue s'immobilisa. Il réajusta, par habitude, sa casquette de toile sur sa tête enfoncée dans son cou de taureau, et il essuya à nouveau son front moite. Il tenta de retrouver sa respiration, de mettre un peu d'ordre dans le déferlement de pensées qui le submergeaient. Instinctivement, ses petits yeux noirs se durcirent. Ces deux bonnes femmes allaient fureter partout ! Chaussant une vieille paire de lunettes, Marcel Laffargue chercha désespérément quelque chose à faire, histoire de s'occuper et de justifier ainsi sa présence dans cette pièce en désordre. Comme il ne supportait pas, en effet, que quelqu'un mette le nez dans ce qu'il considérait comme ses affaires, le ménage y était interdit. Il accrocha un grand cahier dépassant d'un casier en bois verni semblable à cinq autres, mais celui-là portait un numéro écrit à la main. À la seule vue de son épaisse couverture de carton jaspé au dos recouvert d'une fine toile noire, on devinait bien qu'il s'agissait là d'un registre ancien.

– Ah, le voilà ! s'exclama-t-il d'une voix assez forte pour forcer les deux femmes à lever le nez.

– Pardon ? fit Monique.

– Depuis le temps que je le cherche ! s'écria Laffargue pour accentuer son effet de diversion.

– Qu'est-ce que c'est ? fit Rachel.

– Ça, mesdames, c'est un peu la mémoire de la maison ! Ce registre contient les modèles et la description des pièces qui sont sorties des fours de la fabrique Maréchal depuis le début du siècle. C'est vous dire s'il est précieux !

– Pourquoi ne le rangez-vous pas dans le coffre s'il est si précieux ?

– Parce que c'est là que les voleurs iraient sûrement le chercher.

– Il y a même les pièces les plus banales ? demanda Monique.

– Absolument toutes ! Jugez par vous-même, ajouta-t-il en lui présentant le volumineux registre, obligeant ainsi la jeune femme à refermer le classeur de comptabilité entrouvert sur la petite table.

– Regardez ! Sur la page de gauche, chaque pièce a été crayonnée en couleur. C'est une vue d'artiste, bien sûr… Mais là, fit-il en montrant quelques chiffres en dessous de chaque dessin, vous avez les cotes exactes et les indications éventuelles sur la cuisson. Et, à droite, votre père avait l'habitude de joindre une ou deux photos.

– Il n'y a pas d'ordre, constata Monique en feuilletant rapidement quelques pages, faisant défiler assiettes, cruches, jardinières, vases… Comment vous repérez-vous dans un tel catalogue ?

– C'est très simple pourtant ! Vous voyez le numéro d'imprimerie en haut à droite ?

– Oui…

– En dessous, il y a une lettre et une date. C'est celle de la création du modèle. Ce numéro correspond à un petit cahier où nous notons tous les codes. Avec un peu de pratique on s'y fait très vite. Je vais vous montrer…

– Il est un peu tard pour se plonger dans une telle encyclopédie.

– J'ai plutôt envie de visiter le bourg, fit Rachel.

– Nous avons tout le temps de voir ça, n'est-ce pas, monsieur Laffargue ? trancha simplement Monique, avant de refermer l'épais volume et de le lui tendre.

– Bien sûr... Bien sûr !

– Nous reviendrons demain.

– Mais quand vous voulez ! À votre service, parvint-il même à articuler pour masquer la rage qu'il sentait bouillir en lui.

Laissant Marcel Laffargue à ses sombres pensées, les deux femmes sortirent dans la cour sans plus attendre. Sous la lumière rasante, le pavé brillait, noir, tout brûlant encore de l'ardeur du soleil couchant. Elles se hâtèrent de traverser l'espace enserré par les bâtiments de la fabrique pour gagner l'ombre bienfaisante. Passé le porche, un semblant d'air frais paraissait couler des Pyrénées toutes proches et atténuait l'impression de cocotte-minute de la cour. Obliquant à gauche, Monique Maréchal s'engagea sur le boulevard circulaire qui ceinturait le cœur le plus ancien du village et lui donnait cette apparence de monde clos propre aux bastides médiévales. Le feuillage des arbres déjà clairsemé accusait les prémices d'un automne proche. Sous la voûte verdissante dessinant un ovale presque parfait, s'étalait le charme d'un bourg où la vie s'écoulait à la mesure des hommes, calme et tranquille succession des saisons et des jours.

Au rythme lent des promeneurs du dimanche qui flânent dans les jardins publics en quête de quiétude, les deux femmes musardèrent longuement dans les rues de la petite bourgade, se laissant bercer par un zéphyr pyrénéen qui effleurait leur visage d'une douce caresse. Rachel, les yeux remplis de curiosité, découvrait en touriste heureuse le pittoresque de la bastide. À chaque pas, Monique retrouvait avec une certaine nostalgie ces milles détails, traces immémoriales d'un passé qu'elle avait vainement tenté d'oublier des années durant : un bas de porte cochère, un soupirail en demi-cercle ouvrant sur les obscures et mystérieuses entrailles d'une vieille bâtisse de briques rouges, une fontaine en fonte verte laissant perler quelques gouttes d'eau propices à la naissance d'une plaque de mousse sur le sol. Monique s'arrêta quelques secondes pour contempler la fontaine. Décorée d'arabesques de style nouille, elle portait sur le dessus le nom de Delpuy, une marque fondée en 1882 et qui avait équipé les places publiques de nombreux villages. Par réflexe, elle posa sa main sur le lourd volant de sa pompe, ce qui fit couler un mince filet d'eau en légers borborygmes.

Elles poursuivirent paisiblement leur chemin dans un village qui sortait de sa torpeur pour retrouver l'animation du soir et arrivèrent devant l'épicerie de la mère Pagès. À la vue de la boutique qui faisait aussi droguerie, Monique se figea, saisie par l'émotion : c'était là que son père l'envoyait jadis acheter les cachous Lajaunie, célèbres petites pastilles de réglisse inventées par un pharmacien toulousain en 1880. Les fameuses petites boîtes rondes et jaunes, dont la réclame dès 1914 vantait la faculté de garder l'haleine fraîche, connaissaient un franc succès chez les hommes du style de son père. En effet, les fumeurs invétérés avaient pris l'habitude de les glisser dans la poche du gilet. La devanture de la boutique n'avait guère évolué depuis le milieu des années trente. À voir sa vitrine en bois délavée par les successions de pluie et de soleil, on pouvait croire que le temps s'était figé au pas de sa porte. Même si elle était quelque peu craquelée, l'affichette en métal émaillé, sur laquelle une jeune femme rousse fumant une cigarette faisait la publicité de cette friandise, ornait toujours la façade du magasin.

Pour le reste rien n'avait changé. À l'abri d'un mauvais store de toile verte décolorée qui frémissait mollement au vent de septembre, il y avait toujours à droite de la porte d'entrée une caisse de morue sèche et un de ces barils ronds en peuplier blond où une rosace de sardines à l'œil fixe alignaient des ventres secs et dorés. Le grand jeu des mauvais garnements du village, à la sortie de l'école, la gibecière vissée aux épaules, c'était d'y projeter un jet de salive et de s'échapper en courant tels des singes hurleurs d'une forêt tropicale. Mais malheur à celui qui se serait fait prendre ! Morigéné sur-le-champ et honoré d'une bonne paire de gifles pour cet acte d'incivisme, il aurait été conduit *manu militari* chez ses parents pour y recevoir une correction en bonne et due forme, histoire de « lui faire passer la connerie », comme disaient les gens du pays. À côté, juste à gauche de l'entrée, alternaient abricots, pêches de vigne, melons, pommes de terre, carottes et salades un peu flétries dans des cageots de bois blanc. Faisant face aux vitrines à demi cachées par des stores en lattes de bambou tirés à mi-hauteur pour protéger du soleil s'entassait un savant empilage de boîtes de conserves.

Monique posa la main sur la béquille de bois de la porte pour entrer, poussée par le désir confus de renouer avec les souvenirs d'un temps révolu. Dans l'entrebâillement, accompagné par le tintement cristallin d'une clochette, montèrent alors à ses narines les senteurs du temps d'autrefois. C'était un méli-mélo d'arômes de café torréfié, de fragrances puissantes de fromage de montagne, d'effluves du lard rance mêlés à l'odeur fade du lait frais entreposé dans un bidon de vingt litres en aluminium. Le temps que ses yeux, passant de la lumière de la rue à l'ombre intimiste de la boutique, s'habituent à la pénombre apaisante du magasin, le passé, en surgissant de sa mémoire, fit un pont avec le présent qui la plongea au cœur des souvenirs de la petite enfance.

Derrière le rideau de perles en verre coloré qui séparait la partie commerce de l'arrière-boutique et du modeste logement, apparut le visage de Gabrielle Pagès. Même si les poches sous les yeux s'étaient un peu plus creusées et les soulignaient d'un cerne bleuâtre, même si les lèvres, plus minces que jamais, se résumaient désormais à un simple trait souligné d'un indocile duvet blanc, à soixante-dix ans passés l'épicière conservait un regard d'acier. Claudiquant par de l'arthrose de la hanche qui s'aggravait au fil des ans, la Gaby, comme ses voisines la nommaient familièrement, n'était pas du genre à s'en laisser conter. À la voir de plus près, Monique remarqua que son teint était plus jaune que jadis. Sans doute le résultat de ses deux péchés mignons : une demi-tablette de chocolat au lait qu'elle croquait allégrement chaque soir en écoutant les émissions de Radio Toulouse-Midi-Pyrénées et un petit verre de prunes à l'eau-de-vie dégusté le dimanche à la fin du repas pour faire glisser l'immuable éclair au café acheté à la pâtisserie.

Un peu en retrait de son amie, Rachel dévorait, les yeux brillants, les mille détails de la boutique qui tournait délibérément le dos à la modernité : la machine pour trancher le jambon qu'il fallait actionner à la main, la râpe à fromage d'où émergeait une croûte de gruyère aussi desséchée que les points d'eau du Sahel, le baril de cinquante litres d'huile Lesieur que la commerçante s'obstinait à vendre au détail à l'heure où l'emballage individuel triomphait, les gros sacs ventrus en jute, le col retroussé, qui laissaient apercevoir haricots, pois et lentilles… Comme tout cela lui paraissait désuet au regard de ce qu'elle voyait à Paris dans son quotidien ! La vieille épicière les regarda errer dans la boutique, se méfiant toujours des inconnus de passage. Jadis déjà n'avait-elle pas eu à plusieurs reprises la visite de ces femmes romanichelles, affublées trop souvent d'une réputation de voleuses de poules ?

– Bonjour, mesdames ! leur lança l'épicière d'une voix sonore, assortie d'un sourire tout aussi commercial, avant d'ajouter un peu plus bas et d'un ton presque obséquieux : Je peux vous aider ?

– Avez-vous toujours du Lillet ? hasarda Monique, prise d'une inspiration subite en apercevant la forêt des bouteilles millésimées de poussière qui s'étalaient hors de portée des mains des poivrots sur une étagère plus haute.

– Mais bien sûr, madame, répondit du tac au tac Gabrielle Pagès, quoique assez surprise de cette demande d'un apéritif très en vogue dans l'entre-deux-guerres et depuis passé de mode au profit des whiskys et autres vermouths au goût pharmaceutique.

– Il y a si longtemps que je n'en ai goûté, confia Monique tout bas à Rachel.

– Vous désirez du blanc ou du rouge ?

– Du blanc, bien sûr ! et quelques citrons aussi, si vous en avez, répondit-elle… se souvenant que son père en agrémentait son verre de Lillet de quelques gouttes.

– Vous n'avez pas l'accent d'ici, remarqua l'épicière en saisissant un tabouret pour accéder aux bouteilles. Vous êtes juste de passage ? En vacances, peut-être ?

– Pas exactement… Je suis née ici, à Martres-Tolosane, mais sans doute ai-je dû beaucoup changer pour que mon visage ne vous dise rien ! fit Monique, saisie d'un brusque désir d'être reconnue, en plongeant délibérément ses yeux dans les siens.

– Quel est votre nom ?

– Maréchal. Monique Maréchal !

– Maréchal ? Vous êtes la fille de Gaston ? La fille du faïencier ?

– Tout juste !

Avec une jubilation qui tenait presque de la délectation, Monique observa malicieusement l'effet produit par ces quelques mots sur la figure de l'épicière. Alors qu'un rayon de soleil venait de fracturer la vitre de la porte pour jeter un trait de lumière dans l'épicerie, le visage de Gabrielle Pagès se figea comme celui de Marcel Laffargue quelques heures plus tôt dans le petit bureau de la fabrique.

– Vous semblez étonnée ?

– C'est qu'il y a si longtemps qu'on vous a vue au pays, répondit l'épicière qui conservait de Monique le souvenir d'une jeune fille au corps mince et fluet dansant dans une robe d'été au vent de juillet 1938.

– Vingt-cinq ans en effet... Ma visite vous étonne ?

– Évidemment ! Mais, à y réfléchir, ce n'est pas surprenant que vous reveniez, avec tout ce qu'on a raconté depuis quatre ans...

– Ah bon ?

– Oh, vous savez, faut pas y prêter attention ! Des fariboles... Les gens disent souvent n'importe quoi !

– Mais de quoi parlez-vous ? demanda Monique.

– De la mort de votre père !

– Comment ça ?

– Vous ne savez pas, murmura Gabrielle Pagès, consciente qu'elle venait de gaffer.

– Dites-moi...

– Eh bien, votre père, il était si bon nageur que d'aucuns se sont étonnés qu'il n'ait pu sortir de l'eau tout seul.

– Toi-même, ne m'avais-tu pas dit en effet que lorsqu'il était plus jeune, il traversait la Garonne à la nage ? souligna Rachel.

– À vingt ans, oui... mais, à soixante-douze ans, je doute que cet exploit fût possible !

– Oubliez ce que je vous ai dit, bredouilla l'épicière en se mordant la langue.

– Jusqu'ici personne n'a jamais fait une telle allusion, dit Monique Maréchal, troublée.

– Votre père venait juste de casser la croûte. Il a dû être victime d'une hydrocution ou de quelque chose comme ça… Ce ne sont que des racontars… assura Gabrielle Pagès qui savait depuis belle lurette que le commerce s'accommode mal de ce genre de ragots, juste bons à vous griller la fidélité de la clientèle. Tenez, goûtez-moi plutôt une de ces petites pêches de vigne, proposa-t-elle pour faire diversion, en lui tendant un fruit à la peau soyeuse. On vient juste de me les livrer…

Rompue de longue date à toutes les négociations commerciales, experte en roublardise, douée d'un certain talent pour rebondir, Gabrielle Pagès avait indiscutablement l'art et la manière pour tenter le chaland et lui faire ouvrir son porte-monnaie. Finalement, au terme de quinze bonnes minutes d'assaut d'amabilités mélangées à d'habiles tentations gastronomiques, Monique et Rachel repartirent de la boutique les bras chargés de deux pleines poches en papier contenant de quoi préparer non seulement un copieux petit déjeuner pour le lendemain mais aussi le repas suivant. L'épicière poussa même la complaisance jusqu'à les raccompagner à la porte du magasin, les gratifiant d'un sourire, véritable invitation à revenir bientôt.

Dehors, les deux femmes constatèrent que la chaleur commençait à baisser sérieusement sous le souffle du zéphyr frais descendant de la montagne. En sortant du magasin de la mère Pagès, empruntant le dédale des petites rues pour rejoindre leur véhicule, Monique et Rachel eurent l'impression d'être suivies. À deux reprises elles avaient vu la silhouette fugitive d'un gamin maigre en culottes courtes qui avait brutalement disparu dans l'encoignure d'une porte cochère. Cette observation fugace mais répétée laissait planer un sentiment de solitude illusoire. Monique avait eu beau se retourner, la présence s'était évanouie aussi rapidement qu'elle était apparue, lui laissant néanmoins une impression désagréable de malaise.

Mais qui y aurait prêté attention en cette heure où les paysans des alentours de Martres-Tolosane, hommes et femmes souvent âgés, éléments d'une agriculture en pleine mutation, vêtus de toile bleue, le béret vissé sur la tête et arborant des visages burinés par la fatigue et le grand air, recommençaient à s'activer et où, dans le bourg, la vie reprenait aussi son cours immuable. Dans les ruelles de la petite bastide, les fenêtres et les portes s'ouvraient pour laisser ici ou là des couples de petits vieux appuyés sur leur canne s'installer tranquillement sur un banc devant leur maison pour prendre le frais, un chien ou un chat dans leurs jambes, histoire de commenter les dernières nouvelles en regardant leurs voisins poursuivre leurs différents travaux.

Dans ce bourg de province où l'on n'était jamais loin de rien ni près de tout, ruralité oblige, c'est sans difficulté que Monique et Rachel retrouvèrent l'emplacement ombragé du platane où elles avaient laissé le break ID 19. En ouvrant la portière, dans la bouffée d'air tiède qui lui montait visage, Monique constata avec satisfaction qu'aucun papillon de P.V. n'ornait le pare-brise comme c'était si souvent le cas dans la capitale, où les « hirondelles » prenaient, de plus en plus, un malin plaisir à dresser des contraventions pour les dépassements du temps de stationnement autorisé par la zone bleue. À l'évidence, Adolphe Azéma, le garde champêtre, un bonasse employé municipal en retraite arborant une paire de moustaches digne de Vercingétorix, n'avait pas été encore gagné par cette sévérité parisianiste. Délestées de leurs encombrants impedimenta, les deux femmes se hâtèrent de gagner le café de la Magdeleine où un couvert les attendait.

En entrant dans le bistrot, Monique fut à nouveau submergée par les souvenirs. Comme au temps de sa jeunesse, c'était l'heure de l'apéro au café de la Magdeleine. Il y avait là des hommes jeunes et des plus vieux, regroupés souvent par tranches d'âges, tous plongés dans la fumée des cigarettes et de celle, plus âcre, du tabac gris qui planaient par couches aussi denses qu'un brouillard matinal de novembre. Certains étaient juchés sur les hauts tabourets, d'autres, debout, étaient accoudés au zinc. Beaucoup refaisaient le monde ou commentaient les résultats du dernier match de rugby. Derrière le bar, la fille de Clémence, les couettes à la Sheila en goguette, officiait, un torchon négligemment jeté sur l'épaule.

Au milieu de cette agora d'assoiffés de la mominette, Léon Saunière, son éternelle casquette de toile sur la tête, pérorait à voix haute, un demi pression à la main, distillant à cet aréopage d'alcooliques anonymes les ragots que sa Germaine avait pu glaner auprès de ses voisines, aussi bonnes commères qu'elle-même. Une conversation avec Léon Saunière tenait du spectacle. Toujours à l'affût du moindre « on dit... » traînant au comptoir, amateur invétéré des « il paraît... » qu'il avait le don de répandre sur le ton de la confidence, Léon Saunière s'affichait comme un expert dans la transmission des rumeurs les plus folles. Aussi, à Martres-Tolosane, les gens soucieux d'un minimum de discrétion évitaient de le fréquenter trop assidûment car il était de notoriété qu'avec lui le quidam était habillé pour l'hiver d'une réputation à entacher durablement toute existence respectable.

En apercevant les deux femmes qui poussaient la porte du café de la Magdeleine, Léon Saunière baissa instinctivement la voix comme s'il ne voulait pas être entendu des arrivantes. Autour de lui, Raymond Sutra, qui conservait, de son passé de colleur d'affiches à l'époque du Front populaire, des idées proches de la SFIO, Firmin Laclos et Antoine Descadesllas, qui avaient, eux, depuis longtemps opté pour le parti des pêcheurs à la ligne, froncèrent les sourcils. Les trois retraités des cimenteries de Boussens qui lui faisaient face et tournaient le dos à la porte d'entrée furent contraints de se rapprocher ou de tendre l'oreille pour saisir le sens de ses paroles. Le mystérieux chuchotis qui courait sur ses lèvres comme ces rus qui descendaient des collines proches pour grossir la Garonne, les intrigua assez pour leur faire jeter un bref coup d'œil par-dessus l'épaule et deviner la raison de cette brusque discrétion qui poussait Léon à faire mourir ses phrases avec des airs sous-entendus de conspirateurs dignes des Carbonari.

– Silence, les gars ! jeta Léon, les voilà qui s'approchent…

– Laisse tomber, elles ne peuvent pas nous entendre de là-bas, répliqua Firmin en les voyant s'installer à une table.

– Et tu dis donc qu'elles sont là depuis ce matin ? questionna Antoine en attrapant une cacahuète.

– Tout juste ! J'étais là quand elles sont arrivées, confirma Léon.

– C'est Laffargue qui doit être content !

– Ne m'en parle pas ! Lui qui se voyait déjà patron…

– C'est bien fait pour cet arriviste, glissa Sutra qu'un vieux fond de culture marxiste rendait toujours prêt à vilipender les suppôts du capital dans ce bistrot qui avant guerre servait de point de rendez-vous aux militants du PCF.

– Rien ne dit que la fille de Maréchal va reprendre l'entreprise !

– Elle pourrait vendre, en effet…

– Et à qui ? Faut encore trouver un pigeon…

– Pigeon, pigeon… c'est facile à dire… Il y a bien des types aujourd'hui que ça pourrait intéresser.

– Encore faut-il que ça vaille le coup !

– L'affaire est saine, à ce qu'on raconte !

– C'est vrai ! assura Sutra, en hochant la tête.

– Et, d'abord, qu'est-ce que tu en sais, toi ?

– J'en dis ce que j'en sais, moi, Mosssieur !

– Oh, Raymond, ne sois pas plus couillon que tu en as l'air ! Ce n'est pas parce que ta bonne femme est la grande copine de la Denise que tu es forcément au courant de tout !

– Si c'est comme ça, je m'en vais, jeta Raymond, vexé, en reposant sèchement son verre de pastis au risque de le briser.

– Ne t'énerve pas ! Personne ne met en doute tes informations…

– Saine, saine… Personne n'en sait rien, fit Antoine.

– Paraît que Gaston Maréchal lui-même, il voulait vendre quelques mois avant sa mort !

– Tout ça, c'est des rumeurs…

– Peut-être que le Gaston, il est mort au bon moment !

– Ma Juliette a entendu dire chez Gabrielle Pagès qu'il ne serait pas tombé à l'eau tout seul…

– Si tu te mets à croire aux ragots des bonnes femmes !

– Taisez-vous, elles nous regardent, souffla Léon d'un air de conspirateur.

Assise face à Rachel qui tournait le dos au bar et ne prêtait pas attention à l'environnement, Monique avait eu vite fait de comprendre qu'elles étaient toutes les deux le sujet de discussion de ces hommes agglutinés au zinc comme des mouches sur un morceau de viande en pleine chaleur estivale. Que des étrangers éveillent ainsi la curiosité dans un bourg de cette France profonde et encore très rurale comme l'était Martres-Tolosane, n'avait rien d'anormal. Mais, mue par une naturelle curiosité féminine, sans en avoir l'air et pour ne pas croiser leurs regards fuyants, elle avait fait semblant de regarder l'alignement des bouteilles d'apéritif pour tendre l'oreille et essayer d'attraper quelques bribes de leur conversation. Sans entendre exactement toutes leurs phrases, Monique avait bien saisi, au sens de certains mots, qu'il était question des circonstances de la disparition de son père.

Les mots qui parvenaient à ses oreilles l'intriguaient. Que voulaient dire ces hommes par leurs sous-entendus ? Les circonstances de la mort de son père n'étaient pas exactement celles qu'on lui avait rapportées ? Lui avait-on servi de bonne foi une fable sur cette partie de pêche qui avait mal tourné ou bien lui cachait-on quelque chose ? La vérité aurait-elle eu un autre visage que celui de l'histoire officielle de la tragique disparition de Gaston ? Écoutant sans tout comprendre, Monique essayait de garder un visage exempt d'émotion, juste paré de ce léger sourire que l'on adresse par courtoisie à celui qui est en face de vous. Maîtrisant tant bien que mal l'ouragan de questions qui l'envahissait, elle s'efforçait de saisir l'insaisissable, les yeux si immobiles que Rachel lui glissa dans un souffle :

– Mais qu'est-ce que tu regardes ainsi ?

– Les types, là-bas au bar… Ils parlent de mon père.

– Ne les fixe pas comme ça, ce n'est pas poli… Et puis tu n'es pas très discrète à les dévisager ainsi. Tu ferais un bien mauvais espion !

– Tais-toi donc ! Laisse-moi plutôt essayer d'entendre ce qu'ils disent…

– Interroge plutôt la patronne ! Cette Clémence m'a l'air assez bavarde. Elle te renseignera sûrement.

– Pas sûr qu'elle sache.

– Qu'elle sache quoi ?

– Si j'ai bien entendu, il paraît que mon père voulait vendre la faïencerie…

– Quelqu'un t'en a parlé ?

– Ni le notaire, ni personne.
– Tu es sûre d'avoir bien saisi ?
– Écoute !

Monique allongea imperceptiblement le cou pour mieux entendre, le nez faussement plongé dans les profondeurs du marbre gris de leur table. Pour éclaircir l'ombre du doute que l'épicière avait semé dans son esprit, elle devait savoir ! Son intuition féminine lui laissait entrevoir la piste d'un de ces secrets de famille que l'on cache honteusement, une de ces sombres affaires que l'on évoque à mots couverts, jamais devant les enfants, et bien souvent par des périphrases assez elliptiques pour demeurer toujours incomprises. Elle tentait de ne pas avoir l'air de s'intéresser à la conversation que les hommes continuaient à échanger à voix basse au zinc.

L'arrivée de Clémence Esteban, la patronne du café de la Magdeleine, brisa sa concentration. Elle avait troqué le grand tablier bleu de cuisine qu'elle arborait le matin pour une de ces modernes blouses en nylon aux motifs fleuris qui avaient pour principal avantage de masquer les rondeurs de sa cinquantaine épanouie. Elle les gratifia d'un sourire généreux qui lui éclaira le visage en faisant ressortir un peu plus la couperose qui envahissait ses joues. Dépourvue de tout maquillage, Clémence avait fait le deuil depuis longtemps de toute séduction pour privilégier un naturel jovial. À voir sa bouille ronde et réjouie, on devinait chez cette femme une bonhomie spontanée, qualité éminente pour une tenancière de bistrot dans cette France méridionale des années soixante qui découvrait que le poulet aux hormones n'avait pas de goût mais la chair flasque et molle, produit d'une agriculture industrielle que les Trente Glorieuses érigeaient en archétype des nouvelles valeurs culinaires.

– Je vous ai préparé une soupe de courgettes à la crème et aux coquillettes dont vous me direz des nouvelles, leur lança Clémence d'un air gourmand.

– Vous nous avez encore gâtées ! Ça doit être délicieux ! dit Monique, les yeux brillants.

– Après quoi, je peux vous servir le reste des cous d'oie de midi avec un peu de salade...

– N'est-ce pas un peu trop pour le soir ? s'inquiéta Rachel qui surveillait ses bourrelets, sachant que ses ascendances méditerranéennes la prédestinaient à une certaine rondeur.

– Ça se mange tout seul.

– Pour suivre ton régime, ma chère, faudra attendre demain, ajouta Monique.

– Ah, ne me parlez pas de régime ! Ici, on mange et ça n'a jamais tué personne ! gronda Clémence.

– Dites-moi, vous les connaissez ? demanda Monique à voix basse en désignant du regard le groupe des hommes scotchés au bar.

– Oh, oui ! Ce sont les meilleures langues du pays. Pour eux, ici, c'est la « ressegue ». C'est le nom que l'on donne aux endroits où on papote sans fin.

– Et pourquoi donc ?

– Parce que les voix, chuchotées à l'oreille, y font le bruit lancinant et répétitif d'une scie, un peu comme les cigales, qui en Provence jacassent du matin au soir, expliqua Clémence, le sourire aux lèvres. Vous devez avoir faim, poursuivit-elle avant de lancer à sa fille : Jacqueline, tu peux les servir ?

La jeune serveuse arriva bientôt, le visage fendu par le même sourire rayonnant que sa mère. Elle était porteuse d'un « toupi », une soupière en terre vernissée qui exhalait un arôme assez puissant pour faire retrouver à un Cathare, aux portes du consolamentum, le chemin de l'Église romaine. Aussi onctueux qu'une crème anglaise, rehaussé d'une pointe d'ail rose de Lautrec, le potage avait une saveur exquise à enchanter les papilles les plus difficiles des gastronomes. L'horloge murale égrena paresseusement sept heures et demie. Tandis que Monique et Rachel se servaient copieusement, sous les tubes de néon fluorescents, l'aréopage du bar commençait de se clairsemer au rythme des sorties et du tintement de la clochette de la porte d'entrée. Au moment du dessert, la salle était presque vide, à l'exception de trois petits vieux au fond disputant une partie de cartes qui n'en finissait pas. C'est alors que Clémence, toujours à l'affût de quelques nouvelles fraîches, vint les rejoindre.

– Alors, ma soupe, elle vous a plu ? lança, joviale, la patronne du café en guise d'entrée en matière.

– Un délice ! s'exclama Rachel.

– Une vraie merveille, renchérit Monique qui ajouta : Il faudra que vous me donniez la recette !

– Dites-moi, Clémence… J'ai une question sérieuse à vous poser. C'est quoi cette histoire de vente de la faïencerie ?

– Qui vous a parlé de ça ?
– Les hommes, au bar…
– C'est une rumeur qui a couru dans le pays, rien de plus. Vous savez ce que c'est ! Les gens racontent n'importe quoi…
– Mais il n'y a pas de fumée sans feu !
– Peut-être que Gaston l'a évoqué un jour comme ça, à la cantonade… mais moi, je n'ai jamais vu l'ombre d'un acheteur venir ici.
– Je crois aussi avoir entendu parler d'un carnet qui aurait disparu.
– Le fameux calepin où votre père notait, paraît-il, ses projets secrets ?
– Ah, vous êtes au courant ? fit Rachel.
– Comme tout le monde, fit Clémence d'un air fataliste. Vous savez, il n'y a pas grand-chose à dire ! Votre père, comme vous vous en souvenez sans doute, avait toujours en poche un de ces gros agendas à élastique où les commerçants marquent leurs commandes. Il l'ouvrait à tout bout de champ pour noter ce qui lui passait par la tête. D'un coup de crayon, il y faisait parfois des croquis et des esquisses qui témoignaient de son sens inné du trait et de la forme. De là à penser qu'il y avait toute une collection de modèles inédits, c'est de la faribole !
– Ils ont aussi parlé d'un coffre…
– Le fameux coffre Fichet-Bauche du bureau de la fabrique ! répondit Clémence en hochant la tête.
– J'ai souvenir que mon père en refermait toujours précipitamment la porte pour qu'on ne voie pas ce qu'il contenait…

– Gaston Maréchal y gardait en effet assez d'argent, ce qui le dispensait d'aller trop souvent à la banque de Saint-Gaudens.

– Il y entreposait donc toujours la paye du mois pour les ouvriers ?

– Je crois bien qu'il avait gardé cette habitude des années trente. Ma mère, Pascaline, l'a toujours entendu affirmer qu'il n'avait pas une grande confiance dans les banques.

– Mon père était le seul à posséder la combinaison ?

– Oui, je pense…

– Le notaire ne m'a rien dit mais, à écouter les types au bar, j'ai cru comprendre que lorsqu'on l'a ouvert, le coffre était vide.

– C'est le bruit qui a couru dans le pays, en effet. Beaucoup en ont été surpris mais personne n'a pu donner d'explication.

– Asseyez-vous donc et racontez-moi…

À l'invitation de Monique Maréchal, Clémence se saisit d'une chaise du bistrot et prit place à côté des deux femmes. D'ordinaire, elle s'asseyait peu à la table des clients, veillant à ne pas mélanger les rôles. Sur le ton de la confidence et sans doute parce qu'elle éprouvait une certaine sympathie pour l'héritière de la faïencerie, elle se mit à lui donner les bribes d'informations qu'elle avait glanées en écoutant d'une oreille discrète les ragots que ses clients échangeaient au zinc. En cours de conversation, Jacqueline débarrassa la table des assiettes et des couverts et leur apporta deux tasses en faïence blanche au logo de la brûlerie de café BIEC. La jeune serveuse revint quelques instants plus tard avec une cafetière en aluminium à double corps qu'elle culbuta derechef, laissant se diffuser l'eau bouillante sur le marc, dégageant l'arôme puissant de l'arabica qui s'éleva dans l'atmosphère calme de l'estaminet maintenant déserté de sa population d'assoiffés.

– Et la maison de votre grand-mère, vous l'avez toujours ? demanda Clémence en faisant tourner lentement sa cuillère à café dans sa tasse.

– Non, d'après le notaire, mon père l'a vendue pendant la guerre.

– Pourtant, c'était vous l'héritière ?

– Certes, mais quand ma grand-mère, Mamie Cathou, est décédée, il y avait presque sept ans que j'avais déjà quitté le pays.

– Votre père n'a rien fait alors pour savoir ce que vous étiez devenue ?

– C'était difficile. Mon père était en zone libre et moi dans la France occupée.

– Il n'y a pas eu de recherche dans l'intérêt des familles, comme on dit maintenant ?

– Je l'ignore. Pendant la guerre des milliers de personnes ont disparu sans laisser de traces, victimes des bombardements, des rafles… Je suppose que, aux yeux de la plupart des gens d'ici, c'était un peu comme si j'étais morte moi aussi.

– Ça a dû vous faire quelque chose quand vous avez appris qu'il avait vendu cette maison ! C'était votre pays, là-bas aussi…

– Vous savez, en dehors du village de La Bastide

du Salat et de cette maison, je n'ai pas conservé grand souvenir de l'Ariège.

– Vous n'y alliez pas souvent ?

– Très peu. J'ai souvenance d'un voyage effectué en 1926 ou 1927 avec mon père à Mirepoix dans la camionnette Renault.

– Pourquoi spécialement à Mirepoix ?

– Il avait, je crois, une livraison importante à effectuer dans un château que venait d'acquérir un lord anglais amoureux de la France. Mes yeux d'enfant ont découvert une jolie bastide où façades colorées et maisons à colombages formaient des couverts groupés autour d'une cathédrale. Mais ce qui intéressait le plus la petite fille que j'étais, c'était le manège de chevaux de bois qui tournait sur un air d'orgue de barbarie sur la place au milieu des acacias. C'était le premier que je voyais. J'étais si fascinée et je mourais tant d'envie d'y faire un tour que j'agrippais fort la main de ma mère et je la suppliais de me laisser monter.

– Et elle a cédé à ce caprice d'enfant, je suppose ?

– Oh non ! D'ailleurs je devais être particulièrement insupportable car mon père m'a donné une paire de gifles si sonores que tout le monde dans la rue s'est retourné. J'en ai été mortifiée de honte, confessa Monique, un peu émue à l'évocation de sa jeunesse.

– Ce n'était qu'un caprice d'enfant. Votre père était bien sévère en effet !

– Vous ne pouvez avoir idée de ce que j'ai enduré, renchérit Monique. Enfant, j'étais punie pour un rien, une parole de trop, un geste maladroit, un regard de travers…

– Pourtant, tu n'avais pas l'air plus rebelle qu'une autre, pas plus que moi en tout cas ! dit Rachel qui avait souvent eu les confidences de Monique.

– Plus que sa sévérité ou ses sautes d'humeur, ce sont les humiliations quotidiennes qui m'étaient insupportables, fit Monique. Je me rappelle fort bien avoir été envoyée dans cet horrible cachot sous l'escalier le jour de mes quatorze ans pour avoir utilisé de la poudre de riz et du rouge à lèvres comme j'avais vu faire Maman ! J'y ai passé la nuit entière ! Mon père m'a jeté que c'était une honte de m'être peinturlurée ainsi et que puisque je voulais ressembler aux putes des bordels de la rue Bayard, il fallait m'enfermer comme ces poules-là !

– Je n'avais pas cette image de lui. Je le savais dur, mais pas à ce point !

Monique baissa les yeux sous le poids d'un passé qui ne passait toujours pas et dont le retour à Martres-Tolosane avait encore rafraîchi la douleur. À ce visage triste, ce léger tremblement de la voix, Clémence comprit qu'elle avait encore du mal avec son histoire. Son retour au pays l'avait libérée en quelques heures d'une charge émotionnelle trop longtemps contenue. Elle avait besoin d'évacuer les souvenirs qui lui polluaient l'âme. Mais, pour tirer un trait sur ce passé, il lui fallait effacer toutes ces frustrations subies afin que, comme ces blessures qui cicatrisent, une fois les croûtes tombées, la peau puisse repousser, neuve et rose, gage des temps nouveaux. Les mots semblaient lui brûler les lèvres, mêlant apaisement et douleur. Les chemins de la paix intérieure étaient à ce prix-là. Pour oublier, il fallait sans doute choisir d'abord de se souvenir, de renouer les fils d'une histoire interrompue, d'accepter ce qu'elle avait rejeté vingt-cinq ans plus tôt, d'écarter le voile d'oubli qu'elle avait jeté sur sa jeunesse pour enfin prendre le chemin apaisé des souvenirs.

6

Le chemin des souvenirs

Pour Monique Maréchal, les images du passé n'avaient pas la douceur sucrée des madeleines à rainures en forme de coquilles Saint-Jacques que Marcel Proust, à la recherche du temps perdu, trempait dans sa tasse de thé, un rien nostalgique, accablé d'une oisiveté sans horizon. Les souvenirs d'hier, souvent nimbés d'une tonalité acidulée, résonnaient dans sa tête dans un étrange écho. Ils palpitaient de la force des choses détruites, frêle réminiscence du temps jadis, émergeant d'une mémoire profondément enfouie pour mieux l'oublier. Frissonnant au vent d'autan, les images de son adolescence s'entrechoquaient parfois avec violence et hargne, mélangées dans la cacophonie d'un morne ennui et de petits bonheurs. Ainsi, se remémorer les souvenirs de ce temps-là n'était pas pour Monique une source d'apaisement. Le tourbillon de couleurs, de sons, d'odeurs qui l'assaillaient en saturant ses sens, était assez baroque et churrigueresque pour constituer le décor subtil d'un film de cette Nouvelle Vague triomphante sur les écrans blancs des salles obscures.

Face à ces séquences qui surgissaient du néant, fallait-il fermer les yeux pour chasser ces visions déformées, distorsions d'un temps qu'elle avait voulu oublier pendant plus de vingt ans ? Fallait-il les ouvrir tout grand pour oser affronter enfin ce qu'elle avait classé dans le tiroir sans fond de l'oubli ? En ces instants où les rémanences du passé avaient un goût si amer, Monique, qui se sentait condamnée tel un Sisyphe moderne à revivre éternellement ce qu'elle avait maudit aux heures ardentes de sa jeunesse, ne pouvait trancher le dilemme. Subissant de plein fouet ces images qui dansaient devant elle une sarabande infernale, elle plongea dans le kaléidoscope désordonné de sa vie, s'abandonnant au vertige que les souvenirs engendraient pour glisser sur la pente fatale du temps douloureux ressuscité.

S'il y avait bien un moment dans sa jeunesse qui l'avait marquée, c'était le jour où elle avait quitté sa maison des Taillades pour rejoindre le lycée Saint-Sernin où sa scolarité allait se poursuivre. Empruntant la camionnette Renault KZ de couleur vert pomme qui servait d'ordinaire aux livraisons de la faïencerie, ses parents l'avaient conduite dans la tiédeur de l'après-midi à Toulouse, munie d'une petite malle renfermant le trousseau exigé pour les internes à l'entrée au lycée. Pour Monique, qui n'avait jamais dépassé le bourg de Cazères, le voyage, malgré un inconfort total, était en lui-même un émerveillement continuel. Tous les paysages, pourtant semblables à ceux de chez elle, lui apparaissaient fabuleux. Et ainsi, Muret, la cité de Clément Ader, prenait un air de capitale. Passé Portet-sur-Garonne, elle écarquilla les yeux quand, sur plusieurs kilomètres, elle longea un mur haut de plus de deux mètres hérissé de tessons de bouteilles aussi tranchants que des lames d'acier, scintillant comme des diamants sous les rayons du soleil, décourageant ainsi toute intrusion de curieux.

– Qu'est-ce qu'il y a derrière le mur, Papa ? avait-elle demandé en apercevant des toits et des cheminées.

– C'est l'ONIA… L'Office national industriel de l'azote, expliqua doctement Gaston.

– Et ils font quoi dedans ?

– Des produits chimiques à base de nitrate d'ammonium. Ça sert à fabriquer des engrais. L'agriculture en consomme de plus en plus aujourd'hui pour fertiliser les terres. Alors, plutôt que de les importer du Chili, ce qui nous coûtait plus de 100 millions de francs, on a préféré construire cette usine. C'est un peu le symbole de l'entrée dans l'ère industrielle…

– Elle est bien loin de la ville en tout cas, avait remarqué Monique, habituée à la proximité de l'usine de cellulose à Saint-Gaudens.

– Heureusement ! Il faudrait être fou pour construire à proximité ! Les nitrates d'ammonium sont très dangereux. On s'en sert aussi pour fabriquer les explosifs de carrière. D'ailleurs, c'est pour mettre l'usine hors de portée d'une éventuelle attaque des Allemands que le gouvernement l'a installée ici il y a trois ans, en 1926. Je crois avoir lu à l'époque dans *La Dépêche* que le site représente plus de 90 hectares.

– Mais c'est immense ! laissa échapper Marguerite, toute étonnée, la bouche arrondie en cul-de-poule.

– Des centaines d'ouvriers toulousains y ont trouvé un travail.

Après avoir franchi la voie de chemin de fer, ils étaient parvenus aux portes de la Ville rose. La camionnette verte s'était alors faufilée dans les faubourgs pour atteindre l'intersection de la Pointe, avant d'affronter la circulation d'une grande et longue avenue où trônaient en son milieu les bâtiments en brique rose de l'École normale, temple républicain d'une Instruction publique colonne vertébrale des vertus cardinales de la France de la IIIe République. Plus ils pénétraient dans cette ville qui avait vu naître Carlos Gardel, ce prince du tango que les Argentins nous disputaient, plus la foule des piétons, des vélos, des automobiles, des camionnettes était dense. Elle se mêlait aux trams, aux autobus dont les premières lignes avaient été mises en service en 1926, et beaucoup plus rarement aux attelages à cheval, à cause de la modernité galopante. La Garonne traversée, l'affluence se faisait populeuse, offrant le spectacle d'une grande ville joyeuse et méridionale.

– Tu es sûr que c'est le bon itinéraire pour aller au lycée ? avait demandé à plusieurs reprises Marguerite en voyant son mari rouler parfois au pas à l'entrée d'un carrefour comme s'il cherchait son chemin.

– Mais oui ! Il suffit de suivre les grands boulevards jusqu'à la place Jeanne d'Arc et puis on tournera à droite par la rue Saint-Bernard…

– Comment peux-tu le savoir, tu n'y as jamais été !

– Je connais Toulouse pour y avoir souvent fait des livraisons… J'ai déjà livré un notaire et le président du tribunal de grande instance à deux rues d'ici, soupira Gaston.

– Maman, elle, elle a bien regardé le plan avant de partir, avait risqué Monique, stoïquement assise sur la caisse de bois qui servait de siège et qui lui meurtrissait les fesses.

– Combien de fois faudra-t-il dire à cette enfant qu'il ne faut pas couper la conversation des adultes, gronda Gaston, visiblement excédé autant par les remarques de son épouse que par celles de Monique.

En se faufilant dans la circulation grouillante des boulevards où les cyclistes disputaient l'asphalte brûlant aux conducteurs de trams et aux voitures, au débouché d'une longue rue flanquée de beaux immeubles qui sans être haussmanniens n'en étaient pas moins bourgeois, la camionnette Renault était parvenue devant une immense église de brique rose. Elle trônait au centre d'une vaste place ovale qui, les dimanches, accueillait le bric-à-brac d'un gigantesque marché aux puces que les Toulousains, pleins d'humour, nommaient familièrement l'« inquet », vocable occitan signifiant l'hameçon, appellation de circonstance pour la pêche aux bonnes affaires qu'on pouvait y espérer. Monique se souvenait de ces élégantes chapeautées qui avaient traversé devant eux, d'un pas nonchalant, dans les rayons d'un soleil dardant encore fort les toits de tuiles, ce qui avait obligé son père à freiner brutalement. À l'ombre généreuse d'un platane, Gaston avait trouvé une place pour garer la voiture, non loin de l'entrée. Le moteur de la camionnette coupé, son père avait chargé sans effort la petite malle sur son épaule tandis que Monique, sa main fiévreusement glissée dans celle de sa mère, s'avançait vers la grille du prestigieux établissement toulousain.

Derrière les barreaux ripolinés d'une épaisse couche de peinture verte qui s'écaillait par endroits, Monique avait aperçu un ravissant hôtel particulier en brique rouge. Niché au cœur d'un délicieux parc arboré de tilleuls, de platanes et de pins sylvestres, le bâtiment avait l'harmonie classique des créations architecturales typiques de la seconde moitié du XVIIIe siècle. L'établissement, *alter ego* du lycée Pierre de Fermat réservé aux garçons, avait ouvert ses portes en 1884, trois ans après le vote de la loi permettant l'accès de l'enseignement secondaire aux jeunes filles. Réservé dans la pratique aux rejetons des familles bourgeoises, cette demeure construite pour l'auguste Jean Du Barry cultivait avec soin une image d'excellence.

Accueillie sans beaucoup d'aménité par un concierge au teint rubicond, le visage veiné de couperose, manifestement lassé d'être sans cesse interrompu dans la retransmission des courses de chevaux qu'il suivait à la radio, Monique avait été conduite dans une vaste salle d'un bâtiment du rez-de-chaussée où une dizaine de filles de tous âges accomplissaient les formalités d'entrée. Là, une maîtresse d'internat revêche, Mlle Thomas, l'avait prise en charge. Dès le premier coup d'œil, on comprenait que c'était une vieille fille. Avec sa voix nasillarde, son visage en lame de couteau, son appendice nasal digne de Cyrano de Bergerac qui formait une longue saillie osseuse, quel homme aurait pu s'intéresser à cet échalas ! Elle était aussi sèche que les morceaux de morue salée que Baptiste Cazalot, l'épicier du village, vendait dans ses tonneaux en peuplier et sur lesquels crachaient les chenapans d'un jet de salive jaunâtre teinté d'un parfum de réglisse des cachous Lajaunie.

Sous l'œil torve et dominateur de la surveillante générale, la maîtresse d'internat, un crayon gras à la main, avait tout vérifié : le formulaire d'inscription administratif, son extrait de naissance, la validité de son certificat de vaccination... Seule nouveauté pour cette rentrée 1930, comme le leur avait fait remarquer Mlle Thomas, il n'y avait plus de frais d'inscription. Cette barrière de l'argent était enfin supprimée mais on allait se hâter de la remplacer, trois ans plus tard, par un examen d'entrée en sixième, un moyen comme un autre d'empêcher les enfants du peuple d'envahir l'enseignement secondaire réservé jusque-là à ceux de la bourgeoisie. Puis, cette première étape satisfaite, elle avait procédé sous le regard de ses parents à l'inventaire minutieux et exhaustif des pièces de son trousseau, étalant à loisir sur une longue table de bois clair le contenu de la malle, dont les effets les plus intimes de la petite fille rougissante.

Monique n'avait oublié aucun des détails de ces premiers instants. Le cérémonial de l'inscription achevée, Mlle Thomas s'était saisie d'une plume sergent-major qu'elle avait trempée dans un encrier de porcelaine blanche. Elle avait sobrement paraphé la liste des effets fournis d'une initiale sèchement tracée à l'encre violette, reconnaissance par l'administration d'un trousseau complet. Elle les avait alors invités d'un air sec et condescendant à passer à l'étape suivante : la visite et l'installation dans les dortoirs, prélude à une séparation familiale inéluctable. Situés sous les combles, au dernier étage d'un bâtiment de brique rose construit au XIXe siècle, on y accédait par un escalier aux degrés de chêne assez usés par des générations de potaches apprentis impétrants pour que leur nez se creuse en leur centre d'un galbe qui aurait nécessité un bon coup de varlope pour retrouver quelque rectitude. Sur les pas de ses parents, mettant sa petite main sur la rampe cirée, la bouche sèche d'appréhension, elle avait gravi les marches avec autant de sérieux qu'un condamné montant à l'échafaud. Dans une chaleur rendue étouffante par la proximité des toits, une odeur tenace de poussière sèche montait aux narines pour les piquer presque aussi fort qu'une pincée de poivre.

Les dortoirs, familièrement nommés par les pensionnaires les « dorts », n'avaient rien de personnel. Que sa chambre des Taillades pouvait en ces instants lui sembler loin ! Cette immense pièce, occupée par cinquante lits en fer tous bien alignés, tenait tout à la fois de la caserne et de l'hôpital. Mais son caractère monacal n'en faisait pas pour autant un havre de paix pour carmélites assoiffées de Dieu et d'espérance. Au premier coup d'œil, découvrant cette chambrée aussi vaste qu'un hall de gare, la petite fille qu'elle était en avait perçu toute la dimension inhumaine. Ici, point de rideau pour isoler l'intimité d'une puberté naissante. Dans la promiscuité, sous le regard de toutes, à commencer par celui de la maîtresse d'internat que l'on devinait filtrer à travers le judas, il faudrait se dévêtir, procéder à des ablutions collectives dans la rangée de lavabos qui tenaient plus d'abreuvoirs que d'une salle d'eau. Pour le reste, il faudrait s'habituer à ces cheminements en rang par deux dans le brouhaha des couloirs où les voix adolescentes se perdaient dans les hauteurs des plafonds, se faire à ces files d'attente interminables qui précédaient l'entrée à midi au réfectoire, le ventre torturé des affres d'une faim creusée par quatre heures de cours.

La sévérité des professeurs avait été à la hauteur des craintes qu'elle avait éprouvées ce jour-là en grimpant pour la première fois les marches usées de l'escalier des « dorts ». Les jours suivants n'avaient pas démenti cette intuition première. Peut-être parce qu'elle transpirait naturellement de ces murs qui suintaient le rigorisme d'un temps où le culte du travail était érigé en principe souverain. Et si le nom de Mme Fourcade, son professeur de piano, lui rappelait de bons souvenirs, celui de Mlle Cantat, une vieille fille aussi joviale que les théorèmes qu'elle leur enseignait, celui de M. Mauriès, le redoutable professeur de latin, expert dans la traque sans pitié du contresens et du barbarisme, celui de Mme Kraiser, la glaciale prof d'allemand surnommé « la Teutonne », la faisaient encore frémir trente ans après cette première rentrée scolaire.

Considérant que l'éducation des jeunes filles procédait d'abord de l'instruction, la plupart des enseignants de l'époque se faisaient en effet un devoir d'éradiquer chez ces demoiselles tout désir souterrain d'émancipation par un apprentissage répétitif, méthodique et monotone des vertus qui devaient régner sur le sexe féminin. Malheur à celles qui s'affranchissaient de leurs devoirs d'élèves. Les retenues pleuvaient pour un rien. Une convocation chez Mme la surveillante générale était unanimement redoutée car annonciatrice d'une cascade de sanctions. En entrant dans son bureau, toutes savaient qu'ici point d'aménité, de compréhension, de compassion à attendre pour celles qui avaient failli à ce que l'on attendait d'elles ! Alors, même si elle avait aussi connu des moments de bonheur et des fous rires intenses, autant dire que Monique conservait du lycée des souvenirs assez mitigés…

– Les semaines étaient interminables. J'étais pensionnaire à longueur de trimestre, confessa-t-elle à Clémence qui avait obtenu péniblement le certificat d'études et n'avait jamais quitté son village.

– Vos parents ne venaient vous chercher qu'aux vacances ?

– Oui, je ne sortais même pas le dimanche…

– Pourtant votre lycée n'était qu'à une heure de route d'ici…

– Vous savez bien qu'à l'époque on chaperonnait les jeunes filles. Pas question de me laisser prendre le train toute seule !

– Les anciens n'avaient pas tort ! Déjà en ce temps-là, il y avait tant de rôdeurs ! commenta Rachel qui avait toujours peur qu'on lui vole son sac à main.

– La faute à la crise parce que, des malfaisants, il y en a toujours eu ! Tenez, je me rappelle qu'à l'époque les journaux étaient pleins d'une triste affaire qui avait mis tout le pays en émoi.

– Ah ! Laquelle ? demanda Monique.

– Vous ne vous souvenez pas de cette pauvre gosse, une certaine Asunción, que l'on avait retrouvée morte tout près d'ici, à Tarbes ?

– Confusément…

– C'est vrai que vous n'aviez qu'une dizaine d'années alors.

– C'était un accident ?

– L'innocence assassinée, plutôt ! Une gosse gentille, plutôt jolie… Son pauvre petit corps avait été découvert par le cantonnier entre deux rangées de tombes fraîches. Elle avait sa robe de coton relevée sur ses cuisses, de méchantes marques violacées autour du cou. À côté d'elle, il y avait encore la plaque de beurre que sa mère l'avait envoyée chercher à l'épicerie. Peu de temps après, on a arrêté un type, un certain Raoul, cordonnier de son état, qui a fini par avouer l'avoir violée et tuée. On l'a surnommé le satyre du cimetière Saint-Jean.

– Mon Dieu, c'est abominable ! fit Rachel horrifiée. On l'a châtié comme il le méritait, j'espère ?

– Oui, il a été condamné à mort en juin 1932 mais le président de la République, Albert Lebrun, élu juste le mois avant, l'a gracié. Inutile de vous dire le retentissement que toute cette tragédie a eu dans le pays. Votre mère avait dû vous le raconter…

– Sans doute, mais je ne conserve qu'un vague souvenir de cet horrible fait divers. Dans les couloirs du lycée à Toulouse, les filles parlaient de bien d'autres choses.

– Et puis tout ça, ce n'était pas des histoires à raconter aux enfants, remarqua Rachel.

– En tout cas, vous avez bien dû vous ennuyer là-bas pendant toutes ces années, étouffa Clémence d'une voix compatissante.

– Un peu… Notre quotidien était rythmé par les sonneries des cours, les récrés toujours trop courtes, la monotonie des heures d'études, la crainte des punitions, la queue pour rentrer au réfectoire…

– Et c'était bon, au moins ? s'enquit l'aubergiste dans un réflexe professionnel.

– Répétitif surtout ! confessa Monique qui gardait en mémoire la litanie immuable des menus qui, d'octobre à juillet, déroulaient leur morne alternance.

Comment oublier ces lundis où un plat de lentilles graisseuses agrémentées d'un bout de saucisse à la cuisson ratée, embelli de quelques lardons blêmes, était censé calmer la fringale des plus affamées ? Le lendemain, c'était l'heure du bœuf bourguignon toujours accompagné, été comme hiver, de ses insipides carottes Vichy. Le mercredi, les cuisiniers, sans doute en manque d'imagination, concoctaient une de ces fricassées où les commensaux étaient incapables de distinguer la nature de la viande. Le jeudi, par tradition, c'était la journée du cassoulet et le vendredi, jour du sacrifice du Christ oblige, un morceau de morue grise accompagné de deux pommes de terre bouillies venait garnir l'assiette des esclaves du théorème de Pythagore. Seul le samedi, avec sa traditionnelle tarte aux pommes, prenait des aspects de festin. Autant dire que Monique ne gardait pas un souvenir gastronomique flamboyant de la nourriture roborative dont l'intendante gavait les ventres des adolescentes, garantie d'un cortège de flatulences aux effets sonores ou olfactifs, rituel prétexte à opprobres et à rougissements.

Face aux insipides ragoûts qui remplissaient souvent son assiette et où surnageaient quelques pommes de terre molles et sans saveur, que n'avait-elle regretté ces succulents gigots d'agneau du piémont pyrénéen que l'on faisait aux Taillades ! La vieille bonne, Marie, habillée de noir du 1er janvier au 31 décembre, toujours casquée de cheveux blancs, n'avait pas son pareil pour les faire dorer au capucin dans la grande cheminée de la cuisine ! Devant un feu assez ardent pour faire rôtir un Cathare vivant, la pièce de viande, dûment embrochée et piquée de gousses d'ail rose de Lautrec, avait tourné lentement au rythme mécanique du tournebroche pendant plus de deux heures. À intervalles réguliers, Marie l'arrosait du jus tombé dans la lèchefrite pour lui conserver tout son moelleux. À la fin de la cuisson, elle y introduisait un bout de lard rance dans un entonnoir de fonte à long manche, le fameux capucin, qui avait été porté dans les braises à incandescence. Le gras s'enflammait aussitôt en grésillant, laissant s'échapper des flammèches odorantes qui venaient en larmes de feu caraméliser le gigot d'une croûte dorée.

– Vous deviez avoir du plaisir à rentrer à la maison, soupira Clémence.

– Pas tellement ! Avec mon père, à l'adolescence, les rapports sont devenus de plus en plus tendus, confessa Monique.

– Un conflit classique de générations ?

– Non ! Simplement, son autoritarisme m'était devenu insupportable au fil du temps. Je n'acceptais plus ses remarques, ses injonctions, ses ordres… Le son même de sa voix, ce ton de commandement qu'il employait pour s'adresser à moi, m'était intolérable. Je ne voulais pas être comme ces boys africains ou annamites que les colons se plaisent à soumettre à leurs caprices, à humilier, à faire « torcher » aux quatre coins de l'empire, lança-t-elle brusquement, la voix chargée d'une intonation militante qui dévoilait clairement un engagement politique très marqué.

– Pourtant, d'ordinaire entre une fille et son père il y a de la tendresse, de la complicité... se hasarda Clémence qui n'avait pas connu une telle opposition avec Isidore Marasset, son propre père.

– Jamais entre lui et moi ! coupa sèchement Monique. Non, jamais je n'ai usé avec lui de l'habituel pouvoir de séduction que, nous les filles, nous expérimentons à cet âge en toute candeur ! Sans doute étais-je déjà trop rebelle ou trop fière pour user d'un tel stratagème et m'abaisser ainsi...

– Comment ça ?

– J'avais désormais quatorze ans... J'étais plus forte de cette liberté conquise par l'éloignement. Bref, je refusais de courber l'échine comme ma mère l'avait fait toute sa vie devant mon père. Je soutenais son regard et pire, à ses yeux, j'osais regimber, désobéir !

– Votre père ne devait guère goûter un tel comportement...

– Oh, il lui arrivait souvent de m'envoyer une taloche quand je lui tenais tête.

– Et votre mère, elle ne disait rien ?

– Vous l'avez connue, n'est-ce pas ? Maman était plutôt du genre soumise, surtout face à lui.

– D'autant qu'elle n'a pas tardé à tomber malade, la pauvre…

– Oui, un matin, à la fin de l'hiver 1933, en se levant, elle s'est rendu compte qu'elle avait eu de curieux saignements dans la nuit. Dans la semaine, elle consultait le bon vieux docteur Ferrand, le médecin de famille. D'après lui il fallait attendre que tout rentre dans l'ordre. Au pire, c'était peut-être un fibrome, disait le praticien en hochant la tête en un tic naturel que les enfants se plaisaient à singer. À dire vrai, il n'y comprenait pas grand-chose… Finalement, au bout de plusieurs mois, il s'est décidé à l'envoyer à Toulouse pour consulter un spécialiste. Le chirurgien, lui, s'est vite rendu compte du mal mais, hélas, c'était trop tard. Maman est partie le 16 février 1934, quelques jours après ces émeutes tragiques où le pouvoir de la République avait vacillé à la suite des manifestations de l'extrême droite et des Croix-de-feu dirigées par le colonel de La Rocque.

– Vous étiez toujours scolarisée au lycée Saint-Sernin ?

– Oui, j'étais en classe de seconde. Je me trouvais au réfectoire quand on m'a appris la mauvaise nouvelle… Comme tous les vendredis, il y avait de la morue.

– Qui vous a prévenue ?

– La maîtresse d'internat, Mlle Thomas, m'a remis en main propre un télégramme qu'un coursier venait d'apporter. Quand j'ai levé la tête, j'ai vu son regard et j'ai compris tout de suite. Ses yeux n'avaient pas l'habituelle dureté qu'ils affichaient d'ordinaire. Elle avait ouvert le petit bleu et elle me l'a tendu en mettant la main gauche sur mon épaule. Sa voix résonne encore dans mes oreilles, une voix au timbre nasillard devenue presque bienveillante. Je l'entends encore me dire : « Soyez courageuse, ma petite ! »

– Mon Dieu... Quel choc vous avez dû avoir !

– J'ai découvert ce jour-là que même les mamans partent un jour...

À l'évocation de ces instants, les mots moururent sur ses lèvres et Monique s'interrompit, submergée des souvenirs douloureux de ce « passé qui ne passait pas ». Une brusque bouffée d'infinie tristesse l'avait assaillie qui acheva de voiler le son de sa voix d'une émotion mal contenue. Rêvait-elle ? Devant ses yeux où une larme menaçait de perler, la silhouette translucide et diaphane de sa mère venait de surgir pour mieux la ramener vers ce temps qu'elle avait si souvent cherché à oublier. À l'instar de ces films fantastiques mettant en scène quelque fantôme issu du royaume des morts-vivants, la Marguerite de son enfance lui apparaissait, jeune et belle, tel un de ces hologrammes qui aurait traversé l'immensité de l'espace-temps pour se projeter, en une survivance du temps passé, dans le monde d'aujourd'hui.

Et cette maman si douce et aimée tourbillonnait en un étrange quadrille silencieux dans cette robe de shantung bleu clair qu'elle affectionnait tant de porter juste avant de tomber malade, à l'aube des années trente. Certes, avec les mois et les années, Monique avait quelque peu oublié les intonations de la voix de sa mère et il lui fallait faire un effort pour les percevoir encore. Mais les réminiscences qui l'avaient envahie brutalement avaient autant de puissance que celles de l'autan blanc en hiver quand il enveloppe les Pyrénées d'un manteau de fraîcheur glacée. Comment pourrait-elle oublier ces moments difficiles où toute une partie de sa vie s'était écroulée à jamais ? Monique baissa la tête et Clémence, dans un mouvement de sympathie naturelle, mit sa main sur la sienne avant de lui demander, comme pour l'aider à tourner cette page encore douloureuse :

– Vous êtes restée pensionnaire au lycée même après la disparation de votre mère ?

– Oui, j'étais en série A prime, latin-langues… j'ai passé la seconde partie de mon bachot début juillet 1936.

– Au moment donc où le gouvernement du Front populaire commençait à prendre les premières mesures en faveur de la classe ouvrière ?

– Oui, d'ailleurs nous n'avions guère l'esprit à l'étude…

– Et pourquoi donc ?

– Si vous vous en souvenez, l'atmosphère du temps était assez particulière : Il y avait eu toutes ces grèves, comme celle qui avait éclaté en mai chez Latécoère, ces manifestations quotidiennes, toujours bon enfant, ces meetings gigantesques où la foule des travailleurs, notamment les ouvriers de l'ONIA, communiait dans une grande fraternité avec la masse des employés et des gens de maison encore nombreux dans cette France d'avant-guerre.

– Oui, toute la classe ouvrière se dressait contre le fascisme, répondit Clémence dans un sourire où l'on distinguait un brin de nostalgie dont on ne pouvait dire s'il était propre aux regrets d'une jeunesse enfuie ou à des opinions politiques marquées par la fréquentation de militants du PCF.

– Oh, vous savez, 1936, c'est un surtout un mythe, expliqua Monique avec une petite moue significative.

– Un mythe ? Ah… Pourtant, à l'usine de Saint-Manciaux, près de Saint-Gaudens, là où travaillait mon homme à l'époque, il y avait une sacrée ambiance. C'était incroyable… Les ouvriers passaient leurs journées à jouer à la belote dans la cour et quand nous, les femmes, on leur portait le casse-croûte, il y en avait toujours un pour en entraîner une à quelques pas de fox-trot ou de tango sur un air d'accordéon. Ah, si vous aviez vu cette gaieté sur le visage des types !

– Même la petite bourgeoise provinciale, celle-là même que la crise avait souvent achevé de ruiner, partageait la ferveur du changement que les accords de Matignon avaient suscité, approuva Rachel d'un hochement de tête.

– Ce n'était pas aussi limpide que vous l'avez cru, précisa Monique. Peu de gens savent que c'est en réalité le patronat français et non la gauche gouvernementale qui fut le véritable artisan des accords de Matignon. C'est lui qui a proposé des mesures suffisamment importantes pour permettre aux organisations ouvrières de faire reprendre le travail.

– Que voulez-vous dire ? demanda Clémence.

– Il fallait coûte que coûte mettre un terme à cette situation prérévolutionnaire qui devenait dangereuse pour les deux cents familles ! Il y avait urgence à remettre la France au travail. Et, de leur côté, croyez bien que les staliniens aux ordres de Moscou avaient, eux aussi, tout intérêt à éviter les dérapages.

– Moi, en tout cas, le souvenir que je garde de 1936, c'est celui de la plus grande kermesse ouvrière que j'aie vue de ma vie, répliqua Clémence, quelque peu surprise par cet iconoclaste discours, avant de conclure : Et puis dame, c'est la première fois que j'ai eu quinze jours de congés payés !

– Et sans compter toutes les autres conquêtes sociales, renchérit Rachel en citant pêle-mêle les avancées obtenues alors, comme les conventions collectives ou les substantielles augmentations de salaire.

– Et votre père, qu'est-ce qu'il en disait, lui, de la réduction du temps de travail ?

– De la semaine de 40 heures ? Ah, parlons-en ! releva Monique qui se souvenait que Gaston ne décolérait pas contre ceux qu'il appelait les va-nu-pieds et les jean-foutre. Tenez, je l'entends encore parcourir les ateliers en maugréant d'une voix de stentor : « Au travail ! Au travail ! Croyez-vous que j'aie les moyens de vous payer à rien faire ! » Ah non, vraiment, mon père, voyez-vous, n'était pas de ce bord-là !

– C'était une attitude typique de bien des petits patrons !

– Moi, j'avais à peine dix-huit ans et, sans doute par réaction à son autoritarisme, je me sentais plus proche de l'autre camp, de celui des exploités.

– Au lycée, tout cela était quand même un peu loin de vous, non ? fit Clémence.

– Saint-Sernin n'était pas le couvent des oiseaux que vous pourriez croire. Nous n'étions pas coupées du monde et l'excitation avait même gagné certaines d'entre nous. Il faut dire que tout y concourait : Tenez, je me souviens d'un article de Marceau Pivert paru fin mai 1936 dans *Le Populaire*, le journal de la SFIO, qui disait que « tout était possible aux audacieux ».

– Vous lisiez ce quotidien au lycée ? demanda Clémence quelque peu surprise.

– Certes non ! Vous pensez bien qu'un journal aussi engagé n'était pas à notre disposition à la bibliothèque de l'établissement. On y trouvait plutôt ordinairement *L'Illustration* ou *Le Petit Journal*.

– Vous l'aviez acheté en ville ?

– Mon Dieu, non ! Pour un tel achat, la directrice aurait convoqué mon père sur-le-champ ! Je crois que c'est une externe qui, en cachette, avait ramené le journal au bahut. Il avait circulé dans la classe et, à tour de rôle, nous nous étions enfermées dans les toilettes pour le lire. Voyez-vous, sans être passionnée par la politique, il m'était difficile de faire abstraction de ce Front populaire qui venait de conquérir le pouvoir quelques semaines auparavant.

– Et avec votre bachot en poche, qu'avez-vous fait ?

– Je me suis inscrite pour suivre les cours de la fac de lettres de Toulouse.

– Votre père a accepté ?

– Oh, ma grand-mère, Mamie Cathou, avait su plaider ma cause auprès de lui.

– Elle avait dû être convaincante pour qu'il vous laisse poursuivre vos études, dites-moi ?

– Sans doute, et puis j'étais fille unique…

Monique conservait un agréable souvenir des jours précédant sa première rentrée à la faculté des lettres de Toulouse, effectuée fin octobre 1936. Une singulière excitation l'avait saisie alors que les treilles de chasselas commençaient à mûrir, attirant les convoitises du bec des oiseaux. À l'approche de cet automne, elle était tout entière dans l'attente de l'espace d'indépendance qui, après des années de pensionnat, allait enfin s'esquisser à la fin du mois. Pour elle, les portes de la vie s'ouvraient. Comme il lui tardait de rejoindre les 72 000 étudiants, pour les trois quarts fils de la bourgeoisie inscrits en médecine et en droit, qui allaient hanter amphithéâtres et bancs de l'université ! Assez ignare en politique extérieure, que lui importait alors la situation de l'Éthiopie ? Quel intérêt pour elle que l'armée d'Haïlé Sélassié, après sept jours d'une intense bataille dans la région du lac d'Ascianghi, fût défaite et que le Négus, refugié dans les montagnes avec les survivants de sa garde, assistât impuissant à la marche des troupes du maréchal Badoglio vers sa capitale d'Addis-Abeba ?

À l'ombre des vénérables platanes de l'université qui dressait ses illustres bâtiments en face de l'Arsenal, à deux pas de la place du Capitole, centre nerveux de la Ville rose, Monique avait découvert le parfum grisant de la liberté. *Exit* cette existence monacale où les saisons et les jours se rythmaient au son sinistre de la cloche, métronome de la vie lycéenne ! Fini le temps de l'internat et de la revêche Mlle Thomas qui n'avait jamais appris à sourire ! Désormais, elle était résidente dans un modeste foyer tenu par des religieuses, rue des Lois. Les seules règles de sa nouvelle vie étaient l'interdiction formelle de visites dans les chambres autres que celles de la famille et l'heure de fermeture des portes fixée impérativement, et sans dérogation possible, le soir à 22 heures. Comme la mère supérieure l'avait prévenue, le moindre manquement à ses obligations valait sanction immédiate et trois rappels à l'ordre se traduisaient par une exclusion définitive. Mais, même si les bonnes sœurs faisaient preuve d'une gaieté qui ne leur aurait jamais permis d'entretenir l'espoir d'obtenir le moindre accessit à un concours de boute-en-train, aller et venir librement, pouvoir s'asseoir sur un banc dans l'amphi sans être soumise à la tyrannie perpétuelle de l'appel, décider d'aller ou non à la bibliothèque, ne plus faire la queue en rang d'oignons pour déjeuner à la cantine, étaient un vrai bonheur !

– Vous avez eu beaucoup de chance de pouvoir étudier à l'Université, soupira Clémence. Et vous avez dû y rencontrer des gens… des gens passionnants !

– Le professeur qui m'a le plus marquée s'appelait Raymond Naves.

– Il y a un lycée qui porte son nom aujourd'hui à Toulouse.

– Il était jeune, brillant et ses cours étaient un vrai régal, se souvint Monique avant d'ajouter : Agrégé de lettres, sorti de Normale sup juste une dizaine d'années avant, il militait, comme son père qui avait été conseiller municipal à Toulouse, à la SFIO, le parti de Léon Blum.

– Ce qui n'était pas pour vous déplaire, n'est-ce pas ?

– Sans doute légitimait-il l'opposition à mon père. C'est peut-être d'ailleurs sous son influence que j'ai commencé à côtoyer assez régulièrement certains jeunes proches de cercles politiques.

– Et vos cours dans tout ça ?

– À vrai dire, je n'y étais pas toujours très assidue, confessa-t-elle. Entre deux leçons, je fréquentais beaucoup les cafés tout autour de la place du Capitole, les librairies de la rue du Taur et parfois il m'arrivait même d'aller en matinée au cinéma. Aux Variétés, je me souviens d'avoir vu au printemps 1937 *Pépé le Moko* de Julien Duvivier avec Jean Gabin et Mireille Balin dans le rôle de Gaby Gould, la belle Parisienne. Je n'étais pas très sérieuse, vous voyez…

– Comme beaucoup d'étudiants, sans doute ?

– On n'est pas sérieux quand on a dix-sept ans et qu'il y a des tilleuls verts sur la promenade, psalmodia, avec un air de maîtresse d'école, Rachel, qui aimait Rimbaud.

– En juillet 1938, j'avais quand même réussi à décrocher mes deux premiers certificats de licence ès lettres, protesta mollement Monique.

– Pourtant, c'est là que tu as arrêté tes études, n'est-ce pas ?

– Oui, c'est à ce moment-là que j'ai quitté Toulouse.

– Mais, dites-moi, pourquoi vous avez tout plaqué si ça marchait bien ? Pourquoi êtes-vous partie ? demanda Clémence d'un air étonné.

– Une gifle…

– Comment ça, une gifle ?

– Une gifle de mon père…
– Rien qu'une gifle ?
– Oui…
– Une de trop ?
– Sans doute, répondit Monique en baissant la tête.

Cette gifle, assenée sèchement, presque à la volée, avec autant de hargne que Marie mettait à battre les descentes de lit pour en chasser la poussière, avait fait déborder le vase des rancœurs mûries et patiemment recuites, fruit de cette incompréhension qui s'était installée jour après jour pour faire déborder le tonneau des vexations accumulées depuis les années de la prime enfance. Pour Monique, cette dispute-là, c'était en effet la dispute de trop. Si elle avait été un garçon, elle n'aurait pas hésité une seconde à lui envoyer son poing à la figure. Cette fois en effet, son père avait passé les bornes ! Déjà à midi à table, la discussion, toujours difficile avec lui, avait vertement achoppé sur cette actualité brûlante qui faisait depuis le début du mois la une des journaux, et qui alimentait bruits de bottes et rumeurs de guerre dans toute l'Europe, cette question des Sudètes. Alors, passe encore que son père eût mauvais caractère, qu'il fût intransigeant, impérieux, tyrannique ou soupe-au-lait ! Mais, lasse de ces réprimandes à répétition, elle ne pouvait admettre de recevoir à son âge une taloche, comme une gamine, pour une peccadille ! À l'origine, pourtant, un détail, un simple détail…

Après le repas, la dernière bouchée d'un délicieux clafoutis aux prunes avalée, Gaston, comme tous les jours, s'était retiré dans son bureau pour boire son café et lire son journal. La petite Marie, la tête basse par habitude, achevait de débarrasser la table. Monique, la laissant vaquer à ses tâches ménagères, avait éprouvé le besoin d'aller se dégourdir les jambes en faisant quelques pas jusqu'au petit bois d'acacias qui entourait les Taillades de son écrin de verdure. Sous les arbres où le jaunissement de quelques feuilles trahissait l'automne débutant, un petit salon de jardin en fer peint en blanc, de style 1900, invitait à de bucoliques rêveries devant la vue superbe des Pyrénées.

À peine venait-elle de pénétrer sous les frondaisons qu'elle entendit nettement deux détonations, plus bas au flanc de la colline où la maison de briques rouges était bâtie. Elle n'y prêta guère attention. Sans doute un « cassaïre » impénitent traquait-il les perdreaux, histoire de faire tirer la langue à un chien d'arrêt orphelin des cailles de l'été qui avaient déserté le pays depuis une petite dizaine de jours. Contemplant la vallée où la Garonne étalait ses méandres paresseux, Monique respirait l'air tiède à pleins poumons. Elle s'enivrait du parfum sucré de ce regain que les paysans coupaient à grands coups de faux circulaires pour le charger dans des ballots de toile qu'ils hissaient à grand-peine sur leurs épaules quand, soudain, elle vit surgir Marie en courant.

– Mademoiselle ! Venez vite ! Venez vite… criait à tue-tête la jeune employée de maison.

– Mais arrêtez donc de vociférer ainsi ! s'exclama Monique qui depuis l'an passé gardait une certaine distance avec elle, car elle se montrait trop proche de Gaston. Que se passe-t-il donc ?

– Votre père vous demande…

– Mon père ?

– Oui, il veut vous voir tout de suite !

– Calmez-vous, Marie, il n'y a pas le feu…

– Oh, mademoiselle, c'est qu'il est très en colère…

– Et pourquoi diable ? avait-elle répondu, s'interrogeant sur les raisons de cette brusque saute d'humeur.

– Monsieur cherchait *La Dépêche*. Il a cru que vous aviez pris le journal pour le lire, expliqua la petite bonne en reprenant son souffle.

– Il sait bien que je ne m'avise jamais de le parcourir avant lui…

– Ne vous trouvant ni au salon, ni dans la salle à manger, il a pensé que vous vous reposiez peut-être dans votre chambre.

– Mais, il n'y monte jamais…

– Il a trouvé une lettre sur le lit…

– Oh ! mon Dieu… laissa-t-elle échapper en sentant une onde de sueur aigre perler brutalement à son front.

Elle avait oublié de ranger la lettre de Jérôme, celle-là même que le facteur, en toute complicité, lui avait discrètement apportée le matin ! Monique s'était précipitée vers le bureau de son père, le cœur battant, la bouche sèche, redoutant l'orage amené par ce vent mauvais qui venait de se lever. En proie à une légitime crainte, elle avait poussé la porte du bureau, une zone traditionnellement interdite à tous. Debout, le dos tourné, les mains appuyées sur le bureau de merisier, le regard qu'elle devinait perdu dans les rayonnages de la bibliothèque, Gaston Maréchal l'attendait, aussi figé que la statue du Commandeur. Sans doute l'avait-il entendue pénétrer dans la pièce car, avant même de prononcer une parole, il la gifla à toute volée, dans un silence de mort.

L'explication qui suivit fut plus qu'orageuse. Monique s'en souvenait comme si c'était hier. Les yeux de son père lançaient des éclairs de feu que Zeus n'aurait pas reniés. Sans lui laisser le temps de fournir quelque explication, subodorant une aventure là où il n'y avait qu'une innocente amourette de jeunesse, Gaston Maréchal l'avait longuement abreuvée d'un riche vocabulaire ordurier puisé dans les bas-fonds des chambrées régimentaires. Il l'avait traitée tour à tour de catin, de salope, de traînée, n'hésitant pas à la comparer aux deux ou trois Marie-Souillon patentées qui faisaient les beaux jours des hommes esseulés de Saint-Gaudens, les soulageant ponctuellement des débordements de leur libido. Mais tous ces noms d'oiseaux, pour vexatoires qu'ils fussent, même mis sur le compte d'une légitime inquiétude paternelle concernant ses fréquentations, n'étaient rien en comparaison de la hargne profonde et ravageuse qu'elle devinait couler, tel un flot violent, dans les veines de son père. Pour finir, Gaston lui annonça qu'il lui coupait les vivres. Inutile de chercher à présenter une excuse, elle n'en avait aucune ! Elle était condamnée par avance pour supputation de faute.

Après une telle scène, Monique n'avait plus eu qu'une seule envie : quitter cette maison au plus vite ! Mais pour aller où ? À Toulouse ? Si, malgré une bourse d'argent de poche bien plate, elle pouvait à la rigueur payer un billet de train, elle n'avait guère d'économies pour s'offrir une chambre à l'hôtel. Quant aux bonnes sœurs qui tenaient le foyer pour jeunes filles de la rue des Lois où elle avait pris pension les deux premières années de sa vie d'étudiante, elles ne l'accueilleraient pas gratuitement. Leur devoir de charité s'arrêtait là où commençait l'intérêt financier de leur communauté. Inutile de compter sur la sollicitude d'une quelconque camarade. En ce mois de septembre 1938, en raison de vacances universitaires, toutes ses amies avaient déserté Toulouse pour rejoindre leurs familles respectives. Au diable cette maison ! Une heure plus tard, son sac de voyage était bouclé. Monique avait quitté les Taillades.

– J'ai voulu partir, loin, très loin… le plus loin possible pour trouver mes chemins d'espérance, expliqua-t-elle.

– Comme je vous comprends… Mais les vrais chemins sont ceux du cœur et pas ceux du monde, lui répondit en soupirant Clémence.

7

Japelune

Les trois petits vieux bien propres dans leurs bleus aussi délavés que la couleur de leurs yeux, assis au fond de la salle du café où planait un silence de cathédrale favorable au tombeau des souvenirs enfouis au fond de la mémoire, avaient achevé leur sempiternelle partie de belote par un sonore « et dix de der… » qui fit lever la tête aux trois femmes. Sagement, comme les écoliers de jadis qu'ils avaient été, ils entreprirent de ranger le jeu de cartes défraîchi dans un sabot de bois patiné par les soirées et les après-midi passées à taper le carton, juste à côté d'un assortiment de jetons aux couleurs fanées. Puis, tout aussi calmement, l'un d'entre eux roula le tapis de feutrine vert usé par le glissement des cartes des milliers de parties disputées qui leur servait de terrain de jeu, le petit espace de liberté laissé par leurs dragons d'épouses de huit heures à dix heures du soir. Réajustant leur casquette ou leur béret sur leur crâne lisse et dégarni, ils se levèrent dans un beau mouvement d'ensemble, le raclement des pieds de leur chaise ressemblant aux couinements de ces chats dont on écrase malencontreusement la queue.

– Vous ne voulez pas une autre tasse de café ? demanda Clémence en voyant ses trois derniers clients franchir le seuil de la porte vitrée pour se faire happer par une nuit désormais complètement tombée sur Martres-Tolosane.

– Merci bien mais je crois qu'il est grand temps pour nous de rentrer, lui répondit Rachel en étouffant un discret bâillement.

– D'autant plus que nous n'avons pas encore fait rétablir les compteurs d'eau et d'électricité, renchérit Monique en brisant l'envoûtement des souvenirs qui l'avaient saisie.

– Jacqueline ! appela Clémence en s'adressant à sa fille qui rinçait des verres derrière le comptoir. Verse-moi donc ce qui reste de café dans une thermos. Ça leur fera toujours office de tisane pour la soirée…

– C'est bien aimable de votre part, sourit Rachel.

– Entre femmes, il faut bien s'entraider un peu, lui répondit Clémence qui avait été sincèrement émue par l'attitude de Monique lorsqu'elle avait pris affectueusement la main de Pascaline, sa mère, retombée en enfance.

Les deux femmes sortirent de l'estaminet vieillot et Clémence tira le rideau de fer dans un grincement lugubre. Elles plongèrent alors dans une nuit encore tiède des ardeurs du soleil défunt. À cette heure, les rues de Martres-Tolosane, d'ordinaire déjà tranquilles en plein jour, étaient quasiment désertes. Seuls quelques matous au poil graisseux et sale, des estafiers comme on les appelle par ici, arpentaient le boulevard, se glissant de leur féline démarche d'un soupirail généreusement orné de toiles d'araignées à une porte cochère entrouverte, l'œil toujours aux aguets, en quête d'une hypothétique proie. Monique et Rachel ne tardèrent pas à retrouver leur véhicule. L'ombre bienveillante du platane sous lequel elles l'avaient laissé le matin s'était enrichie d'une nuée d'étourneaux qui se servaient des ramures de l'arbre en guise de dortoir et dont les fientes gluantes tapissaient généreusement trottoir et capot de la voiture.

Après la faible luminosité des lumignons suspendus à un fil de fer en travers du boulevard, le pinceau jaunâtre des phares de l'ID 19 cogna bientôt dans des ténèbres épaisses. Au gré des nids-de-poule creusés çà et là, la petite départementale montait aux Taillades, où surgissaient par brèves saccades des détails invisibles, une route que les cartes Michelin qualifiaient de touristique en soulignant en vert sa sinuosité. Accrochée au futuriste volant monobranche, Monique jouait sur la boîte de vitesses pour enchaîner avec prudence la succession des virages dans le crissement étouffé des pneus usés. En empruntant l'étroit chemin bordé d'aubépines qui conduisait à la maison, un oiseau de nuit en maraude, sans doute aveuglé par la lueur des phares, évita le pare-brise cintré de la Citroën d'un coup d'aile désespéré, offrant à leur regard ébahi l'architecture savante de ses rémiges claires.

– Ahhhh ! cria Rachel en se protégeant instinctivement le visage de la main à la vue de cet intrus.

– Cet imbécile m'a fait peur ! laissa échapper Monique qui avait donné un léger coup de volant, faisant, par la même occasion, tanguer le break.

– À coup sûr, c'est signe de malheur…

– Mais non ! Par ici, il y a toujours eu beaucoup de ces « chotts » dans les bois, c'est tout !

– Tu ne crois pas que c'est peut-être quelqu'un qui…

– Ne sois pas stupide, Rachel ! À part nous et le vent, tu sais bien qu'il n'y a personne ici !

Nichées dans leur écrin de verdure, plongées dans l'obscurité d'une nuit d'encre, les Taillades dressaient leur massive silhouette, érigée telle une sentinelle des temps immobiles. Un peu plus bas dans la vallée, le chapelet des petits bourgs assoupis déroulait un fin lacis lumineux. La voiture stoppa devant le perron. Monique laissa le moteur tourner quelques instants, le temps que Rachel ouvre la lourde porte d'entrée. A l'aide de la petite lampe Wonder que Jeff avait coutume de placer dans la boîte à gants, les deux femmes se frayèrent un chemin dans les ténèbres du couloir et de l'escalier pour gagner leurs chambres, tels les monte-en-l'air dans les romans de Maurice Leblanc. Deux paires de draps extraites, à la lueur blafarde de la lampe, d'une armoire à glace ovale de style 1900 eurent tôt fait de constituer deux couches acceptables pour trouver le sommeil réparateur de cette première nuit.

Une dizaine d'heures plus tard, Rachel cilla des paupières et ouvrit les yeux, quelques rais d'un soleil matinal filtraient par les interstices des persiennes de la chambre et traçaient des pans de lumière douce. La jeune femme soupira, habitée d'un sentiment de profonde plénitude. Le calme, ce silence qui faisait presque du bruit, contrastait tant avec l'animation dans laquelle baignait son deux pièces cuisine situé au deuxième étage d'un modeste immeuble à l'angle de la rue de Vaugirard et de la rue Desnouettes, cette petite artère du XVe qui porte le nom de ce général napoléonien disparu dans le naufrage de son navire, l'*Albion*, en 1822. Assurément, il y avait longtemps qu'elle n'avait aussi bien dormi ! Sans doute la fatigue du voyage jointe à l'intensité de la journée écoulée où son amie avait mis ses pas dans les pas de sa jeunesse.

Rachel s'étira avec la grâce d'un jeune chat puis, sautant prestement du lit, elle courut ouvrir la fenêtre dans l'espoir un peu naïf sans doute d'écouter le chant des oiseaux. Immobile depuis des années, la crémone était récalcitrante et il lui fallut déployer toute sa force pour faire pivoter les grandes persiennes sur leurs gonds rouillés. Dans un couinement lugubre, la croisée consentit à s'ouvrir enfin et, aussitôt, le souffle léger de l'autan vint alors lui lécher le visage, achevant de la réveiller. Rachel écarquilla les yeux. D'un revers de main, elle fit rapidement disparaître les « lagagnes » de la nuit, comme sa grand-mère appelait ces petites sécrétions qui naissent à la commissure des paupières. Longuement, elle contempla ce paysage encore tout nouveau pour elle à l'aube de ce deuxième jour. Depuis la fenêtre, la vue plongeait dans le calme olympien de la vallée de la Garonne. En tournant la tête, à droite, elle aperçut, à l'orée du chemin bordé d'aubépines qui conduisait aux Taillades, la silhouette furtive d'un homme. Une serpe à la main, il semblait occupé à élaguer un buisson…

Piquée par la curiosité, Rachel s'habilla rapidement, enfilant pantalon et chemisier pour descendre se renseigner. Quel besoin avait-il, justement ce matin, de venir couper ces aubépines ? Mais peut-être sa présence ici n'était-elle pas le fait du hasard… Instruit par quelque bonne commère, sans doute avait-il voulu se rendre compte par lui-même de l'identité de ces visiteuses. D'ailleurs, il avait plus souvent la tête en l'air que le cœur à l'ouvrage et il ne forçait guère sur le manche du « taille-barte », cette serpe qui servait d'ordinaire à élaguer les ronces. Sans prendre la peine de refermer la croisée, Rachel descendit l'escalier et sans hésiter sortit sur le perron de la maison. L'homme était toujours là, presque aux aguets, le torse émergeant à moitié de derrière un buisson. Il la vit s'avancer vers lui. Sans se démonter face au regard insistant de cette femme qui le dévisageait, l'homme choisit l'offensive et se rapprocha ostensiblement, la serpe sur l'épaule, en claudiquant.

– Belle journée pour travailler ! lui lança Rachel, sans lui laisser le temps de parvenir à sa hauteur.

– Ah ! Bonjour, madame ! grommela le vieil homme entre ses dents jaunies, un mégot coincé aux lèvres, et il vint se positionner, bien campé sur ses jambes écartées, juste devant elle.

– Le chemin a bien besoin d'un peu d'entretien, n'est-ce pas ?

– Les ronces poussent vite en effet ! Surtout quand il n'y a plus personne pour les couper, poursuivit-il un rien mélancolique en montrant la grande maison aux volets clos.

– Pourtant, vous êtes bien d'ici, monsieur... monsieur... ?

– Dedieu, Maurice Dedieu ! précisa l'homme en soulevant légèrement le couvre-chef qui protégeait son crâne dégarni pour la saluer. J'habite la ferme, juste de l'autre côté de la route...

Un lourd silence pesa quelques instants, durant lequel ils s'observèrent comme deux boxeurs sur un ring. À le regarder de plus près, Rachel vit qu'il avait la peau tannée, à l'image de ces vieux paysans qui ont trimé toute leur vie au grand air en toutes saisons. Dans ses joues, le soleil, la pluie et le vent avaient creusé de profonds sillons qui se mêlaient à d'innombrables cratères. Avec ce cuir parcheminé, ces cernes violacés autour des yeux qui les enfonçaient de façon démesurée dans les orbites, on ne pouvait lui donner un âge précis. Il avait dépassé sûrement la soixantaine depuis belle lurette mais ses yeux conservaient un bleu assez pétillant.

– Mais vous-même, vous n'êtes pas d'ici, n'est-ce pas ? lâcha finalement l'homme, le front barré d'une triple ride interrogative.

– Non, j'habite Paris en effet... Ça s'entend beaucoup ?

– Un peu... Un peu... Ici, on parle moins pointu, voyez-vous !

– Ce n'est pourtant pas pour ça que vous avez traversé le chemin ?

– Non ! Pardonnez-moi, mais de loin je vous ai pris pour Mlle Monique !

– Je suis une amie... Nous sommes arrivées hier soir ici.

– Ah ! Ce n'est pas les toiles d'araignées qui doivent manquer dans cette grande maison depuis le temps que c'est fermé ! D'autant que Gaston, c'était plus le roi du plumard que du plumeau ! lança-t-il d'un air un peu égrillard.

– Que voulez-vous dire ?

– Dame... Depuis son veuvage, les petites bonnes ne devaient pas seulement présenter des qualités ménagères !

– Ah bon ?

– Té, jusqu'à la dernière, Thérèse Cazenave, par exemple... Mais je vous ennuie, peut-être ?

– Pas du tout, répondit Rachel qui savourait avec un peu de gourmandise les confidences de cet incorrigible bavard, véhicule idéal pour alimenter le moulin des rumeurs.

– Ah, elle a bien servi M. Gaston, celle-là ! poursuivit l'homme avec un sourire énigmatique.

– Elle est restée longtemps à son service ?

– Oh, une petite dizaine d'années. C'est elle, du reste, qui a prévenu la gendarmerie de sa disparition, à l'époque.

– Une employée fidèle ?

– Fidèle, ça je n'en sais rien... Mais, assurément, elle ne se contentait pas de lui faire son lit, si vous voyez ce que je veux dire...

– Elle devait passer dedans, c'est ça ?

– C'est ce que les gens d'ici ont prétendu, en effet !

– Et c'était vrai ?

– Moi, vous savez, je ne tenais pas la chandelle, mais rien qu'à voir comment elle s'habillait…

– Vraiment ?

– Elle avait les jupes bien courtes…

– Comme Noëlle Noblecourt, répondit Rachel en faisant allusion à la jolie speakerine de la toute nouvelle ORTF qui venait de se faire débarquer de l'émission *Télé-dimanche* par Raymond Marcillac pour avoir laissé apparaître ses genoux à l'écran, signe d'un puritanisme encore vivace dans le paysage audiovisuel de l'époque.

– Oui… et, comme elle, de très jolies jambes ! soupira le vieil homme, partagé entre un vieux reste de morale religieuse et les souvenirs des filles fréquentées dans les bars à soldats à Angoulême au temps de son service militaire.

– Et qu'est devenue cette personne ?

– Oh, quand le notaire a eu fait l'inventaire après décès, faute d'employeur elle a quitté les Taillades. C'était au début du mois de juin, trois semaines après la disparition de Gaston Maréchal. Je me suis laissé dire que par la suite elle a trouvé du travail à Tarbes, chez un notaire.

– Vous ne l'avez jamais revue ?

– Ma foi, non…

Alors que Rachel conversait dehors avec Maurice Dedieu, Monique sortit de sa chambre, vêtue d'une robe toute simple en imprimé à grosses fleurs qui moulait son corps et mettait en valeur des formes encore appétissantes. Elle appela à plusieurs reprises dans le couloir, étonnée de voir la porte de son amie entrouverte : « Rachel ? Rachel ? Rachel, tu es par là ? » Elle fit quelques pas jusqu'à la salle de bains et constata que, fort naturellement, l'eau était coupée depuis la mort de son père, puisque personne n'en avait désormais l'usage. Peut-être Rachel était-elle à la cuisine ou au salon ? Devant le silence dont les murs lui renvoyaient l'écho, elle emprunta la cage d'escalier pour atteindre le rez-de-chaussée. Par réflexe, comme lorsqu'elle était petite fille, elle posa le plat de sa main sur la rampe en fer forgé. Elle était collante et grasse par la poussière accumulée ces quatre dernières années d'abandon. Parvenue à mi-hauteur, Monique aperçut un flot de lumière qui inondait le vestibule par l'ouverture de la lourde porte d'entrée. Elle hâta le pas et, traversant le couloir, elle déboucha sur le perron dans la clarté diaphane d'une belle matinée de septembre comme les Pyrénées en sont coutumières.

Elle découvrit Rachel en grande conversation avec un homme. Vêtu d'une chemise à carreaux largement ouverte sur une touffe de poils gris, les manches relevées jusqu'aux coudes, le crâne couvert d'un béret orné d'un feston de crasse et de sueur, il arborait un pantalon de la couleur délavée de ces bleus de chauffe comme en portaient souvent les vieux ouvriers. Elle reconnut aussitôt, malgré les années, l'ineffable silhouette : « Japelune ! Mon Dieu… » Il y avait si longtemps ! Monique s'immobilisa et esquissa un sourire plein de nostalgie à la vue de celui qui avait fait partie du paysage familier de son enfance. Japelune venait rafraîchir sa mémoire, le parfum oublié des choses sur lesquelles elle avait voulu tirer un trait pendant un quart de siècle resurgit un instant.

Posant le pied sur les marches de pierre usées par les pas des générations précédentes de Maréchal qui y avaient laissé l'empreinte, Monique descendit prestement le perron pour se rapprocher. Plus elle s'avançait, plus elle constatait que l'homme n'avait pas changé. Même s'il paraissait un peu plus voûté que naguère, les vingt-cinq ans écoulés semblaient avoir eu peu de prise sur lui, tant son comportement restait le même. Du genre volubile, il était de notoriété publique que Japelune avait toujours passé plus de temps à jacasser qu'à travailler. Il entretenait ainsi et sans peine une réputation non usurpée d'incorrigible bavard, une renommée digne de faire la pige aux bonnes femmes qui lavaient leur linge au lavoir, capables de tenir le crachoir plusieurs heures d'affilée en colportant tous les ragots qui traînaient dans le pays. Légèrement décalé de son champ de vision, Maurice Dedieu ne la vit arriver qu'au dernier moment.

– Bonjour, monsieur Dedieu ! lança-t-elle d'un ton enjoué.

– Mademoiselle Monique ! Dame, quelle surprise… Ça alors ! Vous avez grandi !

– Grandi ? Vous voulez dire vieilli, plutôt !

– Je me permettrais pas, balbutia le vieil homme qui enchaîna avec une interminable logorrhée de phrases, conversation du coq à l'âne, sautant hardiment de banales considérations météorologiques sur un été qui avait été, à l'entendre, trop sec en juillet pour se gâter après le quinze août, aux apparitions des premiers « rousillous », nom donné dans le pays au lactaire délicieux.

La seule évocation de ce modeste champignon de la famille des russulacées aux chapeaux convexes orangé-rouge de six à huit centimètres, ornés sur l'envers de lamelles souvent maculées de taches vertes, plongea Monique dans les souvenirs de ses folles courses enfantines dans les bois à la fin septembre. Combien de fois, quelques jours avant la rentrée des classes, avait-elle arraché à sa mère l'autorisation d'effectuer une balade dans les bois, cornaquée par la bonne ou plus rarement par Mamie Cathou, ses petits pieds chaussés de sabots de bois à bride de cuir ? Elle adorait ces escapades où, dans la moiteur du soir, les sauterelles grises jaillissaient en nuages à chacun de ses pas sur les bords des chemins creux. Enivrée de la liberté d'aller et venir à sa guise qui contrastait singulièrement avec une existence bornée de normes strictes, elle savourait pleinement ces heures arrachées à la corvée des devoirs de vacances, véritable pensum que sa mère, Marguerite, croyait bon de lui imposer.

À de brefs moments, Maurice Dedieu laissait les mots en suspens. Les phrases, inachevées, mouraient sur ses lèvres comme ces vagues qui lèchent les plages de sable fin de l'océan, matérialisant d'une frange de mousse presque crémeuse la limite du rivage et du sable sec. Fouillait-il ses méninges pour trouver un terme précis afin de mieux se faire comprendre ou d'expliciter ses pensées ? Cherchait-il encore autre chose à raconter ? Avait-il déjà en tête un autre sujet de conversation à entreprendre ? Maurice Dedieu reprenait son souffle, calmait sa respiration devenue presque haletante sous le niagara des mots qui coulaient en flots impétueux, se bousculant, aux dépens de la cohérence du discours. « Depuis le temps ! Depuis le temps ! Depuis le temps ! » marmonnait-il entre ses rares dents tels ces 78 tours rayés qui courent sous le bras des vieux phonos pour répéter inlassablement les mêmes notes.

C'est d'ailleurs cette originale caractéristique de sa conversation ordinaire qui lui avait valu ce surnom de « Japelune ». Maurice Dedieu était alors comme ces chiens de ferme qui, bien souvent à la nuit tombée, insensibles à ce qui les entoure, jappent longuement à la lune, la gorge déployée, se répondant d'une cour de ferme à l'autre. Tels ces vieux réveils au mécanisme bien remonté, il enchaînait les phrases, débitant de sentencieuses affirmations à la cadence des bandes de mitrailleuses. Et, s'il arrêtait alors son bavardage quelques fractions de secondes, une simple interjection suffisait parfois à réenclencher le flot des mots qui, comme un torrent des Pyrénées rebondissant de pierre en pierre, coulait en cascade de sa bouche édentée. Mais cette attitude cachait aussi un être serviable et un homme de cœur à qui on pardonnait ce défaut mais que l'on fuyait comme la peste lorsque, pris par une occupation importante, on n'avait pas de temps à perdre au contact de ce flot intarissable.

– Et vous, mademoiselle ? Qu'êtes-vous devenue depuis toutes ces années ? avait-il fini par lâcher au terme d'un long monologue de plusieurs minutes.

– Moi ? Je pensais avoir été oubliée, répondit Monique, surprise par cette interrogation, signe de curiosité.

– Oh, ça ne risque pas ! Gaston Maréchal nous a assez rebattu les oreilles de votre absence pour que j'aie bien souvenir de votre départ…

– Pourtant, il n'a pas fait d'efforts pour chercher à me retrouver !

– Ah, mademoiselle ! Vous chercher, vous chercher… C'était montrer qu'il pardonnait votre escapade et, pour lui, il y avait sûrement là le signe d'une faiblesse qu'il ne pouvait se permettre.

– Taratata, monsieur Dedieu ! Vous l'avez assez bien connu pour savoir que mon père tout simplement n'a jamais manifesté beaucoup de tendresse, ni de compréhension à mon égard, coupa Monique.

Devant Japelune, les bras négligemment appuyés sur le manche de sa serpette, Monique se garda bien d'évoquer les raisons profondes qui avaient provoqué sa fuite des Taillades. La lettre de cet amoureux transi n'en avait été que le détonateur. D'ailleurs, de ce Jérôme alors distingué, elle avait oublié aujourd'hui jusqu'au timbre de la voix. C'est tout juste si sa mémoire retenait les traits d'un visage romantique illuminé de grands yeux noirs. Non qu'elle ait collectionné les amants comme d'autres les timbres-poste. Simplement parce que les années avaient dilué les contours précis des souvenirs. Plus que de son physique avantageux de beau ténébreux dont il savait jouer à merveille, elle se souvenait surtout de l'audace de ses caresses, de ses baisers maladroits et fougueux qui la faisaient chavirer, sans doute parce qu'il était le premier garçon à la faire palpiter par le langage du corps.

Il y avait bien d'autres motifs pour expliquer la mésentente avec son père, pour justifier qu'elle ait claqué la porte des Taillades en ce mois de septembre 1938. Toutefois, il lui était difficile de les évoquer devant Maurice Dedieu au risque d'endosser la casaque d'une exaltée. Comment Japelune, lui qui appartenait à ce monde paysan marqué par autant de sagesse que de conservatisme, l'aurait-il considérée s'il avait su les fréquentations qui étaient les siennes ? À l'université, Monique avait en effet approché les cénacles d'étudiants engagés dans la lutte antifasciste, notamment ceux de l'Union fédérale des étudiants qui affichait clairement avec son journal *Relève* une obédience communiste. Comment lui avouer que, jeune étudiante, elle avait vibré aux prises de parole enflammées de ceux des Brigades internationales venus témoigner de l'âpreté des combats ? Aux yeux de Japelune, avec un tel passé Monique avait toutes les chances de passer pour une dangereuse révolutionnaire !

– Nous les hommes, parfois nous ne sommes pas délicats, laissa tomber Japelune, un rien fataliste.

– Un bon prétexte ! Non, il ne s'agit pas de ça, monsieur Dedieu. Disons qu'à ses yeux je n'existais plus, j'étais une fille maudite…

– Faut pas dire ça, mademoiselle…

– Pourquoi alors ?

– Hé ! Peut-être parce que Gaston savait tout bonnement où vous étiez ! lâcha Japelune avec un clin d'œil malicieux.

– Il est vrai qu'avec une bourse aussi plate que tu m'as dit, tu ne pouvais guère aller bien loin, ajouta Rachel en souriant.

– Je n'avais pas trop le choix, en effet. Faute d'aller à Toulouse, je me voyais mal partir sur le trimard pour rejoindre le famélique troupeau des victimes d'une crise qui s'estompait à peine. Ce 28 septembre 1938, mon sac de voyage bouclé, j'ai pris l'autocar pour me réfugier à La Bastide du Salat, en Ariège, chez Mamie Cathou. C'était le seul endroit où je pouvais aller pour trouver un peu de réconfort et de tendresse. J'avais besoin d'atténuer la rage qui m'habitait le cœur.

– Votre grand-mère a dû être surprise de vous voir ainsi débarquer !

– Elle n'était pas à la maison quand je suis arrivée en cette fin d'après-midi... Comme tous les soirs, elle était partie arroser son « hort », ce petit jardin où elle cultivait amoureusement haricots verts, salades, poivrons, courgettes, melons, et les cinq ou six pieds de tomates qui lui fournissaient de quoi garnir sa table et faire assez de bocaux pour toute l'année. Elle ne m'attendait pas en effet mais, connaissant assez le caractère ombrageux de son gendre, Mamie Cathou n'a pas posé de question.

– Et vous y êtes restée longtemps, chez elle ?

– Environ six semaines. J'en suis partie exactement le 11 novembre 1938.

– Quelle mémoire vous avez, mademoiselle !

– Je n'ai aucun mérite. Ce jour-là était si historique... C'était le vingtième anniversaire de la victoire contre l'Allemagne impériale. Et puis, il y avait les titres des journaux de l'époque qui étaient remplis à satiété de la mort en Turquie de Mustapha Kemal.

– Pourquoi n'êtes-vous pas restée plus longtemps à La Bastide du Salat ?

– Mamie Cathou ne roulait pas sur l'or. Après la mort de mon grand-père, Joseph Bareille, en mars 1927, l'épicerie qui vivotait au tournant des années trente, avait doucement périclité quand le pays avait été touché par la crise à partir de 1932. Mamie Cathou avait fini par fermer boutique en 1935, juste après les décrets-lois de Laval.

– Elle ne devait pas avoir une grosse retraite, commenta Japelune en songeant aux modestes prestations que lui versait la Mutualité sociale agricole, ajoutées à sa pension d'ancien combattant.

– Ma grand-mère vivait plutôt chichement, en effet. À La Bastide, c'était un peu comme ici, elle n'avait pas grande occasion de dépense. Tous les jours, elle portait la même blouse, un éternel tablier bleu. En dehors de ses voisins, elle ne voyait pas grand monde. Aussi, les frais de toilette étaient-ils des plus réduits ! Heureusement, elle avait le jardin, et puis, ici à la campagne, il y a toujours plus de solidarités qu'en ville.

– Un mois et demi ainsi à l'isolement, tu as dû trouver le temps long ! À vingt ans, tu avais sûrement envie de voir le monde, non ? fit Rachel.

– J'étouffais un peu dans cet univers. Je ne me voyais pas passer ma vie coincée entre les poules, les lapins et les cancans des voisines qui ronronnaient du matin au soir de maison en maison dans les rues du village comme les ritournelles que chantent les gosses dans les cours de recréation. C'est ce qui a motivé mon départ pour Paris au bout de six semaines.

– Paris ! Vous n'aviez pas froid aux yeux de partir là-bas toute seule ! lâcha Japelune presque admiratif, lui dont le plus grand voyage avait été de monter au front au printemps 1915 dans un wagon à bestiaux.

– Ma grand-mère avait bien compris mon envie de liberté. Elle voyait bien que je m'ennuyais, que j'errais comme une âme en peine, traînant sur le banc, un peu désœuvrée. Aussi m'a-t-elle donné un peu d'argent pour faire le voyage et subsister dans la capitale les premiers temps.

– Mazette ! Quelle équipée pour une jeune fille comme vous !

– Je ne partais pas à l'aventure. Juliette Doumenc, la voisine de ma grand-mère, une vieille fille un peu pipelette, m'avait donné l'adresse de sa sœur aînée, Émilienne. Elle habitait aux environs de la gare de l'Est, rue de Paradis. Cette brave femme venait de perdre son mari qui travaillait à la RATP et, désormais seule dans son petit appartement, elle ne refuserait sûrement pas de m'héberger quelques jours, le temps que je trouve un travail et une chambre.

Sous le regard fixe de Japelune dont les yeux brillaient d'un étrange éclat tant il était avide de savoir pour mieux répéter à satiété ce qu'il aurait appris, les images défilaient dans la tête de Monique. Curieusement, elle qui d'ordinaire était d'une nature discrète et réservée, éprouvait le baroque désir de se raconter intimement. Rachel l'observait, un peu surprise, d'un œil amusé et incrédule.

Pourtant, depuis leur rencontre dix-huit ans auparavant, en juin 1946, à la terrasse d'un café de Saint-Germain-des-Prés, elle croyait bien connaître son amie. Que cachaient réellement ces confidences ? La volonté de mettre un terme aux inévitables cancans et hasardeuses supputations qu'elle pressentait ?

Joignant le geste à la parole en un mode d'expression tout méridional, Monique Maréchal s'exprimait avec une force de conviction que son amie lui connaissait peu. Rachel la laissait dire, aussi attentive à ce comportement qui l'intriguait qu'à cette phraséologie presque volubile et qui, avec le souci du détail concret, brossait les grandes étapes d'une authentique aventure humaine. Cherchait-elle ainsi à justifier l'injustifiable ? À excuser un coup de colère chèrement payé par vingt-cinq ans d'ostracisme ? Quel besoin avait-elle de satisfaire la gourmandise de ce voisin ? À moins de voir, dans Maurice Dedieu, ce témoin assez proche du vécu de sa jeunesse, une substitution du père auquel elle n'avait jamais pu se confesser.

– Trouver du travail dans une ville où l'on débarque le nez en l'air sans connaître personne, quelle gageure ! estima Rachel.

– Ça n'avait rien d'évident en effet, même si, à ce moment-là, les entreprises recommençaient à recruter pour satisfaire les commandes d'État, comme dans l'armement. Ma logeuse, Émilienne, avait gardé quelques relations avec les collègues de son défunt mari. Un soir, elle m'a présenté à un certain Gérard Francoual, un type d'une cinquantaine d'années, originaire de Gaillac dans le Tarn. Il était chef de station sur la ligne numéro 10, à La Motte-Piquet. À l'entendre, il se faisait fort de me faire embaucher sur les nouvelles lignes qui avaient été créées au début des années trente en direction de la grande banlieue.

– Quelle chance pour vous !

– Vous parlez ! J'avais beau être une oie blanche, je n'étais pas née de la dernière pluie. J'ai bien vite réalisé où ce type voulait en venir. Fort de son rang de chef de gare, isolé dans son bureau vitré devant une batterie de téléphones, un œil toujours sur l'horloge, dominant son petit monde par l'intermédiaire d'un chef surveillant qui avait autorité sur les roulants, il comptait bien sur le prestige des étoiles de sa casquette pour agrémenter ses temps de repos de libertines récréations !

– Vous voulez dire qu'il... balbutia en rougissant Japelune, lui qui sous un dehors volubile cachait une timidité telle qu'il avait rarement osé aborder une femme, se contentant de profiter épisodiquement des charmes tarifés d'une matrone qui tenait commerce en face de la gare de Saint-Gaudens.

– Vous avez bien compris, monsieur Dedieu !

– C'est celui qui t'avait fait embaucher comme poinçonneuse intérimaire ? fit Rachel.

– Oui, mais il en a été pour ses frais ! J'ai été affectée à une sortie de la station Porte d'Italie !

– Là-bas, au moins, tu étais loin de lui !

– Oh, ça ne l'empêchait pas de venir m'attendre à la sortie, de me relancer tous les jours ou presque ! Un jour, il a cherché à m'embrasser. Je l'ai giflé. C'est peut-être pour ça d'ailleurs que je ne suis pas restée bien longtemps à faire des petits trous assise sur mon strapontin en bois, à côté du portillon de fer ! Au fond, quand j'y pense, il m'a rendu service. Sans son empressement, j'aurais peut-être fait carrière à la RATP.

Japelune l'écoutait, bouche bée, savourant toute l'histoire de Monique avec la gourmandise d'un vieux chat se pourléchant les moustaches devant une assiette de lait tiède. Les mains appuyées sur le talon du manche de sa serpette, les yeux légèrement plissés, il écoutait religieusement Monique Maréchal. En cet instant, Maurice Dedieu pouvait aussi ressembler à ces truites qui dans les ruisseaux des Pyrénées se tapissent sous une pierre moussue à l'orée de l'eau vive pour happer goulûment tout ce que le courant peut leur apporter comme nourriture. Lui qui d'ordinaire jouait les moulins à paroles au vent des quatre saisons de l'année, il restait coi. Telle une éponge, il buvait les mots de Monique comme on boit à une source de vie. Il emmagasinait les moindres détails du périple parisien de la fille du faïencier, manifestant une attention presque scolaire qui nourrirait la chambre d'écho de l'éternel recommencement des bruits que l'on colporte.

Maurice Dedieu se mit à rêver. Une lueur de malice passa comme un éclair dans ses yeux. Ah, il allait en avoir des choses à raconter ! Et, pour une fois, il pourrait se payer le luxe de descendre au bistrot. Oh, pas tant pour boire un coup, il n'appartenait pas à la confrérie des soiffards, mais plutôt pour trouver un aréopage d'oreilles attentives. Ce coup-ci, il en était sûr, on l'écouterait sans l'interrompre au lieu de le brocarder gentiment comme le faisait le troupeau des habitués, lassés de l'infernal ronron de son babillage ! Le tintement lointain d'une cloche dans la vallée le ramena à la réalité. Il n'avait pas fini de couper son buisson. Mais quelle importance ! La ronce et l'aubépine envahissantes n'étaient qu'un prétexte. D'ailleurs, il n'était pas vraiment venu pour ça ! Depuis que Joséphine Claustres, de la borde du Jourdiet, en allant étendre son linge avait vu la Citroën prendre le chemin des Taillades, il n'avait qu'une idée en tête : aller aux renseignements !

– Enfin, me voilà de retour au pays, conclut Monique.

– Macarel, je le vois bien… Je le vois bien… marmonna Japelune entre ses dents, ne sachant comment poser la question qui lui brûlait les lèvres.

– Quelque chose vous chagrine, monsieur Dedieu ? demanda Monique pour l'aider.

– Oh non, non ! Enfin… Je me demandais simplement si…

– Si quoi ?

– Si vous comptez reprendre la fabrique de votre père, laissa-t-il tomber en se jetant à l'eau.

– Si je suis revenue, c'est peut-être bien pour ça en effet, répondit Monique au bout de quelques instants de silence. Ça vous surprend ?

– Non… fit Japelune en secouant la tête.

– Pourquoi ne la reprendrais-je pas ?

– C'est plutôt un travail d'homme !

– Et vous croyez que, parce que je suis une femme, je n'en ai pas l'étoffe ?

– Oh, mademoiselle, lâcha-t-il, loin de moi cette pensée ! D'ailleurs, vous êtes née ici !

– Naissance ne rime pas toujours avec compétence !

– Je suis sûr que personne d'autre que vous ne connaît mieux le métier de faïencier !

– Vous blaguez, monsieur Dedieu. J'ai tout à réapprendre !

– Votre contremaître, Marcel Laffargue, saura vous mettre au courant...

– Que pensez-vous de lui ? demanda brutalement Monique en le fixant intensément, les yeux dans les yeux, comme si elle cherchait une réponse à ses propres interrogations.

– Moi ? Vous savez, en vérité, je le connais assez peu !

– Il ne montait jamais aux Taillades voir mon père ?

– Si... Une fois par semaine. Tous les jeudis soir je le voyais passer et toujours sur le coup de six heures. D'ailleurs, cet homme, il est réglé comme une pendule !

– Comment vous le savez ?

– Parce que je suis souvent dehors à cette heure-là, té pardi !

– Et pourquoi ce jour-là, spécialement le jeudi ? demanda Rachel.

– Mon père a toujours fait sa comptabilité le vendredi matin, expliqua Monique qui gardait le souvenir de la mine renfrognée de Gaston Maréchal sortant de son bureau le vendredi à midi trente.

– Mais vous savez, M. Laffargue, je le voyais juste emprunter le chemin avec la voiture de la faïencerie. Il ne s'arrêtait que très rarement. Il me faisait juste un signe de la main ou de la tête.

– Il n'est pas très bavard ?

– C'était le genre « Bonjour, bonsoir », fit prudemment Japelune.

– Et comment vous le trouvez ? lui redemanda Monique.

– Ma foi, mademoiselle, c'est un homme sûrement très compétent. Un type qui aime son travail mais aussi qui est plein d'ambition, à ce qu'on dit dans le bourg.

– Quels rapports avait-il avec mon père ? Il s'entendait bien avec lui ?

– Je n'étais pas derrière eux ! Mais c'est vrai que, plusieurs fois, j'ai entendu M. Gaston… enfin, se fâcher contre lui, comme on dit… Enfin, j'ai cru…

– Avec mon père, ce n'était pas difficile de s'engueuler ! commenta Monique qui n'avait rien oublié de son caractère entier.

– En tout cas, depuis la disparition de M. votre père, Laffargue a agi pour défendre vos intérêts comme s'il s'agissait de sa propre affaire !

– C'est bien ce qui m'inquiète un peu, confessa Monique qui avait flairé la situation, la veille, dans le bureau. Mais il faudra bien qu'il accepte mes idées, même si elles ne sont pas de son goût !

– Bon, faut que j'y aille, fit Dedieu, soudain pressé de mettre un terme à la conversation. Si vous avez des soucis, demandez-moi, ajouta-t-il avec un sourire complice qui en disait long sur son goût pour les ragots.

– À très bientôt, monsieur Dedieu…

Rachel regarda Japelune, claudiquant à cause de son genoux raide, prendre le chemin bordé d'aubépines et s'éloigner du pas lent de ceux qui, forts de la sagesse immémoriale des gens de la terre, connaissent la valeur du temps et des choses. La démarche, mécanique, du vieil homme lui rappela celle de son grand-père maternel. Décédé d'une mauvaise bronchite infectieuse en janvier 1933, quelques jours avant l'arrivée de Hitler au pouvoir en Allemagne, elle ne gardait de lui que cette image un peu floue : une silhouette coiffée d'un chapeau noir, la main appuyée sur le pommeau d'une canne, déambulant paisiblement sous un soleil timide dans les rues du Havre. De l'ancien cordonnier disparu d'une brève maladie lorsqu'elle avait à peine six ans, elle ne savait qu'une chose : il faisait partie des souvenirs d'une jeunesse heureuse, brutalement interrompue quelques années plus tard par les lugubres et lancinantes sirènes de la guerre.

Les deux femmes tournèrent les talons et gravirent rapidement les marches usées du perron pour pénétrer dans la vieille demeure. Malgré les quelques heures d'aération de la veille, la maison conservait toujours une odeur tenace de moisissure. Traversant le vestibule gris elles longèrent l'enfilade Napoléon III et poussèrent la porte donnant accès à la cuisine. Sur la table recouverte de l'inusable linoléum verdâtre fixé par des punaises rouillées, elles retrouvèrent les deux poches en papier contenant les victuailles qu'elles avaient achetées chez Gabrielle Pagès. Tandis que Rachel ouvrait toute grande la croisée, d'un rapide coup de torchon dont la blancheur n'était plus qu'un lointain souvenir Monique essuya sommairement la table avant d'étaler leurs emplettes.

– Voyons… Où est donc le moulin à café ? fit Rachel, entrebâillant les différentes portes des placards qui laissaient découvrir la richesse ménagère d'une habitation séculaire.

– Autrefois, il était sur le manteau de la cheminée, je crois.

– C'est celui-là ? demanda Rachel en désignant un gros cube vernissé, orné sur le devant d'une étiquette de cuivre ovale à la marque « Peugeot frères ». Surmonté d'une manivelle en fer, c'était le type d'objet propre à faire le bonheur de futurs collectionneurs en quête d'authenticité.

– Oui, c'est bien celui dont la petite Marie se servait tous les jours, en effet.

– Mon Dieu, quelle antiquité ! commenta Rachel, habituée à utiliser dans la petite cuisine de son deux pièces, à Paris, un de ces modernes moulins électriques.

– Ma pauvre amie ! Tu es trop habituée à ce que « Moulinex libère la femme », lui répondit Monique, faisant allusion au célèbre slogan publicitaire qui fleurissait depuis 1961 sur les murs du métro. De toute façon, le compteur électrique est coupé !

– Chouette ! Par contre pour le gaz, ça marche ! fit Rachel, agréablement surprise d'entendre le léger sifflement qui s'échappait du brûleur du fourneau Arthur Martin, une fois ouvert le robinet de la bouteille bleue de 13 kg.

– On pourra au moins cuisiner un peu…

– Oui, mais il n'y a pas d'eau…

– Eh bien, ouvre donc la bouteille d'eau minérale !

– Que tout m'a l'air vieux dans cette maison ! À part le frigo, c'est à croire que rien n'a changé depuis que tu es partie !

– Non… Tiens, regarde, fit Monique en déposant sur la table une cafetière Melitta de couleur vert bouteille qui offrait des formes sobres et avant-gardistes.

– Quel modernisme !

Bientôt les effluves puissants de l'arabica s'élevèrent, mêlés à l'air frais qui entrait par la fenêtre, embaumé des senteurs d'un été finissant. Pour Monique, elles avaient les parfums de l'enfance. Les images de sa jeunesse, les bons souvenirs comme les mauvais resurgissaient, à peine ridés de l'empreinte du temps. À travers les gestes simples de la préparation de ce frugal petit déjeuner, elle se réappropriait son passé, cette histoire qui était la sienne et qu'elle n'avait jamais pu oublier, malgré les efforts faits jadis pour tirer un trait dessus. À la moitié de sa vie, encore marquée par la disparation brutale de Jeff, peu à peu elle prenait conscience que ses vraies racines étaient ici. Sans doute avait-elle plus de chance que Rachel, qui avait vu sa famille disparaître en grande partie dans les bombardements du Havre. Elle, Monique Maréchal, était de ce val de Garonne comme d'autres sont d'ailleurs et certains de nulle part…

8

Et rôde le parfum de la mort…

Concocté à partir de la bouteille d'eau minérale au ph neutre, le café n'avait pas tout à fait le même goût que les petits noirs dégustés à la terrasse des bistrots du XVe. Mais qu'importe, à la guerre comme à la guerre ! Les deux femmes n'allaient pas s'arrêter à ce détail. Il y avait tant à faire pour remettre cette vieille maison en ordre de marche ! À commencer par la première urgence, descendre en ville pour faire rouvrir les compteurs d'eau et d'électricité. Sans se presser outre mesure, les deux femmes achevèrent leur petit déjeuner en se régalant de pêches de vigne et d'un savoureux morceau de fromage de Bethmale à l'épaisse croûte sombre. Leurs ablutions furent vite expédiées : Sans eau courante, réduites à la malheureuse demi-bouteille d'eau qui leur restait, Monique et Rachel se contentèrent donc en riant comme des collégiennes de se nettoyer les yeux et le visage tant bien que mal d'un coin de serviette humide, histoire d'être plus présentables avant de prendre l'ID 19 pour descendre en ville.

Ces formalités domestiques accomplies, assurée que les employés d'EDF et du service des eaux passeraient en fin de journée, Monique se sentait d'une humeur si entreprenante qu'elle ne put résister à faire un tour à la fabrique. L'heure de midi était proche, mais après tout n'était-elle pas chez elle ? Elle emprunta le boulevard de la Magdeleine en direction de la rue Saint-Roch. Parvenue en vue du grand bâtiment, franchissant sans hésiter le large portail rouge, elle engagea le break Citroën sous le porche de briques. En jetant par réflexe à ce moment-là un bref coup d'œil dans le rétroviseur, elle aperçut la silhouette d'un gamin maigre qui disparut aussi vite qu'un éclair. Sans y accorder plus d'importance, elle pénétra d'autorité dans la cour pavée des galets de Garonne où les clients ordinaires entraient à pied.

La jeune femme alla se garer à côté de la fourgonnette R4 bleue de l'entreprise sous laquelle un matou faisait la sieste. La portière ouverte, à travers les fenêtres à petits carreaux, Rachel distingua des cous qui se tendaient à l'arrivée inhabituelle d'une voiture. Dans le bureau, Marcel Laffargue, penché sur une pile de factures, leva la tête en fronçant les sourcils. D'ordinaire, les clients, découragés par le panneau « Réservé fournisseurs », ne se permettaient pas d'entrer ainsi en voiture ! Reconnaissant la silhouette des deux femmes, il ne put s'empêcher d'esquisser une moue qui avait tout d'un méchant rictus. Alors qu'il avait pensé naïvement que leur installation aux Taillades les aurait occupées quelques jours, ne serait-ce que pour faire le ménage, les deux femmes rappliquaient. Quel besoin avaient-elles de venir à cette heure à la fabrique ? Pourquoi le petit Serge Moro ne l'avait-il pas prévenu ? Si le gamin ne faisait pas son travail, il pourrait toujours se brosser pour avoir sa pièce de cinq francs. Ah, ces bonnes femmes ! Il n'avait pas fini de les avoir sur le dos... Décidément, avec ces deux-là, la vie n'allait pas être facile. De vraies emmerdeuses, à coup sûr !

Le regard mauvais, Marcel Laffargue les suivit des yeux. Au lieu de traverser la cour pour se diriger vers le bureau, avec étonnement il vit Monique pousser le double ventail de bois qui donnait accès aux entrailles des ateliers et de la fabrication. De surprise, il resta la bouche ouverte. Qu'est-ce qu'elles pouvaient aller faire là-dedans ? Hier, elles avaient déjà visité les ateliers. Elles avaient eu tout le temps pour approfondir les techniques de production. Il avait même fait l'effort de leur servir de guide, de leur expliquer... Certes, il s'était donné peut-être cette peine davantage pour la plus jeune, cette Rachel, cette rousse à la chevelure incendiaire qui ne le laissait pas indifférent. En général, ces aspects-là, une fois que les touristes les avaient bien vus, ça les passionnait moins... Qu'est-ce que ces deux pintades pouvaient donc mijoter ? Il fallait qu'il en ait le cœur net ! Les deux femmes avaient disparu. Ouvrant la porte du bureau, sans chercher à traverser la cour, Marcel Laffargue coupa par un étroit passage entre deux corps de bâtiments pour se porter à leur rencontre.

– Bonjour... Bonjour ! lança Monique à la cantonade en pénétrant dans l'atelier où trois ouvrières achevaient leur travail avant d'aller déjeuner.

– Bonjour, madame, répondirent-elles presque en chœur.

– On s'excuse de ne pas vous avoir reconnue hier, poursuivit celle qui, à presque quarante ans, paraissait la plus vieille de toutes et qui s'appelait Odette.

– Vous n'étiez pas employées ici quand je suis partie, reconnut Monique.

– Nous, on n'a toujours eu affaire qu'à M. Marcel...

– Pour sûr ! C'est moi la plus ancienne et je suis rentrée juste à la fin février 1948...

– Au moment du coup de Prague, alors ? fit Monique que ses engagements passés avaient sensibilisée à l'histoire des mouvements socialistes.

– Peut-être bien ! fit l'ouvrière qui ne savait pas trop au juste de quoi il s'agissait.

– Alors, demanda une petite jeunette qui portait un tablier à grosses fleurs bleues, c'est bien vrai ce qu'on raconte, vous reprenez l'affaire ?

– J'ai bien envie, en effet, de faire quelque chose de cette vieille maison ! Quelque chose peut-être de différent, de neuf...

C'est presque naturellement que Monique Maréchal avait prononcé cette phrase. Sans doute l'influence des idées progressistes qu'elle avait manifestées au début de sa jeunesse y était-elle pour quelque chose. Délaissant son morne travail à la RATP après son histoire avec Gérard Francoual, n'avait-elle pas en effet mené une vie de bohème dans ce Paris qui, en ce printemps 1939, ne savait pas encore qu'il vivait ses derniers mois de paix ? Exploitant tant bien que mal son talent de pianiste et ses dons de chanteuse, elle avait zigzagué, à l'aube de ce régime de Vichy, entre les petits boulots et la carrière d'artiste de cabaret, passant alternativement de l'ombre à la lumière, fréquentant un milieu intellectuel souvent en marge du monde de la nuit ! En ces premières années d'occupation, aux frontières de l'existentialisme, s'adonnant sans retenue au jazz et à tout ce qui était swing, anticonformiste autant par goût que par réaction, elle était proche de ces Zazous au risque de se faire tabasser par les membres de la Jeunesse populaire française.

Monique avait-elle pris le temps de la réflexion en lançant cette idée ? Peut-être pas... Rachel n'en était d'ailleurs pas vraiment surprise. Elle savait son amie parfois impulsive. Pour la première fois, Monique avait formulé ouvertement un choix, peut-être parce qu'un nouveau défi s'imposait à elle. Dans l'atmosphère légèrement moite de ce local où les pièces naissaient de leurs doigts habiles, les employées s'étaient tues, sidérées. Ainsi, la rumeur qui courait dans les ateliers était fondée. Les trois femmes évitaient ostensiblement de se regarder. Leurs sourires découvraient une dentition imparfaite, souvent couronnée de l'acier de la Sécurité sociale, faute d'un salaire ne leur offrant pas de meilleure qualité de soins esthétiques. Pour les trois ouvrières, la nouvelle était plus porteuse d'un cortège d'inquiétudes que d'espérances. Qu'est-ce qu'elle y connaissait, cette dame avec son accent pointu qui dénonçait à l'évidence une origine parisienne ? La faïence n'était pas son métier !

– Et M. Laffargue dans tout ça ? C'est lui qui nous paye... fit la plus jeune des trois ouvrières en relevant la tête pour soutenir son regard.

– M. Laffargue est contremaître ! Un bon contremaître, soit ! répondit Monique d'un ton péremptoire que son père, Gaston, n'aurait pas renié. Quant aux paies, c'est moi qui signe les chèques désormais.

– C'est que... Depuis le temps qu'il dirige...

– Ne suis-je pas une Maréchal ? J'aurai besoin de vous toutes... lança Monique de cette voix douce dont elle savait jouer pour obtenir ce qu'elle désirait.

– Bien sûr... Bien sûr ! fit Odette, désireuse de ne pas se mettre à dos celle qui allait prendre les rênes de la faïencerie.

Poursuivant l'habituel chemin qu'elle empruntait petite fille, Monique, Rachel à ses côtés, traversa d'un pas rapide l'atelier de façonnage contigu. Une ouvrière entre deux âges procédait, avant d'aller déjeuner, au démoulage de l'ultime exemplaire d'une série de douze coupelles, les autres étant déjà bien alignées sur l'étroite planche en bois avant la prochaine étape de leur fabrication, celle du séchage. Monique pénétra dans la salle voisine, plutôt sombre, où s'alignaient des centaines de modèles sur plusieurs étagères, lorsqu'elle se retrouva nez à nez avec Marcel Laffargue.

– Que faites-vous là ? l'apostropha le contremaître, la tête plus que jamais enfoncée dans son cou de taureau.

– Ah, monsieur Laffargue ! Vous voyez, je passe faire un tour...

– Ce n'est pas un lieu pour traîner...

– Traîner ? Vous y allez fort ! Et puis-je savoir pourquoi ?

– Ces gens vont aller déjeuner... Faut pas les retarder ! Ça perturbe la chaîne de production de l'entreprise, jeta-t-il d'un ton rogue à celle qu'il considérait comme une gêneuse.

– Ah, la production ! Oui, justement... En tant que chef d'entreprise, je voulais vous faire part de mes remarques à ce sujet, répliqua Monique en saisissant la balle au bond, désireuse de bien marquer son territoire.

– Vos remarques ! Quelles remarques ? s'étrangla de surprise Marcel Laffargue, cueilli à froid.

– Je trouve que la faïencerie, comment vous dire... Vous avez sans doute fait œuvre utile en assurant la direction intérimaire de la fabrique, répondit Monique pour calmer la colère qu'elle sentait poindre à voir le visage de plus en plus cramoisi du contremaître. Disons que, sur un plan esthétique, je trouve que ça manque de créativité.

– Ah, vous êtes bien comme votre père ! De temps en temps cette lubie le prenait !

– Comment ça ?

– Oh, des idées bizarres qui lui passaient par la tête ! Il voulait changer les modèles, renouveler toute la gamme de production ! Mon Dieu ! Fallait alors que je lui explique qu'il y a ce que les gens demandent, voilà tout.

– Et que demandent-ils ?

– Ce qu'ils aiment ! Et ce qu'ils aiment, c'est ce qu'on fabrique ! lança Laffargue, péremptoire.

– Eh bien, moi, j'essayerai de leur proposer une offre plus diversifiée tant dans les formes que dans les décors...

– Une nouvelle gamme, de nouveaux motifs, ça ne s'improvise pas !

– Mon amie Rachel manie très bien le pinceau...

– Je n'en doute pas, se radoucit le contremaître, se tournant vers Rachel, troublé par ses formes appétissantes de jolie rousse. Mais, sans préjuger de votre talent, madame, pour les femmes d'ici, c'est leur métier !

– Justement, j'ai idée de les associer davantage à l'entreprise.

– De les associer davantage ? Que voulez-vous dire ?

– Savez-vous, monsieur Laffargue, ce qu'est une SCOP ? C'est une société coopérative ouvrière de production... Je suis persuadée, voyez-vous, que toutes les personnes employées ici seraient plus motivées par un statut de co-entrepreneurs.

– Motivées, motivées... Les ouvriers d'ici, ils travaillent tous bien et d'ailleurs ils ont une paie aussi correcte que chez les autres faïenciers.

– Ce n'est pas de ça que je veux parler ! Je crois qu'ils seraient plus créatifs...

– Vous voulez foutre le bordel ou quoi ! éructa le contremaître qui avait de plus en plus de mal à se maîtriser.

– Monsieur Laffargue, c'est moi la patronne !

– Eh bien, patronne, gardez vos idées pour vous et laissez-nous faire le boulot ! lança-t-il en tournant les talons, vert de rage.

Monique et Rachel traversèrent l'atelier d'émaillage, désert à cette heure-ci, pour arriver dans celui où œuvraient les décoratrices. Là, dans la lumière reposante de la pièce, deux ouvrières déjeunaient tranquillement, la gamelle posée sur une petite table, écoutant d'une oreille distraite les informations diffusées par France Inter, cette nouvelle radio généraliste née l'an passé, en 1963. Aimablement saluées, les deux femmes leur expliquèrent qu'elles habitaient à Saint-Gaudens, où leurs maris faisaient les trois-huit à la Cellulose d'Aquitaine, une usine papetière implantée depuis 1959 qui parfumait certains jours la vallée d'une indéfinissable et écœurante odeur de chou. Aussi ne rentraient-elles pas chez elles à midi mais, en revanche, elles quittaient la fabrique une heure plus tôt le soir pour attraper l'omnibus de 17 h 16 et rejoindre ainsi leur domicile.

Le tour des ateliers enfin achevé, dans l'attente d'avoir toutes les fonctions élémentaires rétablies aux Taillades, Monique et Rachel décidèrent d'aller à nouveau déjeuner au café de la Magdeleine, chez Clémence Esteban. Elle les avait bien accueillies et l'estaminet n'était pas très loin pour elles, citadines habituées à courir les rues et les boulevards vers les magasins. Aussi, délaissant le break Citroën bien garé dans la cour de la fabrique, c'est à pied qu'elles gagnèrent le bistrot dans la tiédeur câline d'un soleil généreux. Comme de vieilles habituées, les deux femmes poussèrent résolument la porte du bistrot. À cette heure, quelques hommes s'attardaient encore au zinc, la plupart un verre d'apéritif anisé à la main, pérorant sur le dernier match de rugby, éternel sujet qui alimentait les conversations d'un bout à l'autre de l'année.

– Bonjour, il n'est pas trop tard pour déjeuner ? lança Rachel dans le brouhaha du bar.

– Bien sûr que non ! Installez-vous là où vous voulez, lui répondit aimablement Jacqueline, la jeune serveuse, qui les avait reconnues.

– Ah ! Aujourd'hui, le plat du jour c'est la tête de veau rémoulade avec des taïllous, annonça Clémence en venant à leur rencontre. Ce sont de grosses pommes de terre cuites à la vapeur !

– Splendide ! Au fait, dites-moi, Clémence… Marcel Laffargue a fait allusion à des idées originales que mon père avait parfois concernant la faïencerie.

– Laffargue n'est pas un modèle de modernité ! Pour lui, tout ce qui est nouveau, c'est bizarre ! Faut rien changer ! Enfin, c'est la réputation qu'on lui prête dans le pays parmi les faïenciers… Moi, vous savez, là-dessus, je ne saurais pas trop vous dire, mais il y a quelqu'un qui pourrait vous renseigner, c'est Daniel Lamothe, un prof de lettres. Un type qui vient régulièrement passer l'après-midi ici.

– Il ne travaille pas ?

– Bah ! Il a des problèmes avec son administration. Il est suspendu depuis deux ans ! Certains disent même qu'il pourrait être révoqué…

– Il a commis une faute grave ?

– Pensez-vous ! Il n'y a pas plus honnête que lui ! Je vous raconterai plus tard. En attendant, déjeunez tranquillement et s'il vient, promis, je vous le présente… Il vous parlera de votre père mieux que moi !

Dans la salle du café, le bruissement des consommateurs s'évanouissait de minute en minute avec le départ des habitués de la mominette et du Ricard tomate, laissant Jacqueline œuvrer avec célérité au service de la dizaine de clients venus déjeuner. Tout en parlant à voix basse avec Rachel de l'attitude de Laffargue, habitué à couper et à briser depuis la subite disparition de Gaston Maréchal, Monique observait la petite du coin de l'œil. La serveuse avait déjà du métier. Assez jolie, sans doute aussi mince que sa mère devait l'être à son âge, elle passait avec aisance d'une table à l'autre. Tantôt elle apportait un pichet de rouge à l'un, tantôt une corbeille de pain à l'autre, le tout au milieu du chassé-croisé des assiettes préparées en cuisine par sa mère, glissant au passage un mot aimable à chacun. De temps à autre, Clémence Esteban, en plein coup de feu, écartait le rideau et passait la tête pour juger de l'état de la salle.

Monique et Rachel finissaient une délicieuse compote de pommes maison quand Clémence, en train de laver des verres dans le petit évier derrière le zinc, lança à l'entrée d'un type solidement charpenté vêtu d'un pantalon de toile claire et d'une chemisette à manches courtes : « Té, le voilà qui arrive ! » Les deux femmes levèrent la tête et le suivirent des yeux. Le type lança un vague bonjour à la cantonade, puis, comme s'il était de la maison, il traversa tranquillement la salle pour s'asseoir, le dos au mur, à une petite table rectangulaire. Confortablement installé, il sortit de sa poche un paquet de cigarettes Disque bleu et un moderne briquet Feudor qu'il posa devant lui. Clémence s'essuya les mains à son tablier et fit trois pas dans sa direction. Elle lui dit quelques mots à voix basse et Rachel vit distinctement le type regarder dans leur direction et opiner de la tête.

Clémence alors les invita à se diriger vers sa table. Elle fit de rapides présentations, puis s'éclipsa pour les laisser parler tranquillement. Dans la pénombre apaisante de la salle du petit café, Daniel Lamothe but une gorgée de la bière pression mousseuse que Clémence avait posée, comme de coutume, devant lui sur un rond de carton publicitaire. Monique le détailla. Sa mâchoire volontaire lui donnait une physionomie énergique et un air sympathique. Malgré un visage ouvert et une tignasse brouillonne que le peigne avait du mal à domestiquer, l'homme était visiblement de la race des silencieux. Un petit peu plus jeune qu'elle, la quarantaine à peine sans doute, il avait ces grands yeux noirs qui plaisent tellement aux femmes ! Monique l'observait en silence, ne sachant trop comment aborder le sujet et par où commencer, tant de questions sans réponse trottaient dans sa tête. Finalement, elle se jeta à l'eau.

– Clémence m'a assuré que vous connaissiez bien mon père, j'aimerais que vous me parliez de lui...

– Disons qu'on se voyait de temps en temps... Vous en savez sûrement plus que moi !

– J'ai quitté le pays il y a vingt-cinq ans, en 1938. Racontez-moi la fabrique...

– Après la guerre, à l'aube des années cinquante, votre père a voulu donner une impulsion nouvelle aux productions de la faïencerie, expliqua Daniel. Il souhaitait renouveler les gammes de fabrication, les sujets, les formes, les dessins, jusqu'aux motifs mêmes. Il voulait, me disait-il, en finir une bonne fois pour toutes avec une répétitivité artistique qu'il jugeait comme négative et stérilisante... Certains des employés étaient enthousiastes, d'autres plus réticents... la nouveauté suscite parfois la crainte !

– Et son contremaître ?

– Ah, Marcel Laffargue ! Celui-là, il ne se gênait pas pour lui dire qu'il trouvait ces idées tordues.

– Mais pourquoi vouloir tout changer à ce moment-là ? La soixantaine bien entamée, c'est l'âge de la sagesse, pas de la contestation !

– Peut-être parce que c'était dans l'air du temps, les vrais créateurs étaient en quête d'autres lignes. Souvenez-vous, c'était l'époque du Newlook...

– Oui, quelle révolution quand les jupes ont rallongé, ajouta Rachel.

– Bref, l'idée de se renouveler semblait l'obséder. Chaque fois que je le rencontrais, que ce fût ici, en ville ou ailleurs, il m'en parlait, c'était devenu presque rituel entre nous.

– Mais pourquoi à vous ? lui demanda Monique, cherchant à mieux découvrir ce père qu'elle n'avait jamais compris.

– Il me savait imprégné de culture classique, amoureux de romanité.

– Comment l'aviez-vous connu ? demanda Rachel.

– À dire vrai, c'est lui qui est venu à ma rencontre. Il m'a attendu un soir d'avril à la sortie du collège. Il avait découvert, par hasard, dans une revue locale, un article que j'avais écrit quelques mois plus tôt sur les origines esthétiques de l'art faïencier.

– Et de quoi parliez-vous lors de vos rencontres ?

– Souvent des mêmes choses… Je me souviens que lui, d'un abord d'habitude austère et rabat-joie, dès qu'il parlait faïences, on le sentait brûler d'un étrange feu intérieur. Il critiquait sans détour la frilosité de ses concurrents qui, me disait-il, fabriquaient toujours la même chose au prétexte, fallacieux à ses yeux, que c'était ce que le public demandait le plus. Lui, il se disait en recherche de formes, de thèmes nouveaux. C'est d'ailleurs pour cette raison qu'il est allé à Rome à plusieurs reprises dans ces années-là.

– À Rome ?

– Oui, vous ne le savez peut-être pas mais il descendait toujours dans une pension de famille, à deux pas de Santa Maria Maggiore, Via Amedeo Principe, pas loin de la gare de Termini.

– Mais comment vous rappelez-vous ce détail ?

– Oh, je n'ai aucun mérite, lui répondit Daniel en souriant. Il l'a écrit lui-même sur l'une des cartes postales qu'il m'a envoyées lors d'un séjour.

– Il vous adressait des cartes postales ?

– Oui, pour illustrer les cours de mes élèves…

– Mais, pourtant, Clémence nous a dit que vous n'enseignez plus, intervint étourdiment Rachel.

– En effet, madame… Je suis comme qui dirait en congé ! répondit sèchement Lamothe.

Au changement dans l'expression de son visage, Rachel se rendit compte qu'elle venait de commettre une de ces bourdes dont elle avait parfois le secret en parlant trop vite. Si elle en faisait moins qu'au temps de sa jeunesse, elles étaient bien souvent assez dévastatrices. Elle se mordit la lèvre, le regarda de ses grands yeux candides, avant de bafouiller d'une voix presque doucereuse qui voulait faire oublier sa bévue : « Pardonnez-moi, je ne voulais pas vous blesser. » L'une comme l'autre se gardèrent bien de lui poser d'autres questions trop personnelles. Sa réaction n'indiquait-elle pas clairement que cet homme, atteint dans ce qu'il avait de plus digne, faisait douloureusement face aux aléas du destin ? Toute curiosité en ce domaine serait cruelle. Clémence Esteban saurait les renseigner sur la blessure qui l'avait visiblement marqué au fer rouge.

– Vous savez, il y a dans la vie des situations qu'on vit très mal parfois, ajouta Daniel en radoucissant sa voix.

– Et ces cartes, coupa Monique, vous accepteriez de me les montrer, si vous les avez toujours ?

– Elles vous intéressent tant que ça ?

– Elles me seront précieuses pour essayer de rattraper le temps perdu, de mieux comprendre l'homme que je n'ai pas su voir, si vous préférez...

– Eh bien soit ! Je vous les apporterai mais... si vous voulez connaître les projets de votre père, je vous conseille de retrouver son agenda noir.

– Ah, le célèbre carnet qui a paraît-il disparu...

– C'est ce que les gens d'ici racontent, en effet ! La disparition de ce carnet est pour le moins étrange ! Marcel Laffargue l'a longuement cherché, dit-on. Il est même remonté deux ou trois fois aux Taillades juste après la mort de votre père.

– Étrange, comme le sont les circonstances de son décès, suggéra Rachel instinctivement.

– Sans être ni paranoïaque ni conspirateur, je dois bien reconnaître qu'il y a en effet quelques zones d'ombre dans toute cette histoire, assura Daniel Lamothe après un temps de réflexion. Tenez, ainsi l'endroit où il s'est noyé n'est pas particulièrement accidenté…

– Mon père aurait-il eu des ennemis ?

– Je n'irais peut-être pas jusque-là. Mais disons que son caractère inflexible suscitait parfois de la méfiance, voire une certaine hostilité.

– Parmi les gens de la fabrique ?

– Sans doute… Les rapports que votre père entretenait par exemple au quotidien avec votre Laffargue, eh bien… ils n'étaient pas toujours très paisibles ! J'ai ouï dire qu'ils ont eu d'ailleurs quelques mémorables prises de bec ! Les mauvaises langues ont prétendu qu'il s'en serait même fallu de peu que le geste suive la parole.

– Et les projets dessinés sur le fameux calepin ne seraient donc que la partie apparente de l'iceberg ? hasarda Rachel.

– Je n'en sais fichtre rien ! En tout cas, n'attendez pas de moi que je vous livre les clés de ce mystère par un « Bon Dieu ! Mais c'est… Bien sûr ! » comme le commissaire Bourrel de la télé, plaisanta Daniel Lamothe.

– Il ne me reste plus qu'à éplucher tous les papiers de mon père, tant au bureau qu'aux Taillades…

– Vaste programme ! Mais permettez-moi de douter que l'examen de tout ce fatras de papiers vous permette d'appréhender la vérité. Peut-être faudrait-il chercher pourquoi votre père est mort, murmura-t-il à voix basse. Pour tout vous dire, je n'ai jamais cru à une noyade accidentelle ! Votre père était en parfaite forme pour son âge et trop bon nageur de surcroît, ajouta-il, énigmatique.

– Vous me troublez, monsieur Lamothe... Mais je vous promets que je vais chercher à éclaircir tout ça, fit Monique qui se souvenait des propos sibyllins de Gabrielle Pagès, l'épicière.

– Vous pouvez compter sur moi, lâcha Daniel Lamothe en la regardant assez droit dans les yeux pour que ces mots vaillent serment. Et si vous avez besoin... Mon numéro de téléphone, c'est le 675.

Monique le remercia d'un de ces sourires dont elle avait le secret et qui avaient désarmé maintes fois les bougonneries de Jeff. La conversation roula encore quelques minutes, plus détendue, sur l'évolution des entreprises de faïencerie du pays, en un temps où la modernité ambiante s'épanouissait bien souvent dans un plastique aux couleurs criardes. Sur tous ces sujets, Daniel Lamothe, originaire par son père d'un petit bourg de la région de Meilhan, dans le département du Gers tout proche, avait des idées personnelles qui, pour être parfois originales, ne manquaient pas de bon sens et témoignaient d'une certaine lucidité. Monique constata qu'ainsi, à l'égard des productions des différentes maisons artisanales fabriquant du « Martres », il partageait le même sentiment artistique d'un besoin de renouveau que Gaston Maréchal avait éprouvé quelques années plus tôt. Clémence Esteban avait raison. La rencontre avec Lamothe était instructive. Lorsqu'elle se leva pour aller à la fabrique, mettant un terme à l'entretien, Monique percevait déjà un peu mieux la situation.

Mais, en ce début d'après-midi, Rachel n'avait guère envie de s'enfermer dans un bureau poussiéreux, triste et vieillot qui sentait le tabac et d'affronter le caractère difficile de Laffargue. Consciente que la nouvelle de la réapparition de son amie avait vite fait le tour du pays, Rachel, toujours curieuse, avait opté pour une petite balade didactique chez les concurrents. « Moi, aucune chance qu'ils me reconnaissent », avait-elle ajouté en saisissant son sac à main pour aller musarder de magasin en échoppe. Monique la regarda s'éloigner d'un pas tranquille sous les platanes où l'air avait cette douceur sucrée que septembre prend dans le Sud-Ouest, un air à faire regretter à tous les cancres de la Terre le temps des vacances éternelles.

Quand elle poussa le bouton de laiton jaune de la porte vitrée du bureau, Monique éprouva instantanément une curieuse impression. Elle promena un œil curieux à droite et à gauche. Quelque chose avait changé dans la petite pièce... Laffargue aurait-il fait du rangement dans le capharnaüm ? À regarder de plus près, effectivement les objets avaient été rangés. Même le cendrier publicitaire débordant de mégots froids était passé à la trappe. Du coup, le bureau semblait plus dégagé. Certains dossiers cartonnés, aperçus la veille encore, n'étaient plus là. Le bric-à-brac était vraiment aéré. Qu'est-ce que le contremaître avait trafiqué ? N'aurait-il pas fait disparaître certains documents pour éviter qu'elles tombent dessus ? Deux rides soucieuses lui barrèrent le front. Ce Laffargue ne lui inspirait guère confiance. Avec ce type-là, tout était possible.

Monique soupira. Par où commencer ? Elle cherchait à retrouver quelques repères dans l'ambiance confinée du bureau. Les souvenirs de sa jeunesse ne pouvaient pourtant guère l'aider. Elle avait quitté Martres depuis trop longtemps. Se replonger ainsi dans l'entreprise familiale allait être un vrai défi. Monique savait bien que Laffargue n'allait pas lui simplifier les choses. Elle sentait chez lui plus que de la méfiance, de la rivalité. Où était donc passé d'ailleurs le bonhomme ? Qu'est-ce que ce déménagement pouvait cacher ? Convaincue que le contremaître serait plus enclin à lui mettre des bâtons dans les roues qu'à lui faciliter la tâche, s'armant de courage, elle s'assit pour se mettre au travail. Compulsant classeurs et chemises cartonnées, elle devait tenter d'assimiler les éléments de fonctionnement de la fabrique qui, vingt-cinq ans après son départ, se révélaient si lointains.

Mais au bout d'une heure, gavée de chiffres, dossiers et registres eurent raison de son opiniâtreté. Lassée de feuilleter bulletins de salaire, déclarations de Sécurité sociale, quittances de tout poil, bordereaux d'expédition tous azimuts et autres passionnantes archives commerciales, Monique repoussa la chaise avec un profond soupir de lassitude. Mon Dieu ! Comment arriver à dominer une telle masse de paperasse ? Quelle chance avait Rachel d'échapper à un tel pensum. Elle, naturellement plus douée pour tout ce qui était artistique et culturel, devait se faire violence pour affronter cette corvée. L'ambiance confinée du bureau, l'odeur désagréable de tabac froid qui imprégnait toujours les murs lui devenaient insupportables. Elle avait besoin de s'oxygéner. Un petit tour dans les ateliers lui ferait du bien ! Sans plus attendre, elle traversa d'un pas décidé la boutique d'exposition pour rejoindre la fabrication. Au sortir de l'atelier d'émaillage, dans une petite pièce qui servait ordinairement de stockage, quelle ne fut pas sa surprise de tomber sur Laffargue, assis à une petite table, penché sur un dossier, près d'un fenestrou délivrant une lumière tellement chiche qu'il avait dû allumer une lampe de travail.

– Ah ! monsieur Laffargue, je vous cherchais partout, lança-t-elle d'une voix neutre.

– Eh bien vous m'avez trouvé !

– Mais que faites-vous là, dans ce réduit ?

– Je travaille, madame, je travaille... répondit le contremaître, acide.

– J'ai bien vu que vous n'étiez plus au bureau, pourquoi ?

– Puisque vous voulez tout diriger, à vous de vous débrouiller toute seule, assena-t-il d'une voix sèche et tranchante qui révélait une animosité latente.

– Vous n'êtes guère coopératif, monsieur Laffargue !

– Moi, je ne prétends pas jouer à l'héritière de la fabrique Maréchal !

– Non, mais vous voulez en être le patron !

– Et vous, on verra bien vite les limites de vos compétences, grogna-t-il d'un ton rogue avant de lui tourner ostensiblement le dos pour se replonger dans l'étude du dossier posé sur la petite table.

Monique Maréchal connaissait assez bien les hommes pour savoir que, avec ce genre de type, on n'obtient rien en attaquant de face. Elle le laissa à sa rage contenue et à son mauvais caractère et elle retourna au bureau pour continuer ses investigations. Rachel la rejoignit en fin d'après-midi. D'une humeur excellente, elle lui raconta sa visite de deux fabriques concurrentes où, se faisant passer pour une acheteuse un peu naïve, elle s'était longuement renseignée sur la situation des faïenceries de Martres-Tolosane en jouant les dindes de service. Rachel débaucha facilement Monique de son travail, complètement saturée de divaguer dans cet océan paperassier. Sans peine, elle convainquit son amie de remonter aux Taillades pour voir si le rétablissement de l'eau et de l'électricité permettait enfin de s'installer dans cette maison de famille qui transpirait de souvenirs.

En entrant ce soir-là dans la vieille demeure, Monique Maréchal tourna par réflexe le vénérable interrupteur de porcelaine blanche que ses doigts avaient tant de mal à atteindre lorsqu'elle était petite fille. Surprise ! La lumière jaillit instantanément des cinq ampoules 40 watts tachetées de chiures de mouches qui se dressaient comme des stalagmites sur les branches du lustre à pampilles de verre au milieu du plafond du vestibule. « Ouahhh ! » ne put s'empêcher de s'exclamer Rachel en voyant réapparaître le plus élémentaire des progrès, début indispensable à une vie moins précaire après le camping de ces deux jours. Ainsi pouvaient-elles désormais utiliser le chauffe-eau électrique pour enfin prendre une douche, ou bien encore faire fonctionner l'aspirateur traîneau Électrolux et commencer ainsi à remettre progressivement la respectable demeure en ordre de marche en attendant qu'une femme de ménage se livre à un nettoyage plus approfondi.

Clémence Esteban avait d'ailleurs bien promis de leur trouver rapidement une petite Portugaise. C'était l'histoire de quelques jours, leur avait-elle laissé entendre. Ces jeunes gens aux cheveux noirs, solides fils et filles de paysans que la terre ne permettait plus de faire vivre décemment, arrivaient en effet en foule. Les jeunes femmes, souvent d'à peine dix-huit ans, portaient les prénoms de Maria, Célia, Rosalina, Amelia. Vaillantes, habituées à la dure, allant même jusqu'à besogner sans souliers dans les champs, elles ne rechignaient pas au travail. La plupart d'entre eux étaient originaires de cette Lusitanie du Nord où la misère était le lot ordinaire des gens des classes populaires. Pour eux, la France gaullienne des Trente Glorieuses incarnait un espoir de réussite raisonnable, à portée de main du travailleur opiniâtre. En attendant de trouver la perle rare, Monique et Rachel devaient s'adonner tous les matins aux joies du ménage avant de descendre, en tout début d'après-midi, boire un café au bourg, étape rituelle sur le chemin de la fabrique. C'est là, au cours d'une halte, que Clémence Esteban leur conta deux jours plus tard l'histoire de Lamothe.

– Daniel, c'est un bon prof, respecté de tous et adoré de ses élèves !

– Mais pourtant ne m'avez-vous pas dit que ce M. Lamothe était suspendu ?

– En effet… Depuis pas loin de deux ans et tout ça à cause de cette garce de Viviane Amiel !

– Vous ne portez pas cette dame dans votre cœur, dirait-on, remarqua Rachel en souriant.

– Ah, n'appelez pas ça une dame, je vous en prie ! Une vraie salope plutôt ! gronda d'une voix sourde Clémence Esteban dont les yeux jetaient des éclairs noirs à son seul nom.

– Qui est cette charmante créature ?

– Le cancer des couples qui s'aiment ! À fuir ou à chasser… cette croqueuse d'hommes ne pense qu'à mettre tous les types qu'elle rencontre dans son lit.

– Elle est jeune ? s'enquit Rachel.

– Une bonne trentaine d'années… Bientôt quarante, je crois. Elle est connue comme le loup blanc dans tout le pays. Pensez donc ! Elle est déjà divorcée trois fois et collectionne les amants comme d'autres les timbres-poste.

– Voilà une fille qui a du tempérament !

– Du tempérament ! Ah, vous voulez rire ! Elle est méchante et capricieuse. C'est une bête nuisible, oui ! Même les putes de la rue Bayard à Toulouse sont plus respectables.

– Elles, au moins, elles soulagent la misère humaine !

– Tout juste !

– Et comment reconnaître cette délicieuse personne ?

– Elle est blonde peroxydée, vous ne pouvez pas la rater. Elle se promène tous les jours, crinière au vent, avec ses lunettes noires, dans son cabriolet Caravelle blanc.

– Et quel rapport avec Daniel Lamothe ?

– Oh, tout simplement cette traînée a jeté son dévolu sur lui...Viviane a une fille du nom de Marie-Chantal, une donzelle dont on murmure d'ailleurs qu'elle ne doit même pas savoir le nom de son vrai père... Bref, Daniel était le professeur principal de sa fille en classe de sixième. Comme la gosse ne travaillait pas très bien à l'école, Viviane a demandé s'il pouvait lui donner quelques leçons particulières. Trop naïf, Daniel a cru bon d'accepter dans l'intérêt de la gamine. Le pauvre type n'avait pas compris que cette bonne femme se servait de la petite pour l'attirer chez elle. Et, à peine entrée, elle lui a fait son numéro...

– Ça s'est mal passé ?

– Plutôt... Comme cette garce n'arrivait pas assez vite à ses fins, elle a tenté le tout pour le tout et s'est presque foutue à poil devant lui... Daniel s'est fâché et il a fini par lui coller une paire de claques.

– Bien fait ! commenta Rachel.

– Oui, sauf que, vexée comme un pou de se voir repoussée, l'autre a juré de lui faire payer ça très cher. Connaissant très bien sa réputation, elle ne pouvait pas prétendre qu'il lui avait manqué de respect : tout le monde aurait rigolé. Alors, cette ordure a eu l'idée de pousser sa fille à raconter partout que le maître lui avait caressé les cuisses en classe pendant qu'il lui faisait réviser les conjugaisons ! La gosse a menti, mais allez le prouver ! Ah, une gosse qui promet aujourd'hui d'être aussi vicieuse que sa génitrice, rien qu'à voir ses mauvaises fréquentations !

– C'est pour ça qu'on l'a suspendu ?

– Oui, à titre conservatoire comme ils disent. L'Éducation nationale a considéré qu'il était préférable qu'il cesse provisoirement son service. Un sacré coup pour lui. Cette histoire a brisé son couple et Daniel a divorcé. Depuis, ce brave type traîne comme une âme en peine...

– Il a promis de m'aider à faire la lumière sur la mort de mon père...

– C'est un homme de parole, assura Clémence.

Trois jours plus tard, Monique et Rachel s'étaient installées comme d'habitude un peu à l'écart, dans un coin du café, quand Daniel Lamothe réapparut enfin, la tignasse toujours aussi mal disciplinée, vêtu d'une chemise en nylon crème et d'une paire d'espadrilles à semelles de corde. Dans la fraîcheur relative de la salle du bistrot baignant dans la quiétude paisible des derniers clients en train de siroter leur prune, il s'approcha d'elles et prit place à leur table avec la familiarité des gens qui se connaissent de toute éternité. « Tenez, je vous ai apporté quelques-unes des cartes qu'il m'adressait et dont nous avions parlé l'autre jour... » fit-il en tendant à Monique un rectangle de papier glacé représentant une vue plongeante sur le Colisée.

Monique s'empara du bout de carton. Les bords, frangés de dentelures artistiques selon la nouvelle mode, étaient racornis, laissant apparaître la trame pelucheuse d'un papier photo bon marché. Les couleurs, sans doute mal stabilisées par un bain économe de fixateur, avaient tourné en l'espace de quelques années pour faire jaunir les verts et accentuer les tons de rouges. Prise des ruines de l'antique forum, on y distinguait l'ovale d'un monument à trois étages, aux façades de 80 arcades rongées par un temps où le pillage des sites historiques ne soulevait nulle indignation des défenseurs du patrimoine. Immobile vestige de pierre, inauguré par Titus en 80 après J.-C. par un cycle de trois mois de jeux au prix de 2 000 gladiateurs et de 9 000 fauves, ce théâtre tragique de plusieurs siècles de barbarie, qui pouvait accueillir jusqu'à 50 000 spectateurs, offrait un vrai dédale d'escaliers et de rampes. À l'arrière-plan, la « *Domus Aurea* », construite sous Néron après l'incendie de Rome, dressait son élégante silhouette.

Monique retourna la carte. Au dos, elle reconnut sans peine l'écriture noire du stylo-plume de son père. Sans doute avait-il utilisé le même modèle qu'avant guerre, un élégant Montegrappa au corps en écaille de tortue nanti d'une plume en or rose, cédé par une bourgeoise toulousaine désargentée pour solder une commande impayée. Légèrement penché, le graphisme était fin, alerte, presque aérien, avec cette légèreté de touche appartenant à ceux qui ont une maîtrise parfaite du trait. Derrière chaque lettre on sentait l'assurance d'un créateur. Écrites en diagonale, peut-être pour gagner plus de place, les lignes avaient la régularité sécurisante de ces océans paisibles où, confiant dans l'expérience du capitaine qui tient le gouvernail d'une main ferme, on finit par oublier tous les dangers.

Des yeux, elle parcourut rapidement la carte. Il était question d'une visite effectuée au petit musée du Mont Palatin et de la découverte enchanteresse de masques en terre polychromes, de poignées d'amphores et d'un ravissant vase du VIe siècle, fruit des dernières campagnes de fouilles. En outre, Gaston se plaisait à souligner qu'on avait de la terrasse une vue imprenable sur le monumental *Circus Maximus* et ses 600 mètres de long où pouvaient s'entasser plus de 350 000 personnes. Il suffisait de fermer les yeux, disait-il, pour entendre encore le déchaînement des hurlements passionnés de la foule juchée sur les gradins de bois, vibrant aux exploits des téméraires conducteurs de quadriges qui tournaient autour de la *spina* décorée d'obélisques et bravaient tous les dangers dus à la vitesse excessive de leurs attelages.

– Vous en avez reçu beaucoup ? demanda Monique en lui redonnant la carte postale.

– Au moins deux bonnes douzaines en tout…

– Vous avez eu de la chance ! En sept ans de pension, je n'ai jamais reçu beaucoup de courrier de sa part. Avec moi, il était toujours aussi avare de lettres que de tendresse, soupira Monique.

– À chaque voyage, il m'en adressait pourtant deux ou trois, dit seulement Daniel, conscient que cette évocation pouvait blesser Monique. D'une année sur l'autre, ce n'étaient jamais les mêmes, du reste, précisa-t-il. Tantôt c'était Rome, tantôt Capri, tantôt Venise…

– Gaston Maréchal allait donc si souvent en Italie ? demanda Rachel.

– Une ou deux fois l'an, il partait pour une quinzaine de jours, rarement plus. Ça le prenait presque rituellement au printemps ou à l'automne.

– Vous savez pourquoi ?

– Je crois qu'il cherchait une certaine qualité de lumière. Il était obsédé par le blanc et les contrastes possibles avec la couleur. Il jugeait ces saisons propices à retrouver le sens profond de la création des artistes de l'Antiquité et de la Renaissance. En même temps, il échappait à la chaleur des mois d'été et à l'afflux des touristes sur les sites antiques.

– Mon père en a fait beaucoup, de ces voyages ?

– Une quinzaine en tout, je pense.

– Vous avez gardé toutes ses cartes ?

– Bien sûr !

– Vous êtes collectionneur, peut-être ?

– Pas du tout. Mais je m'en servais pour agrémenter mes cours de latin en sixième en les montrant aux élèves avec l'épiscope.

– Avec quoi ?

– L'épiscope, un gros appareil qui par un jeu de miroirs et de lentilles grossissantes permet de projeter une image sur un écran. On trouve ça dans toutes les salles de classe modernes aujourd'hui, expliqua Daniel.

– Ces cartes, elles sont toutes du même genre ?

– Oui, toujours des monuments, des chapiteaux ou quelques bas-reliefs. Si vous désirez, je pourrais vous en montrer d'autres encore…

– Avec plaisir, ça me sera utile, répondit-elle avec conviction.

Dans la pénombre paisible du café de Clémence Esteban, Rachel plissa doucement les yeux pour mieux percevoir l'expression du visage de son amie dont le profil se découpait en contre-jour. La Monique qu'elle connaissait bien avait changé ! Où était la chanteuse de cabaret qui, dans le genre Colette Renard, interprétait, dans les caves de Saint-Germain-des-Prés, des chansons réalistes ? Arrivée sans idée préconçue, juste pour effectuer un simple retour aux sources avant de prendre une décision, Rachel la sentait désormais impatiente de faire la lumière sur le destin tragique de ce père qu'elle avait fui jadis et dont, par l'ironie du destin, elle cherchait aujourd'hui à se rapprocher. Gagnée par la passion faïencière, cette Monique n'était-elle pas prête à reprendre cette entreprise à laquelle elle s'identifiait chaque jour un peu plus ? Mais, n'était-elle pas une Maréchal, après tout ?

9

Le temps du châtiment

De jour en jour, au fil des après-midi qu'elle passait enfermée dans le bureau, Monique prenait goût à la gestion de l'entreprise. Rachel avait bien saisi que, plus qu'un défi personnel, faire vivre cette faïencerie, c'était pour Monique mettre ses pas dans ceux des siens qui lui avaient permis d'être ce qu'elle était devenue. Ainsi, en retrouvant les racines de son propre parcours, elle pourrait peut-être refermer la blessure qui la faisait souffrir depuis presque six mois, faire enfin le deuil de Jeff. Elle devait réussir non seulement pour avoir la joie de se dépasser elle-même, mais aussi pour afficher l'orgueil de son nom. Sans avoir suivi ces longues études de gestion en vogue dans les dynasties entrepreneuriales et qui vous prédestinent naturellement à assumer votre destin d'héritier, Monique apprenait vite. Quoiqu'elle n'eût jamais travaillé à la fabrique, elle était née dans ce monde-là et la faïence avait bercé toute sa jeunesse.

Bien sûr, la cohabitation avec Marcel Laffargue n'était pas des plus aisées au quotidien. L'homme n'était pas facile. Retors et fourbe, nanti d'un caractère ombrageux, il était prêt à tout pour arriver à garder le pouvoir dans cette entreprise. Digne adepte de la stratégie bismarckienne, aussi prêt que le grand chancelier allemand du IIe Reich à utiliser le fer et le feu, pour lui, la fin justifierait toujours tous les moyens. Jaloux de ses prérogatives, sournois et calculateur, autoritaire et implacable, pratiquant l'art de l'esquive, il ne lâcherait rien et ferait tout pour lui compliquer la vie. Le contremaître était à l'affût de la moindre de ses hésitations. Monique savait qu'il l'épiait plus que Rachel dans tous ses faits et gestes. Il guettait ses faux pas. Dans cet affrontement à peine masqué qui prenait au quotidien l'allure d'une lutte d'influence larvée en attendant de devenir une guerre de tranchées, chacun cherchait à marquer son territoire.

Monique avait bien compris que les ouvriers de la fabrique étaient au centre de ce combat. À l'image de la population de ces T.O.E. prise en otage dans ces guerres révolutionnaires d'Indochine ou de cette Algérie qu'on venait de perdre politiquement face à un FLN vaincu au plan militaire. Leur accord impliquerait la victoire de l'un des deux. Tous les regards étaient tournés vers elle. Sans doute les commentaires devaient-ils aller bon train dans son dos ! Et Laffargue ne devait pas être le dernier à en faire, n'hésitant pas à souffler sur les braises de l'inquiétude pour mieux apparaître dans un contexte de discorde comme le seul capable de maintenir l'entreprise en état. Aussi, jouant de sa séduction naturelle, n'avait-elle pas hésité à déployer une offensive de sympathie en direction du personnel, histoire de faire apparaître davantage le contremaître comme un ours mal léché.

Mais, si les idées de participation qu'elle avançait suscitaient l'intérêt chez quelques-uns, une majorité restait dans une prudente expectative.

De toute évidence, depuis son installation dans le réduit dont il avait fait son cabinet de travail et la passe d'armes qui avait suivi, Marcel Laffargue évitait soigneusement de se trouver en présence de Monique Maréchal. Sans la fuir ouvertement, il se débrouillait pour passer au bureau le matin de bonne heure alors qu'elle s'attardait encore à faire du rangement aux Tailladès, ou il profitait de ses absences de l'après-midi pour venir chercher les papiers qui lui faisaient défaut. Tout au plus apercevait-elle sa silhouette traverser la cour ou disparaître par une porte en même temps qu'elle entrait dans une quelconque partie des ateliers. Et quand, par hasard, il lui arrivait de la croiser, il se contentait alors le plus souvent d'un hochement de tête et d'un grognement. Seule l'apparition de Rachel faisait transformer l'air revêche de son visage en un sourire mielleux où transparaissaient quelques pensées lubriques.

À la veille de la Saint-Luc, à l'heure où déjà dans les cols des Pyrénées les « paloumaïres » avaient rendez-vous avec le mythique oiseau bleu qui prenait chez eux des airs de religion, les rapports entre Monique Maréchal et Marcel Laffargue, déjà passablement fuyants, auraient pu en rester à ce stade-là. Mais Monique, mettant en pratique ses conceptions particulières de la gestion d'entreprise, avait conçu le projet de réunir l'ensemble des ouvriers de la fabrique pour envisager l'avenir de la faïencerie. Dans ce brainstorming avant-gardiste et novateur avec ceux qu'elle considérait plus comme des collaborateurs que comme des ouvriers, elle pensait tout autant puiser des idées utiles que faire avancer les siennes et dépasser ainsi les réticences qu'elle sentait naître à l'égard de ses projets. La motivation de tous, croyait-elle, favoriserait par ce biais la créativité, offrant une nouvelle jeunesse à la vieille fabrique qui, de son point de vue, ronronnait depuis trop longtemps. Sensible aux idées d'autogestion développées par le PSU créé quatre ans plus tôt, en avril 1960, sans doute un peu naïve en un temps où, dans le monde du travail, les relations et le dialogue social tenaient plus de l'épreuve de force que de la concertation, elle attendait beaucoup de cette rencontre.

Cet après-midi-là, cinq heures venaient juste de sonner au clocher de l'église du petit bourg paisible. Monique consultait avec un vif intérêt la revue *Art et Décoration* où elle cherchait un article sur les faïenceries de Martres-Tolosane quand Marcel Laffargue entra dans le bureau, telle une tornade. Le contremaître claqua la porte si brutalement qu'elle faillit se décrocher de son chambranle et la vitre manqua de dégringoler. En levant la tête, au premier coup d'œil Monique vit qu'il avait sa figure des mauvais jours. Son visage était presque cramoisi et les veinules violacées de ses joues semblaient prêtes à éclater. Les yeux lui sortaient de la tête, plus durs et noirs que jamais. La veine jugulaire à la base de son encolure de taureau battait la chamade, signe d'une colère sourde. Le cheveu filasse en bataille, il paraissait au bord de l'apoplexie. Avant qu'elle ait le temps de prononcer un mot, il l'apostropha violemment :

– Qu'est-ce que c'est que ce bordel ?

– Mais, qu'est-ce qui vous met dans un tel état, monsieur Laffargue ? fit Monique en adoptant un ton mesuré dans l'espoir de faire retomber la colère du contremaître qu'elle sentait prête à déborder.

– Depuis quand on donne des ordres au personnel ? explosa-t-il en posant ses gosses mains velues sur le bord du bureau. Personne ne vous demande de prendre des initiatives. Restez donc aux Taillades et occupez-vous de vos oignons !

– Calmez-vous, monsieur Laffargue, répondit Monique d'une voix plus ferme.

– Que je me calme ! Que je me calme ! Ah oui ! bien sûr… Mais pour qui tu te prends, putain ? glapit-il hors de lui, abandonnant le vouvoiement.

– Monsieur Laffargue, vous dépassez les bornes !

– Cette boutique, c'est moi qui la fais tourner ! Moi et moi seul !

– Mais, monsieur Laffargue, vous semblez oublier qui je suis !

– Toi, tu… tu… tu n'es qu'un parasite !

– Monsieur Laffargue, vous vous égarez !

– Tais-toi ! Tu ne seras jamais rien ici ! hurla-t-il, perdant tout contrôle de lui-même. Jamais, tu m'entends ! Jamais ! Jamais ! Et tu sais pourquoi ? Eh bien je vais te le dire ! Parce que tu es une fille de rien ! Parce que tu n'as aucun droit ici ! Aucun ! Aucun ! Aucun ! éructa-t-il, rempli d'une fureur qu'il ne maîtrisait plus.

– Sortez, monsieur Laffargue ! Sortez ! jeta froidement Monique en se dressant, exsangue, aussi pâle qu'une morte.

– Nous nous retrouverons ! Nous nous retrouverons ! Maudite soit ta race ! Tu ne vaux pas plus cher que l'autre ! lâcha-t-il en claquant la porte si fort que les murs tremblèrent.

Marcel Laffargue parti, Monique se laissa choir sur sa chaise, bouleversée. Mon Dieu ! Pourquoi fallait-il que les relations avec ce type soient aussi difficiles ? Elle était vidée par la tension nerveuse qu'elle avait dû déployer pour rester maître de la situation et ne pas se laisser aller à une déplorable surenchère verbale qui n'aurait fait qu'envenimer les choses, au risque, qui sait, d'aboutir à un pugilat. Seule sa grande habitude de la pratique de la scène et d'un public pas toujours facile lui avait permis de contrôler ses émotions. Bien au-delà d'un quelconque jugement de valeur sur ses compétences, ce type avait un caractère décidément impossible. Comment son père avait-il pu supporter un pareil bonhomme durant tant d'années ? Laffargue s'identifiait tant à cette fabrique qu'il avait dirigée qu'il la considérait comme sa chose, aussi possessif qu'un amant jaloux. Pas de doute, à ses yeux, Monique était l'intruse, l'empêcheuse de tourner en rond, peut-être même la considérait-il en son for intérieur comme l'ennemie à abattre ! Mais, cette fois, c'en était vraiment trop !

Monique était tout aussi éreintée par cet affrontement imprévu qu'ébranlée par les mots que le contremaître lui avait lancés et qui résonnaient en elle comme un écho lancinant. Pourquoi débordait-il de haine à son égard ? Qu'insinuait-il en lui disant qu'elle n'avait aucun droit ici ? Comme si d'ailleurs il en avait plus qu'elle ! Quant à ce qualificatif de « fille de rien » qu'il avait employé, il la blessait dans son honneur. Même si les relations avec son père avaient été difficiles dans le passé, même si, à un certain moment, elle avait choisi de partir pour connaître le goût de la liberté, elle restait une Maréchal. Et, ici, elle avait tous les droits. D'ailleurs n'était-elle pas revenue justement dans le but de reprendre l'entreprise familiale ? Est-ce la colère qui l'aveuglait au point de lui faire dire n'importe quoi ? Qu'est-ce qui permettait à Laffargue d'en douter ? Le rôle qu'il avait joué en assurant la marche des affaires courantes ? Elle ne lui faisait pas reproche d'avoir pris les commandes ! Si Laffargue voulait la guerre, il allait l'avoir !

Un peu apaisée, Monique releva la tête et promena un regard déterminé dans le petit bureau. Si Laffargue avait eu vent de sa persévérance à réussir dans les cabarets, il aurait compris qu'elle n'était pas du genre à baisser les bras. Elle regarda le décor autour d'elle, détailla l'agencement vieillot de la petite pièce. Elle ne supportait plus ce cadre de travail désuet qui ressemblait trop au contremaître. En attendant de changer le mobilier, d'opter pour quelque chose à la fois de plus fonctionnel et de moderne, un bon coup de peinture apporterait un air neuf qui correspondrait mieux à l'esprit nouveau qu'elle voulait insuffler à la fabrique. Elle en toucherait un mot à Raphaël, ce vieux républicain espagnol échoué à Martres-Tolosane en février 1939 au dernier acte du drame de la Retirada, qui servait d'homme à tout faire, se chargeant aussi bien des menus travaux d'entretien que de la confection des caisses d'expédition.

Ressentant le besoin impérieux de changer d'ambiance, de repousser l'horizon de ces murs qui respiraient la routine, Monique Maréchal décida de remonter aux Taillades où Rachel était restée. Elle se leva et rafla au passage son sac à main. Tirant derrière elle la porte ripolinée de rouge par le bouton de laiton, une bouffée d'air sucré vint lui caresser tendrement les joues. Que l'automne était agréable ici ! Quel bonheur de laisser l'autan mutin vous décoiffer ! Vingt-cinq ans de vie parisienne lui avaient presque fait oublier le charme de cette arrière-saison qui prenait des allures d'été indien. L'odeur du métro et le parfum des pots d'échappement ne lui manquaient pas. Il y avait maintenant trois semaines qu'elle s'était réinstallée sur la terre de ses ancêtres et elle ne regrettait en rien d'avoir pris la décision de revenir ici.

Les derniers mois passés à Paris avaient été atroces pour elle. Elle n'avait plus envie de soigner sa mise, de se maquiller. Seule, désemparée par la disparation de son mari, errant sans but dans cet appartement du XIe, le poids de la vie lui était apparu si pénible que des idées noires l'avaient même effleurée. Elle s'était surprise à éviter les ponts pour ne pas succomber à une funeste tentation. Elle n'avait plus la force de se produire sur scène, d'enchaîner les cachetons en première partie de spectacle, de sauter d'un récital à un autre, d'animer une soirée poésie puis de rentrer par le dernier métro. Elle ne se supportait plus dans cette capitale que le fantôme de Jeff habitait trop. La santé chancelante de son amie Rachel à qui le docteur Liebstein, pneumologue à l'hôpital Cochin, avait vivement conseillé d'aller respirer un air plus sain avait heureusement fait basculer le destin.

Monique monta dans la Citroën, mit le contact, puis attendit sagement que la suspension hydrostatique configurât la voiture pour la route. Se faufilant dans les rues de Martres-Tolosane, elle prit sans plus tarder la direction des Taillades. À l'entrée du chemin bordé d'aubépines d'où les merles s'enfuyaient à tire-d'aile dans un concert de cris indignés, Monique aperçut Japelune. Le vieil homme lui adressa au passage un grand bonjour. Arrêtant la voiture au pied du perron de la maison, elle vit que Rachel avait laissé la porte de la vieille demeure toute grande ouverte, sans doute pour faire profiter les vieux murs des dernières belles journées de l'automne. À deux pas de là, son amie avait installé son chevalet à l'orée du bosquet d'acacias qui se déplumait à chaque saute du vent. De cet endroit, on jouissait d'un magnifique panorama sur toute la vallée bordée par la silhouette tutélaire des Pyrénées que l'autan rendait encore plus proches. Assise sur une chaise en fer 1900, la dessinatrice de costumes de théâtre goûtait aux joies simples de l'aquarelle en plein air.

– C'est bien joli ! fit Monique dans le dos de Rachel pour observer le paysage en train de naître sous son pinceau.

– C'est juste une ébauche, tu sais… Il faut la travailler beaucoup plus sérieusement.

– Ah, si j'avais une once de ton talent ! lança Monique, toujours admirative des capacités artistiques de son amie.

– Tu arrives de bien bonne heure, dis-moi... fit Rachel en tournant la tête.

– Nous nous sommes encore accrochés avec Laffargue, répondit simplement Monique.

– Si tu veux mon conseil, tu devrais te séparer de ce type-là...

– Tu crois que c'est si simple ?

– Crois-en mon expérience, j'ai appris que, dans une boîte, il y a un seul patron et c'est tout.

– Il connaît bien le métier...

– Tu ne devineras jamais sur quoi je suis tombée en faisant du ménage en début d'après-midi...

– Et quoi donc ?

– Sur ça ! fit Rachel en lui tendant un agenda.

Le cœur de Monique fit un bond dans sa poitrine. Le carnet de son père ! Le fameux carnet que tout le monde avait cherché ! Ce carnet opportunément présumé disparu aux dires de certains, soi-disant bien informés ! Celui-là même qui avait alimenté les bruits les plus fous et les supputations les plus fantaisistes, souvent échangées à voix basse sur le ton de la fausse confidence, entre deux Ricard tomate et un muscat de Rivesaltes... Ah, que n'avait-on pas dit à son sujet ! Cette disparition avait nourri la rumeur des semaines durant aux zincs de bien des bistrots du pays. N'était-elle pas liée à celle de Gaston Maréchal ? Certains allaient jusqu'à avancer que c'était un concurrent jaloux qui l'aurait habilement subtilisé, prétextant que le fait paraissait louche aux gendarmes chargés de l'enquête.

Ce que Rachel tenait entre ses doigts était un gros calepin noir comme les ménagères les utilisent pour noter au fil des jours leurs dépenses quotidiennes, une recette de cuisine, un truc de bonne femme appris de la bouche d'une voisine ou les rendez-vous chez le coiffeur. L'agenda était bien loin de respirer le parfum du neuf qu'affectionnent les gamins lors de la rentrée scolaire. Recouvert d'une toile assez défraîchie pour se réduire par endroits à une simple trame, il présentait des auréoles jaunâtres dont il était difficile d'identifier si c'était de la sueur ou de la moisissure. Avec une épaisseur d'un bon pouce, entouré d'un large élastique usé et distendu au point qu'il en faisait deux fois le tour, on voyait bien qu'il avait passablement traîné : les coins, usés et racornis, laissaient voir l'âme cartonnée de la couverture, patinée par les ans.

– Mais où l'as-tu déniché ?

– Là où personne ne l'aurait jamais cherché ! Dans l'espace entre le coussin et le bras droit du fauteuil de ton père !

– Tu crois qu'il l'avait caché là exprès ?

– Je n'en sais rien… Peut-être a-t-il glissé, tout simplement !

– Tu l'as ouvert ?

– Évidemment ! Comment aurais-je su ce que c'était, sinon ? répondit Rachel en haussant les épaules avant de lui tourner le dos pour peaufiner son œuvre de quelques coups de pinceau adroits.

Monique tourna plusieurs fois l'agenda entre ses doigts, comme si elle semblait hésiter à l'ouvrir. Sans l'avouer, elle avait secrètement fondé tant d'espoirs sur sa découverte pour éclaircir les zones d'ombre qui entouraient la disparition de son père ! Et, maintenant, elle demeurait curieusement indécise, comme si le carnet lui brûlait les mains. Elle caressa tendrement la toile de la couverture, ternie par les saisons et les jours, effleura l'élastique distendu. À l'idée que son père avait été le dernier à l'ouvrir et le fermer, un intense émoi l'avait brusquement envahie. La gorge nouée, paralysée, elle devait lutter pour éviter d'être submergée par l'émotion. Elle demeura ainsi quelques secondes, presque interdite, sans voix, rattrapée par le temps et les années tant ce calepin servait à ses yeux de trait d'union avec ce passé qu'elle désirait aujourd'hui dominer sereinement. « Ouvre-le donc ! » lui intima Rachel qui la sentait bouleversée.

Nerveusement, les mains légèrement tremblantes, Monique ôta l'élastique noir sans ressort. Le cœur battant, elle feuilleta fébrilement les premières pages et l'écriture fine de son père lui sauta au visage comme l'odeur de ces pétales de rose séchés dont on fait les pots-pourris. Dans un méli-mélo digne d'un inventaire à la Prévert, il y avait là un étrange ramassis désordonné de notes le plus souvent destinées à n'être jamais relues, de dessins élaborés, de relevés de températures, de hauteurs d'eau empiriquement mesurées au pluviomètre, de croquis et de simples esquisses qui voisinaient avec des suites de chiffres en vrac quelquefois structurées dans l'une des quatre opérations. Parfois, l'écriture se densifiait sur plusieurs lignes, donnant ici ou là des passages beaucoup plus rédigés jusqu'à tenir par endroits presque une demi-page. Si Gaston Maréchal n'avait tenu aucun compte de la pagination datée du carnet, il écrivait par contre systématiquement chaque fois le jour et l'heure de ses notes.

À la vue de l'épaisseur de l'agenda, en tournant feuillet par feuillet, Monique comprit qu'il lui faudrait sûrement une bonne après-midi pour prendre le temps de tout lire. Aussi se hâta-t-elle d'arriver aux dernières pages, qu'elle présumait plus intéressantes. Elles étaient datées de la première quinzaine de mai 1960. La page du mardi 10 mai mentionnait dans l'après-midi un rendez-vous chez un dentiste de Saint-Gaudens pour arracher les restes d'une molaire défunte. L'opération avait dû être douloureuse pour Gaston Maréchal qui avait ajouté à la suite, d'une écriture un peu moins assurée que d'ordinaire, la mention laconique mais explicite « Ah, le salaud ! ». Suivait le nom compliqué d'un médicament se terminant par la désinence « cine », sans doute celui de l'antibiotique délivré par le pharmacien. La page suivante indiquait seulement « purée pommes de terre », référence probable à ce qui avait constitué son menu ce jour-là.

En arrivant à la dernière page, en date du samedi 14 mai 1960, Monique sursauta en déchiffrant les derniers mots que son père avait griffonnés. Concentrée en quelques graphes sèchement jetés sur le papier ligné de l'agenda, l'information avait le goût des choses si inattendues que sa tête mit un certain temps à en prendre toute sa dimension.

> *Putain de temps ! Il pleut depuis presque dix jours ! La Garonne est plus grosse que jamais. Laffargue est persuadé que les flots noirs vont faire sortir les brochets de leur trou. Il m'a donné rendez-vous à 7 heures à la ferme de Bordes-de-Rivière. Je n'ai pas bien envie d'y aller, surtout après l'avoinée que j'ai passée à ce con-là mercredi matin.*

Monique relut plusieurs fois le court paragraphe pour bien se persuader de la réalité de son contenu tant elle était surprise de ce qu'il lui apprenait. Marcel Laffargue, le contremaître de la faïencerie, avait invité Gaston Maréchal à une partie de pêche le jour de la disparition ! On pouvait en déduire sans trop s'avancer qu'il était sûrement le dernier à l'avoir vu vivant ! Pourquoi n'avait-il jamais rien dit ? Un funeste secret se cachait-il dans son silence ? Face à toutes les questions qui bourdonnaient dans sa tête de façon désordonnée, une évidence lui vint à l'esprit : quel que soit le détestable climat de leurs relations, dès demain il faudrait qu'il s'explique sur ce qu'il avait toujours soigneusement caché ! Le visage troublé, Monique referma l'agenda devant Rachel, toute interloquée par son brusque changement d'attitude. Sans lui laisser le loisir de poser une question, elle tourna les talons et s'éloigna en silence vers la maison, le dos voûté, alourdi par l'incertitude inattendue à laquelle elle se trouvait confrontée.

C'est autour d'un succulent plat de tomates de Marmande à la provençale préparées avec force de persil, d'ail et de chapelure dorée que, deux heures plus tard,

Monique consentit à aborder le sujet qui la minait, un verre de tursan fruité à la main : les circonstances troubles qui entouraient la mort de son père. Rachel qui la connaissait bien savait qu'en un tel moment il fallait surtout écouter son amie. Elle écoutait les questions qui allaient et venaient en désordre dans la tête de Monique, telles des billes d'acier zigzaguant entre les plots d'un flipper martyrisé. Elles rebondissaient de profondes convictions en folles suppositions aussitôt évacuées pour resurgir sous d'autres formes, naviguant entre doutes et certitudes, transcendées par moments d'une lucidité qui l'illuminait d'éclairs d'espérance ou d'une volonté de justicière vengeance. Finalement, à force de patience et de discussion, Rachel avait réussi au cours de la soirée à l'apaiser un peu.

Après une nuit passée à tourner et virer dans son lit, à écouter les « chotts » hululer, lugubres, dans les acacias qui entouraient les Taillades sans arriver à trouver un sommeil qui la fuyait, Monique Maréchal accueillit avec soulagement l'apparition des premières clartés. Ne pouvant se forcer davantage à rester au lit, elle descendit à la cuisine où Rachel, toujours très matinale, faisait chauffer une tasse de café noir. Après leur petit déjeuner avalé et un brin de toilette, une heure plus tard les deux femmes prirent le chemin de la fabrique. Personne n'était encore arrivé. Le gros matou au poil sale et graisseux qui régnait en maître dans la cour s'enfuit quand claquèrent les portières de la voiture. Tandis que son amie, un panier à la main, partait faire quelques emplettes à l'épicerie, Monique se saisit de la clé cachée dans l'anfractuosité du linteau de pierre qui dominait la porte du bureau. Elle poussa résolument le battant vitré et alla ouvrir tout grand la fenêtre dans l'espoir de faire entrer l'air frais matinal pour chasser la tenace odeur de tabac froid qui imprégnait de façon persistante les murs grisâtres. Sans attendre l'arrivée imminente des ouvriers, elle se saisit d'une demi-feuille de papier brouillon et de son léger paraphe féminin écrivit dessus :

Monsieur Laffargue,

J'ai retrouvé le carnet noir de mon père. Veuillez passer me voir de toute urgence dès votre arrivée.

Monique Maréchal.

Puis, Monique plia soigneusement la feuille en deux et, sans prendre la peine d'utiliser une enveloppe, elle alla déposer le papier sur la petite table nichée dans le réduit où le contremaître avait désormais élu domicile. De retour à son bureau, elle rangea des papiers qui traînaient, observa quelques instants par la fenêtre grande ouverte les ouvriers qui arrivaient les uns après les autres : les hommes, en bleu de travail, coiffés d'une casquette ou d'un béret, la cigarette coincée à la commissure des lèvres, arboraient pour la plupart une musette en bandoulière d'où émergeait le goulot d'une bouteille de verre capuchonnée de porcelaine blanche. Les femmes allaient presque toutes en tablier, les cheveux dissimulés par un fichu en guise de casque à mèches, souvent un cabas au bras. Refugié sous la camionnette de la fabrique, le matou au poil sale suivait, comme à l'affût, de ses prunelles mi-closes le rythme des arrivées. Par réflexe, Monique jeta un œil à la pendule publicitaire qui trônait au-dessus du classeur de bois verni. Huit heures et demie… Tout son petit monde était à l'heure ! Elle venait juste d'ouvrir le gros registre à couverture de carton jaspé qui servait de référencier aux fabrications lorsque Laffargue entra dans le bureau, la mine sombre et l'air plus renfrogné que d'habitude.

– Vous voulez me voir, prononça-t-il d'une voix mal assurée.

– Vous le reconnaissez ? lui répondit Monique en désignant l'agenda posé juste devant elle.

– Oui, c'est le carnet de votre père.

– Vous êtes surpris, on dirait…

– Non… Non… Mais où l'avez-vous donc trouvé ?

– Aux Taillades, dans son bureau…

– Dans son bureau ! Pourtant…

– Vos recherches y avaient été infructueuses, n'est-ce pas ?

– Je ne le cherchais pas spécialement, bafouilla-t-il, avouant ainsi être monté à la maison après la mort de Gaston Maréchal.

– Au fond, peu importe ! L'essentiel est d'avoir mis la main dessus, n'est-ce pas ?

– Sans doute…

– Il contient tant de précieuses informations ! Au fait, monsieur Laffargue, regardez donc la dernière page…

– Pourquoi ?

– Je pense que ça vous intéressera… Ouvrez-le et lisez ! ordonna Monique en lui tendant le gros calepin.

À son invitation pressante, Laffargue avança timidement une pogne velue pour se saisir de l'agenda. Monique nota mentalement que sa main était affectée d'un léger tremblement, comme s'il craignait de se brûler. Il regarda Monique, comprit que cette femme ne céderait pas et qu'il lui était difficile de reculer. Comme un gosse les doigts pris dans un pot de confiture, il tourna les pages lentement, cherchant à retarder l'instant final, comme s'il redoutait ce qu'il allait lire. De temps à autre, Monique l'encourageait d'un « Plus loin… Plus loin ! » qui obtenait pour toute réponse un vague grognement porcin. Parvenu à la dernière page, le sourcil froncé, les yeux injectés de sang, sa lippe graisseuse formant un double menton, Laffargue, plus écarlate que jamais, balbutia la voix cassée :

– Je ne vois pas ce qu'il y a de mal à avoir fait une partie de pêche…

– Oh rien, sinon que vous avez soigneusement caché être la dernière personne à l'avoir vu vivant ! J'attends vos explications, monsieur Laffargue.

– Mes explications ? bredouilla-t-il alors que le téléphone se mit à sonner de façon répétée.

– Oui, racontez-moi comment s'est passée cette fameuse partie de pêche…

– Vous me soupçonnez ? s'étrangla-t-il dans un glapissement de fausset.

– Je veux savoir, voilà tout ! Mais, si vous préférez prendre quelques moments de réflexion, nous en reparlerons en fin de matinée, fit Monique, et, la main posée sur le combiné de bakélite noir, elle se prépara à répondre, avant d'ajouter : À tout à l'heure, monsieur Laffargue, mais ces détails risquent fort d'intéresser la gendarmerie, ne croyez-vous pas ?

Laffargue, au bord de l'apoplexie, le visage aussi cramoisi que de la confiture de mûres, sortit presque à reculons de la petite pièce, aussi accablé que si le ciel lui était tombé sur la tête. Pendant qu'elle répondait au téléphone, Monique le vit s'éloigner et raser les murs de la fabrique pour regagner son cagibi. Ce drôle de personnage lui cachait sûrement bien des choses. De quoi le contremaître avait-il peur s'il s'agissait d'un accident ? À moins que les folles rumeurs n'eussent un soupçon de vérité, comme Daniel Lamothe le lui avait laissé entendre… Le téléphone s'était brusquement tu, laissant planer un silence angoissant. Pour retrouver un peu de sérénité, Monique se plongea dans la préparation d'une longue facture pour la fourniture d'un service complet au décor traditionnel de Samadet, choisi pour un cadeau de mariage par un notaire d'Auch.

Dans l'atmosphère malodorante du bureau, une heure et demie plus tard, Monique s'appliquait à taper consciencieusement sur les touches de la machine à écrire Japy. Elle prenait soin de bien aligner les chiffres en colonnes, et ce n'était pas aisé vu ses connaissances limitées en dactylographie. Brusquement, elle entendit des cris d'effroi qui résonnaient dans la cour. Monique leva la tête, quelque peu interloquée par ce vacarme inhabituel. Plusieurs ouvrières couraient en tous sens. L'instant d'après la porte du bureau s'ouvrit à la volée et Pauline Navarro, l'une des décoratrices, fit irruption dans la pièce, en proie à une agitation qui n'était pas coutumière à cette femme calme d'une cinquantaine d'années. Pâle, le visage décomposé, tremblant de tous ses membres, sur le point de défaillir, elle bredouilla d'une voix blanche :

– Ahhh Madame ! Madame ! Madame…

– Qu'est-ce qu'il y a ?

– Venez vite ! Ahhh venez vite… C'est affreux !

– Eh bien quoi, Pauline ? Expliquez-vous…

– Mon… sieur… M. Laffargue…

– Calmez-vous, que diable ! Voyons, Pauline, il n'y a pas mort d'homme !

– Oh si ! hurla-t-elle, envahie d'épouvante.

– Comment ?

– M. Laffargue… il s'est…

– Quoi ? fit Monique, se dressant comme un ressort.

– Il est pendu !

– Que dites-vous ?

– Il s'est pendu !

– Pendu ? Où ça ?

– Au… Au-dessus des fosses de décantation !

– Bon sang !

Monique Maréchal eut l'impression que le ciel lui tombait sur la tête. Elle se leva avec autant de vivacité que si une de ces vipères aspics qui traînent dans les rocailles, l'avait piquée. Elle se rua dehors et traversa la cour aussi vite qu'elle pouvait malgré sa jupe étroite. Poussant le grand battant ripoliné en rouge, elle ne put retenir un cri d'effroi en découvrant dans la pénombre la silhouette trapue du contremaître, les pieds dans le vide, suspendu à la poutre de la charpente en bois par un morceau de ces solides cordelettes en chanvre qui servaient ordinairement à ficeler les cartons pour les expéditions peu volumineuses. Machinalement, elle pensa que la tête faisait un angle curieux avec le reste du tronc. Mais l'image était si violente que Monique, qui n'avait jamais vu de pendu de sa vie, manqua défaillir. Elle sentit le sol se dérober sous ses pieds et dut s'appuyer contre le montant du portail pour ne pas s'effondrer. Elle ferma les yeux pour tenter de chasser cette vision puis elle tourna les talons, sortit d'un coup pour tomber dans les bras de Pauline Navarro, en larmes, glacée de frayeur, qui n'avait pas osé franchir le seuil du hangar.

« Surtout, ne touchez à rien ! » lança-t-elle à haute voix aux ouvrières groupées dans la cour qui tentaient de se réconforter mutuellement.

Précipitamment, Monique entraîna vers le bureau la décoratrice qui avait découvert le corps. Elle la fit asseoir d'autorité sur une chaise avant de se jeter sur le téléphone. Le souffle court, Monique appela les pompiers. Sa voix était blanche, hachée par l'émotion. Elle répondait aux questions par monosyllabes. Puis, épuisée, elle reposa le combiné et tenta de retrouver une respiration plus normale. Avisant à côté de la machine à écrire le petit meuble qui servait ordinairement de réserve à papier et de fourre-tout, elle prit une bouteille d'armagnac hors d'âge qui servait parfois à finaliser une vente avec un client. Elle en avala cul sec une gorgée avant de la tendre, derechef, à Pauline Navarro hébétée, qui pleurait la tête entre ses mains. Remontée par la brutalité matinale d'un alcool qui lui brûlait le gosier, elle ouvrit son sac à main, prit son mouchoir de fil blanc et le donna à la décoratrice, effondrée sur sa chaise. Sa main accrocha au passage un petit bout de papier qui dépassait de la pochette intérieure. C'était le numéro de téléphone de Daniel...

Les pompiers, casernés dans le bourg voisin de Cazères, une charmante petite ville en bordure de Garonne forte de 3 200 habitants, étaient à sept kilomètres de là. Ils mettraient au moins quinze bonnes minutes pour arriver avec la Renault estafette qui leur servait de véhicule de premiers secours. Alors, sans hésiter, Monique décrocha le téléphone et appela l'opératrice. « Vite, mademoiselle, passez-moi le 675... C'est urgent ! » jeta-t-elle dans un souffle. Daniel Lamothe habitait à moins de deux cents mètres d'ici et, si elle avait besoin de lui, c'était bien en ce moment ! La conversation fut brève, conclue d'un simple « J'arrive ! ». Quand elle reposa le combiné, Monique était complètement vidée. Quelques minutes avant que le pin-pon sonore des pompiers ne se fasse entendre, Rachel arriva, Daniel sur ses talons. Monique leur raconta tout d'un trait.

– Oh, mon Dieu ! Quelle histoire ! Quelle histoire ! répétait Rachel, retournée aussi par la tragédie. Tu crois que c'est à cause du carnet que j'ai trouvé hier dans le bras du fauteuil ?

– Ça me paraît hélas inéluctable... Mais tu n'y es pour rien... C'est moi ce matin qui l'ai convoqué au bureau pour qu'il m'explique comment le drame s'était noué. Je voulais savoir la vérité sur la mort de mon père...

– Personne ne vous reproche rien, dit Lamothe.

– Je me sens malgré tout coupable. Je n'aurais pas dû le pousser à bout...

– Arrêtez de vous torturer ! Vous ne l'avez pas formellement accusé, n'est-ce pas ?

– Non, bien sûr...

– Croyez-moi, il ne devait pas être si blanc que ça, le Laffargue.

– Qu'est-ce qui vous fait dire ça ?

– Parce que les conneries, c'est comme les impôts, on finit toujours par les payer ! balança, laconique, Daniel en haussant les épaules, les mains dans les poches, le cheveu toujours aussi mal discipliné.

– C'est une drôle d'oraison funèbre que vous lui faites là, ne put s'empêcher de relever Monique.

– Sa mort signe sa confession, non ? lui rétorqua Daniel qui n'avait jamais vraiment cru à la disparition accidentelle de Gaston Maréchal.

– Sans doute... Sans doute ! répondit Monique, songeuse et toute bouleversée par ce geste qui sonnait à l'évidence comme un ultime aveu.

– Se pendre, c'est si horrible, balbutia Rachel d'une voix presque inaudible, les yeux soudain embués de larmes, le regard perdu dans un ailleurs qui était son histoire et que cette image faisait resurgir d'un passé qu'elle ne parviendrait jamais à oublier.

Déportée à Ravensbrück à l'âge de dix-sept ans, Rachel Tennenbaum portait elle aussi le poids de son passé. Lorsqu'elle fermait les yeux, les soirs de déprime, les images des pendues défilaient devant elle, s'entremêlant en un kaléidoscope chaotique, zébré d'éclairs fulgurants qui éclairaient sa nuit pour mieux souligner les ombres des disparues d'hier. Chassant au prix d'un effort surhumain l'insoutenable barbarie des hommes, elle se revoyait, débarquant de ce train dans sa robe de bure puis, dans les années d'immédiat après-guerre, jeune femme au regard encore vide, vêtue d'une jupe fournie par le Secours-Rouge, dans le minuscule appartement de deux pièces où elle habitait avec sa mère au troisième étage d'un immeuble insalubre du XIe arrondissement qui donnait sur une petite cour sombre et grise, encombrée de poubelles malodorantes que les chats se plaisaient à fouiller. Semblable à une prison entourée de murs gris, la courette exhalait une odeur de pisse fétide qui mettait le cœur au bord des lèvres de celui qui s'y risquait.

Mélancolique et rêveuse, parfois un rien mystique, armée d'un compas en laiton jaune, Rachel avait passé des soirées entières à dessiner de savantes arabesques au dos des enveloppes de réexpédition usées que leur voisin, facteur intérimaire, récupérait au fil de ses tournées. Frissonnante malgré le chandail de laine posé sur les épaules dans l'appartement mal chauffé, restriction de charbon oblige, elle écoutait le tic-tac monocorde de la machine à coudre. En un crescendo mécanique, il remplissait l'air de la cuisine, lancinante mélodie qui se déchaînait par instants en une furieuse mélopée, suite au balancement du pédalier lancé avec force par les pieds de Maman dans l'odeur fade de la soupe de fanes de choux cuisant sur le fourneau à gaz Sauter.

Oui, la besace était lourde certains soirs. À tel point que le fardeau avait pris à certains moments de sa vie des allures de croix, un comble au vu de ses convictions religieuses. Certes, tout le monde a des soucis, des choses difficiles à oublier au quotidien. Un père trop sévère, des enfants un zeste turbulents, un patron autoritaire, des collègues médisants, des fins de mois délicates, une belle-mère envahissante... Mais, quand on s'appelle Tennenbaum, l'oubli se réfère à d'autres aspects de l'Histoire. Le passé lui-même prend une curieuse odeur. L'odeur froide et glacée de la mort. Elle assèche le palais des vivants par son goût de la cendre se mêlant à la fumée des crématoires où les vôtres ont disparu, happés par le vent de folie de l'Histoire. Telle une immonde bête rampante juste assoupie, l'odeur plane, insidieuse, imprégnant vêtements et souvenirs pour vous coller à la peau aussi douloureusement qu'une tunique de Nessus. Comment pourrait-elle jamais oublier cette tragédie ? Elle avait imprégné sa jeunesse jusqu'à la polluer à jamais !

– Rachel... Rachel... Ne te fais pas du mal ! murmura Monique en lui mettant affectueusement la main sur l'épaule pour essayer de l'aider à chasser les fantômes du passé.

– Peut-être a-t-il laissé quelques explications à son geste, se hasarda Daniel, histoire de briser la chape de douloureux silence qui accablait la jeune femme transformée en une statue de sel.

– Ah, les voilà ! ils arrivent enfin ! s'exclama Monique en voyant l'estafette rouge des pompiers suivie de la Renault 4 des gendarmes, surmontée de son gyrophare bleu, klaxon hurlant, s'engouffrer dans l'entrée de la fabrique et s'arrêter au milieu de la cour.

Après un macabre ballet, marqué de claquements de portières dont la plupart, détournant la tête, essayèrent de s'écarter, vint naturellement le temps des questions posées par les gendarmes. Leurs investigations furent rondement menées. L'évidence ne faisait aucun doute. Confondu par la découverte du carnet noir qui dévoilait son rendez-vous avec Gaston Maréchal et le désignait comme le témoin principal du drame, source d'une légitime suspicion, mais aussi victime de sa soif de pouvoir, en situation de conflit latent, pour la direction de l'entreprise, avec la fille comme il l'avait été avec le père, Laffargue avait choisi une porte de sortie pour éviter de faire face aux graves accusations qui pesaient sur lui. D'ailleurs, pour corroborer cette hypothèse, sur la petite table éclairée d'un fenestron qui servait de bureau au contremaître, les enquêteurs mirent la main sur une feuille de papier à l'en-tête de la faïencerie où il avait griffonné quelques mots à la va-vite qui résonnaient à eux seuls comme une confession :

> *J'ai pas voulu tuer Gaston Maréchal. Depuis des années, il voulait tout changer, piétinant la tradition et tous nos savoir-faire. Une fois de plus, c'est lui qui m'a cherché des noises. L'explication a mal tourné : ce salaud m'a giflé. On s'est battus, je l'ai poussé et il est tombé sur un caillou en bord de rivière. Je l'ai cru mort, j'ai eu peur qu'on m'accuse du crime et j'ai tiré son corps dans l'eau pour faire croire à une noyade.*
>
> *Cette fabrique est toute ma vie, je ne pourrais jamais faire autre chose.*

Ainsi, les rumeurs trouvaient leur fondement et les intuitions de Daniel s'étaient révélées justes...

Les pompiers puis les gendarmes enfin partis, devant l'immense émotion qui secouait le personnel de la fabrique, laissant ces hommes et ces femmes aussi désemparés que des pantins, errant comme des zombies d'un endroit à un autre, Monique décida de donner congé à tous pour la journée, jugeant que personne n'aurait du cœur à l'ouvrage. Les décoratrices auraient la main bien trop tremblante pour exécuter les ibis stylisés qui faisaient la renommée de la faïencerie ! Chacun avait bien besoin de retrouver un peu de paix intérieure pour reprendre le travail avec sérénité. Même s'il était un dur à cuire, peu amène et retors, Marcel Laffargue avait été aussi, sans nul doute, un faïencier d'un grand professionnalisme.

10

Un lourd secret

Propagée par les vertus communicatives du bouche à oreille, en quelques heures à peine la nouvelle de la disparition de Marcel Laffargue s'était répandue comme une traînée de poudre dans tout Martres-Tolosane, faisant bien plus vite encore le tour du pays que le retour de Monique. Quatre ans après le décès de son patron, un nouveau drame touchait la faïencerie Maréchal ! Il y avait là de quoi émouvoir les bonnes âmes tout autant qu'étancher la soif inextinguible de ceux qui nourrissent la fontaine à cancans en distillant à loisir les ouï-dire, ces rumeurs amorcées ici en patois, à l'oreille, en un « sàbets pas… ». Dans ce paisible bourg du Midi toulousain d'environ 2 000 habitants, sous les platanes aux feuilles jaunissantes, chez le boulanger comme chez l'épicier, en balayant son trottoir, partout on ne parlait que de ça. Certains en faisaient des gorges chaudes, d'autres manifestaient une compassion plus ou moins sincère, tandis qu'ici et là les langues se déliaient, diffusant dans leurs sous-entendus un fiel malveillant.

Gaston Maréchal était-il décédé en se brisant malencontreusement le crâne sur un caillou ou bien, simplement assommé par sa chute, avait-il bêtement péri noyé, victime de la panique de son contremaître ? Marcel Laffargue avait emporté le secret dans sa tombe, si tant est qu'il en ait eu lui-même conscience, selon les termes de sa propre lettre d'aveux. Faute d'autopsie pratiquée sur le moment, à l'époque, tant la noyade paraissait évidente, nul ne connaîtrait jamais la vérité et toute action en justice était désormais éteinte. Parce qu'il était célibataire endurci, sans autre famille qu'un neveu éloigné dans la Sarthe qui, en l'absence de véritable héritage, ne se dérangea même pas, il y eut bien peu de monde pour accompagner Marcel Laffargue à sa dernière demeure, une simple tombe surmontée d'une croix de bois, creusée dans le sol non loin du carré des indigents. D'un tacite accord, aucun employé de la faïencerie ne suivit le cercueil. Il était difficile, pour ne pas dire inconvenant, de rendre hommage à celui qui était responsable de la mort du patron !

Attentive aux conseils de Georges Arnaud, l'un des plus vieux ouvriers, chargé de la délicate maîtrise de la double cuisson, étape qui jadis faisait jeter des fournées entières de faïences défectueuses, Monique Maréchal fit courageusement face les jours suivants en l'absence de contremaître. Plus soucieuse que jamais de son image face à son personnel, elle mettait un point d'honneur à arriver toujours la première au bureau. Mais, loin d'elle l'idée de s'enfermer dans cette petite pièce repeinte désormais de frais ! Aucun risque qu'elle devienne la tour d'ivoire du management lointain !

Monique suivait les multiples étapes de toute commande, du façonnage à l'ultime cuisson. Elle se montrait vigilante à la perfection de chaque pièce, digne fille de son père, maître respecté de cette alchimie de la terre et du feu.

Bien souvent, Rachel l'accompagnait. Manifestant peu de goût pour la paperasserie, elle rejoignait l'atelier où les décoratrices de la maison œuvraient avec talent. Son sourire et sa gentillesse naturelle l'avaient vite fait accepter de ces femmes aux doigts d'or qui traçaient les contours du décor en évitant le plus possible de toucher la pièce posée sur la tournette, ce tour de potier à pied fixe. Les compétences de Rachel, aussi bien dans l'art de manier le pinceau avec dextérité pour dessiner des ibis polychromes, des décors à personnages ou des motifs de roses de Montpellier que d'utiliser les poncifs les plus complexes, avaient fait le reste. Vite au fait de la technique, sa sensibilité d'artiste trouvait là un terrain pour laisser s'épanouir pleinement sa maîtrise du trait. L'originalité de ses créations renouvelant les thèmes traditionnels la faisait apparaître comme une nouvelle grande signature.

Au fil des semaines, avec cet autan de novembre qui achevait de dénuder les arbres de leurs dernières feuilles, avec ces feux de bois que l'on allume et qui se meurent, avec ces étourneaux qui se rassemblaient pour leur grand voyage annuel, Monique et Rachel sentaient bien chaque matin un peu plus que l'automne s'était définitivement installé dans le val de Garonne. Quelques gelées avaient même fait une timide apparition et les parapluies retrouvaient toute leur utilité. Avec ces jours devenus de plus en plus courts où l'atmosphère se chargeait de masses lourdes cotonneuses, la luminosité glorieuse de l'été indien n'était plus qu'un souvenir lointain et défunt. Bien souvent, après cinq heures du soir, il fallait allumer la lampe dans les ateliers pour retarder la progression des ténèbres et atteindre ainsi vaille que vaille l'heure du débauchage.

Si à la fabrique la vie avait repris son cours, Monique Maréchal, tout en vaquant aux multiples tâches qui l'accaparaient au quotidien, ne pouvait s'empêcher de ressasser de nombreuses questions demeurées sans réponse à ses yeux. Ainsi, l'attitude de Marcel Laffargue dont elle pensait pourtant avoir cerné la complexe personnalité, la tragédie de ce destin imprévu, tout la troublait, tout lui paraissait irrationnel. Même si la mort de son père était accidentelle, ce qui était du domaine du plausible, la panique pouvait-elle justifier la réaction impulsive du contremaître ? Et pourquoi dès son retour s'était-il senti brusquement dépossédé ? Craignait-il à ce point de perdre son pouvoir ? Elle n'avait pas le premier jour clairement manifesté le désir de reprendre formellement la direction de l'affaire... Pourquoi s'était-il autant investi dans la fonction patronale à la disparation de son père ? Pourquoi Laffargue s'était-il aussi maladivement identifié à l'entreprise familiale ? L'amour du travail de la faïence, la bonne marche de l'entreprise ne sauraient tout expliquer ! Fallait-il qu'il s'en considère comme le seul héritier légitime pour lui jeter au visage qu'elle n'était rien ici ! Mais qui pourrait l'éclairer ? Sans être d'un tempérament paranoïaque, Monique avait parfois l'impression de se heurter à un mur. Comment briser le silence qui l'entourait ?

Toutes ces secrètes interrogations auraient pu rester longtemps sans réponse si, le dernier samedi de la fin novembre, en remontant de la faïencerie vers les Taillades un peu plus tôt que d'habitude, Monique et Rachel n'avaient rencontré le vieux Japelune. Le jour déclinait déjà assez fortement pour qu'on le distingue à peine de la nuit. La bêche sur l'épaule, le vieil homme rentrait tranquillement chez lui en claudiquant, sa journée de travail achevée, lorsqu'il aperçut la Citroën des deux femmes, cherchant sa route entre chien et loup dans le pinceau jaunâtre des phares. Jaillissant d'un chemin de traverse, Monique le vit au dernier moment. Vêtu de son bleu de travail tout rapiécé, un camouflage presque parfait dans la nuit tombante, il s'en fallut de peu que la berline ne l'accrochât au passage bien qu'elle roulât à faible vitesse. Inconscient du danger qui l'avait frôlé, le vieil homme, reconnaissant la voiture, porta la main à son béret en signe de vague salut. À sa surprise, le break qui d'habitude continuait sa route s'arrêta brutalement quelques mètres plus loin. Monique baissa la vitre et, passant la tête par la portière, appela Japelune :

– Monsieur Dedieu ! Vous m'avez fait une de ces peurs ! J'ai bien failli vous écraser !

– Macarel ! Voilà qui aurait sûrement fait plaisir à mes petits neveux, répondit avec humour le vieil homme qui n'avait pas de descendance.

– Vous devriez porter un brassard réfléchissant comme les cyclistes, conseilla Rachel, ce serait plus prudent.

– Oh… Ce n'est pas la nationale ici !

– Au fait, monsieur Dedieu, si vous avez un moment demain, passez donc me voir aux Taillades, disons vers les onze heures, reprit Monique, prise d'une subite inspiration.

– Mais…

– À demain, monsieur Dedieu… À demain… lança Monique en démarrant sur les chapeaux de roues.

Japelune était aussi ponctuel que les omnibus de la SNCF qui faisaient parfois halte à Martres-Tolosane. Gravissant les marches usées du perron, d'un léger coup de heurtoir il frappa à la porte des Taillades à onze heures précises. Quand Monique ouvrit le ventail quelques secondes plus tard, elle faillit ne pas le reconnaître tant l'homme qui était devant elle était méconnaissable. Rasé de frais, il n'arborait plus cette hirsute barbe de poils gris et blancs qui dévorait d'ordinaire son visage où les saisons de la vie avaient creusé de profondes ravines. Maurice Dedieu avait, de plus, délaissé son traditionnel bleu de travail tout rapiécé pour le pantalon de toile et la veste de coutil qu'il enfilait le premier mardi du mois pour descendre au marché vendre quelques lapins et cinq ou six douzaines d'œufs. Ainsi endimanché, l'homme faisait plus propre à défaut d'apparaître plus jeune.

N'ayant pas souvent eu l'occasion au cours de sa vie de passer le seuil de la vénérable demeure, vu la différence sociale entre son rang de paysan et celui d'une famille de maître faïencier, Japelune paraissait aussi intimidé que les écoliers lorsqu'ils quittaient les bancs de la communale pour affronter ceux du collège et de leur entrée en sixième. Entre ses mains noueuses et ses ongles sales, ces pognes, habituées à manier le bigou, cette bêche que l'on utilise dans ce Grand Sud, ou à tenir les mancherons de la charrue, trituraient un béret neuf. Monique le salua et l'introduisit promptement dans le salon. Dans ce décor bourgeois, le vieux paysan ne savait comment se tenir. Il tournait la tête de droite et de gauche, laissant errer son regard du piano droit aux fauteuils de merisier de style 1900 en passant par la vitrine de l'armoire qui offrait de multiples et rares spécimens de faïence.

– Asseyez-vous, nous serons mieux pour bavarder, monsieur Dedieu…

– Vous voulez me parler de la haie de mon bien qui touche à votre propriété ? Ah, c'est vrai qu'elle a beaucoup poussé ces dernières années ! Que voulez-vous ! Votre maison était inhabitée… Mais, vous avez vu… j'ai commencé à la tailler !

– Non, il ne s'agit pas de ça…Voilà… Comment vous dire ? Maurice, vous permettez que je vous appelle ainsi ?

– Bien sûr, mademoiselle, bien sûr…

– Je… Je… Je voudrais savoir s'il y a un secret autour de ma naissance !

– Vous savez, mademoiselle, des secrets il y en a partout !

– Taratata… Vous n'ignorez pas les relations difficiles que j'avais avec mon père. C'est d'ailleurs l'une des raisons de mon départ. J'ai souvent eu l'impression que celui-ci ne m'a jamais aimée. Je veux savoir pourquoi… Alors répondez-moi, Maurice !

– Qui vous a parlé de ça ?

– Laffargue m'a affirmé que je n'avais aucun droit ici...

– Ah, celui-là ! Je me demande bien comment il pouvait connaître toute cette histoire, marmonna Japelune entre les rares dents qui lui restaient.

– Vous voyez bien qu'il y a un secret...

– Les secrets, ça ne se dit pas ! Sinon, c'est plus des secrets... répliqua le vieil homme d'ordinaire si bavard.

– Sauf que celui-là, il me concerne. Maurice, j'ai droit à la vérité !

– La vérité... La vérité... répéta le vieil homme. Faut la demander à Pascaline, la vérité !

– Pascaline Marasset, la mère de Clémence ?

– Oui... C'est elle qui sait tout !

– Vous avez vu son état ?

– On m'a dit qu'elle est comme retombée en enfance...

– Elle n'est plus guère en état de parler, en effet, et moi, je sais que vous savez aussi...

– C'est délicat, voyez-vous, mademoiselle, murmura Japelune, gêné et troublé.

– Et pourquoi donc ? insista Monique doucement. Dites-moi...

– C'est que moi, je ne veux pas vous faire de peine...

– Asseyez-vous, Maurice ! Je ne vous lâcherai pas tant que vous ne m'aurez pas dit toute la vérité, répliqua Monique d'une voix déterminée.

Mal à l'aise, Japelune s'assit et baissa les yeux, n'osant soutenir son regard. À voir sa pomme d'Adam monter et descendre, on voyait bien qu'il hésitait, comme si la force mystérieuse d'un serment lui interdisait encore toute parole. Puis, il soupira comme s'il était perdu dans les souvenirs d'un autre âge. Finalement, pressé par les questions de Monique, l'histoire qu'il consentit à lui raconter sur un ton de confession avait vraiment de quoi bouleverser la fille de Gaston Maréchal. D'une voix monocorde qui contrastait avec son élocution d'ordinaire si claironnante, ce qu'il lui révéla en un long monologue était aussi insolite qu'un coup de tonnerre dans un ciel clair.

– C'était pendant la guerre, la grande, bien sûr... commença-t-il. Miraculeusement, j'avais été réformé en avril 1914 parce que j'avais les pieds plats et j'ai donc échappé à la bataille de la Marne, ce qui m'avait valu d'ailleurs une réputation de tire-au-flanc imméritée. Comme j'en avais marre qu'on me prenne pour un planqué, je me suis engagé au printemps 1915 mais il m'a fallu passer devant la commission de réforme qui curieusement m'a reconnu apte à aller au casse-pipes. J'avais opté pour l'artillerie mais, finalement, je me suis retrouvé au 63e RI avec les gars du Limousin. Faut croire qu'ils avaient besoin de tout le monde ! Je suis juste arrivé à temps pour les rejoindre avant leur départ pour Arras. Le 25 septembre, on a été engagés sous les ordres du commandant Bonnal. Un éclat de grenade m'a démoli l'articulation du genou. Les infirmiers m'ont ramassé. Après cinq mois d'hôpital, je suis rentré au pays. Pour moi, la guerre était finie !

– Une bonne blessure... mais quel rapport avec moi ? demanda Monique, presque déçue.

– J'y viens... J'y viens, poursuivit-il. À ce moment-là, à la veille de Verdun, le front avalait de plus en plus de conscrits. On mobilisait même les classes par anticipation. Les hommes jeunes, surtout dans les campagnes, étaient de plus en plus rares. Hormis mon léger handicap, j'étais en bonne santé et vaillant... C'est peut-être ce qui m'a rapproché de Pascaline Marasset. Elle travaillait chez votre père et, malgré mon handicap et bien qu'elle ait un an de plus que moi, je me suis mis à lui faire la cour. C'était en mai 1917... Elle avait juste vingt-quatre ans et ne voulait pas devenir catherinette !

– Vous et Pascaline ? fit Monique, éberluée.

– Oui... Qu'est-ce que vous croyez ? Nous étions sages ! Pascaline montait deux ou trois fois par semaine de la faïencerie avec Coquette, l'ânesse dont votre père se servait alors à cause du rationnement d'essence. Nous nous donnions rendez-vous à l'orée du bois d'acacias, de l'autre côté de la haie que vous m'avez vu tailler. Mon Dieu, pourquoi je vous raconte tout ça...

– Continuez, Maurice, continuez...

– Pascaline attachait Coquette à un arbre et on avait une heure à nous. On était heureux, quoi... Le printemps arrivait. L'air sentait bon. Le soleil brillait. Comme nous, les oiseaux faisaient leur nid dans le buisson d'aubépines en fleur. À l'époque, aux Taillades, votre père a gardé un nouveau prisonnier de guerre allemand. C'était un certain Rösener ou quelque chose comme ça... Il servait d'homme à tout faire. Un tout jeune garçon... grand, blond, les yeux bleus, un vrai Teuton mais un brave gars, originaire du Wurtemberg.

Tout le monde l'appelait Friedrich et, malgré la haine viscérale des Boches que nos maîtres d'école nous avaient apprise, on l'aimait bien. Il était vaillant, bien élevé et à l'église, le dimanche, il jouait de l'orgue. Ce type-là n'aurait pas fait de mal à une mouche ! Avec Pascaline, on se coucounait tendrement une belle après-midi du mois de mai quand on a eu la surprise de notre vie…

– Et de quoi s'agissait-il donc ?

– Ben du beau Friedrich, té pardi ! Mais… Macarel… Comment vous dire, balbutia Japelune en cherchant ses mots. Le Friedrich, il n'était pas tout seul…

– Qui était l'autre personne ?

– Mon Dieu, mademoiselle… C'était… C'était Marguerite, votre mère !

– Ma mère ?

– Oui…

– Continuez, je vous prie, murmura Monique, profondément troublée.

– Il la lutinait et elle… elle roucoulait comme une tourterelle turque ! Mon sang n'a fait qu'un tour. Pensez donc ! Un Boche… Il avait beau être correct, le Friedrich, c'était tout de même un ennemi… J'étais prêt à lui faire rendre gorge. Mais Pascaline m'a mis la main sur la bouche en me murmurant à l'oreille : « Laisse ! Ils ont bien le droit de s'aimer, eux aussi. » Alors on s'est faits tout petits dans notre buisson, se jurant de ne jamais en parler à quiconque. Entre Pascaline et moi l'histoire s'est terminée au début de novembre 1917, juste au moment où les bolcheviks prenaient le pouvoir en Russie. Mais l'un comme l'autre, depuis quarante-sept ans, nous avons tenu parole.

Libéré du poids du secret qu'il portait, Japelune avait vite retrouvé son babillage naturel. Monique l'écoutait avec une attention avide, passionnée de tous les détails. Maurice Dedieu lui expliqua que le jeune Allemand, pianiste de profession à Stuttgart avant que la guerre ne le jette dans l'horreur des tranchées, en lui apprenant à manier aussi bien la pelle que le fusil, était cultivé et parlait très bien le français. « Même mieux que certains d'entre nous d'ailleurs, pour qui le patois restait la langue maternelle malgré tous les efforts de nos maîtres », avait ajouté en souriant Japelune. À vrai dire, cela n'avait rien d'étonnant : le PGA Friedrich Rösener avait des origines maternelles françaises dont il était fier. Un de ses aïeux était natif du Mas d'Azil en Ariège, là où en 1625 un millier de protestants, encerclés derrière les remparts, avaient plus d'un mois durant résisté à l'armée royale de 14 000 hommes du maréchal de Thémines. De là, la famille de son ancêtre s'était réfugiée dans les Cévennes avant de s'en faire bientôt chasser par les dragons de Villars qui, sur ordre de Louvois, pourchassaient les huguenots dans le royaume désormais très catholique du Roi-Soleil.

– Mais pourquoi ma mère s'est-elle donc laissé séduire par ce jeune soldat, un ennemi de surcroît ?

– Ah ! Que voulez-vous, mademoiselle… L'amour n'a ni patrie ni frontière ! Faut pas lui jeter la pierre, à votre mère ! Gaston Maréchal était si autoritaire ! Ce n'était pas un mari bien tendre pour une jeune épousée. Vous savez bien comme il parlait rudement à tout son monde... Tandis que ce Friedrich Rösener avait l'art et la manière. Ce beau garçon avait du charme et il jouait si bien du piano !

– De quoi faire succomber Marguerite à la tentation d'une aventure...

– Plutôt une liaison ! Entre Friedrich et madame votre mère, ça a duré plusieurs mois.

– Plusieurs mois !

– Oui, à deux reprises, je les ai surpris ensemble. Aussi, quand j'ai vu le ventre de votre mère s'arrondir, au printemps 1918, j'ai eu vite fait de comprendre...

– Je serais donc la fille de ce Friedrich, balbutia Monique qui avait soudain l'impression que le ciel lui tombait sur la tête.

– Il y a des chances... Pensez donc ! Ça faisait bien sept ans qu'elle était mariée avec Gaston et aucun enfant n'était encore venu au monde...

– Mais comment n'ai-je jamais rien su, rien pressenti ?

– Ah, d'abord, cette histoire, ce n'était pas mes oignons et, quoique les gens en pensent, je sais tenir ma langue ! Et puis, ajouta-t-il en baissant un peu la voix, j'avais aussi le sentiment d'en être un peu complice...

– Et mon père, Gaston Maréchal, était au courant de cette infidélité ? articula péniblement Monique, bouleversée par ces révélations.

– Vous pensez bien qu'il ne m'a pas fait ses confidences ! Tout comme il s'est bien gardé de crier sur les toits son infortune...

– Pour sauver la réputation de la famille, il a donc accepté l'enfant…

– Tout juste…

– Pour lui, j'étais toujours la fille du Boche, soupira Monique d'une voix blanche.

Tassée sur son fauteuil en merisier aux pieds tarabiscotés, Monique était anéantie. Une larme vint perler à la commissure de ses yeux qu'elle effaça d'un doigt tremblant. Maurice Dedieu s'était tu, la laissant digérer en silence le lourd secret qu'il avait lui-même porté des années durant. Accablée, Monique comprenait maintenant le ressentiment que Gaston Maréchal avait dû éprouver chaque matin, au fil de son enfance, en voyant la gosse qui portait son nom. À ses yeux, cette fillette était un reproche vivant, la trace durable de son malheur conjugal, une blessure jamais cicatrisée. Gaston Maréchal, homme de devoir qui cachait une sensibilité de créateur et une âme d'artiste sous une brutale autorité, n'avait jamais pu pardonner son déshonneur à sa femme.

– Et cet Allemand, qu'est-il devenu ?

– Quelques semaines après votre naissance, le beau Friedrich a brusquement quitté le pays.

– Sans explications ?

– Il n'a pas eu le temps !

– Comment ça ?

– La maréchaussée est venue le chercher un petit matin.

– Mais pourquoi ? Mon père… y aurait-il été pour quelque chose ?

– Aucune idée, mademoiselle... J'ai juste vu les gendarmes lui passer les bracelets, puis ils l'ont amené comme un vulgaire voleur de poules dans la voiture cellulaire ! Quand il est passé devant moi, il avait la tête basse et l'air d'un homme brisé... Sans doute a-t-il été transféré dans un camp...

– Et personne ne l'a jamais revu, je suppose ? fit Monique, un peu dépitée de cette disparition.

– Revu ? Certes non ! Mais...

– Vous avez eu de ses nouvelles ? demanda-t-elle d'un ton presque suppliant.

– Eh bien... figurez-vous qu'une carte postale du lac de Constance m'est arrivée quelques années plus tard. C'était vers le 14 ou le 15 septembre 1926, juste avant le début des vendanges...

– Diable ! comment pouvez-vous être si précis ? fit Monique, surprise de la mémoire du vieil homme.

– Oh, tout simplement parce que trois jours avant l'Allemagne avait été officiellement admise à la SDN ! Tous les journaux ne parlaient que du discours de Briand, le pèlerin de la paix comme on l'appelait ! « Arrière les fusils, les mitrailleuses, les canons ! » Pour tous les anciens combattants que nous étions, marqués par l'enfer des tranchées, c'était l'espoir d'une paix durable ! Alors recevoir la carte d'un Boche à ce moment-là, c'était plus qu'un symbole !

– Mais pourquoi vous ?

– Parce qu'on discutait souvent ensemble et que personne n'y verrait de malice, peut-être.

– Et Friedrich disait quoi sur sa carte postale ?

– Oh, rien que des banalités… Qu'il allait bien, qu'il espérait revenir un jour pour nous voir… Il n'y avait que quelques lignes, vous savez, et je ne me souviens plus des mots exacts.

– Vous n'auriez pas conservé ce courrier, par hasard ?

– Non. J'ai cru devoir montrer la carte à votre mère et… elle l'a gardée.

– Gardée ?

– Oui, Mme Marguerite m'a chaleureusement remercié, et d'un geste presque naturel elle a enfoui la carte dans son corsage. Je ne savais que faire… Comme elle ne m'en a plus reparlé, je n'ai jamais osé la lui réclamer.

Maurice Dedieu se racla la gorge puis, après un court temps de silence, passa la main sur son crâne dégarni et articula un « Voilà, mademoiselle, je n'en sais pas plus… ». Il paraissait aussi ému qu'un premier communiant aux marches de l'autel sacré. Dans ses yeux qui avaient vu défiler tant de printemps, d'étés, d'automnes et d'hivers dans ce val de Garonne où l'autan souffle à décorner les bœufs, le passé avait rejoint le présent. Lorsqu'il se leva timidement pour prendre congé de l'héritière de la faïencerie Maréchal, Monique le sentit soulagé et serein. Les yeux brillants de fièvre, elle lui plaqua une bise sur la joue qui fit rougir le vieux paysan, peu habitué à de telles familiarités de la part de la fille d'un maître faïencier, cette aristocratie entrepreneuriale qui avait donné tant de travail aux gens du pays.

Partageant désormais avec le vieil homme le poids d'une histoire qu'elle devait assumer pour faire face à son destin de faïencière, elle le raccompagna en silence jusqu'à la porte de la demeure centenaire. En traversant le vestibule dallé de tomettes hexagonales, en passant devant la massive enfilade Napoléon III qui lui paraissait si grande quand elle était enfant, elle ne put s'empêcher de penser à la somme de tous les secrets, de tous les drames intimes dont les murs des Taillades avaient été les témoins. Ah, si les pierres pouvaient parler, retracer la mémoire des hommes d'hier pour permettre à ceux d'aujourd'hui de mieux affronter l'adversité, dire leurs douleurs, leurs espérances, leurs combats et leurs déceptions !

Dehors, le vent taquin en caressant les coteaux de son souffle moqueur jouait à saute-mouton d'un bosquet d'arbres à l'autre, emportant les dernières feuilles des branches bien dégarnies. Maurice Dedieu salua Monique d'un hochement de tête puis, coiffant son béret, il descendit les marches du perron et s'en alla, claudiquant de sa jambe raide à tout jamais par le chemin des aubépines, ces cenelles auxquelles la tradition populaire accorde bien souvent des vertus tonicardiaques et parfois même ésotériques. Monique le regarda s'éloigner aussi pensivement que l'on contemple la marche du temps. Encore sous le coup des surprenantes révélations de Japelune, elle devait chercher maintenant à se reconstruire, à assumer ce passé inédit qui lui posait plus de questions qu'il ne lui apportait de certitudes. Apprendre que l'on n'est pas la fille de son père avait généré un tel tsunami que sa raison manquait de défaillir. Sans doute lui faudrait-il du temps pour liquider un tel héritage !

Dans l'encadrement de la porte d'entrée, Monique Maréchal demeura immobile un long moment, se laissant porter par le torrent des pensées confuses et contradictoires qui l'agitaient. Une question ne cessait de la tarauder : pourquoi sa mère n'avait-elle donc jamais rendu la carte postale à Japelune ? Sans doute avait-elle peur que Maurice Dedieu, emporté par sa candeur et son goût immodéré du bavardage, ne commette l'imprudence de l'exhiber un jour sous les yeux de son mari, ravivant une blessure mal cicatrisée. L'avait-elle dans ce cas détruite, la déchirant en mille morceaux pour chercher à faire disparaître toutes les traces de sa faute conjugale ? Ou bien, après l'avoir serrée sur son cœur comme l'ultime souvenir d'un amour adultérin, l'avait-elle cachée quelque part, au plus profond d'une armoire à linge, là où personne et surtout pas Gaston n'irait jamais la chercher ?

Sa propre expérience de femme amoureuse la faisait plutôt pencher dans ce sens. Peut-être Marguerite avait-elle ainsi passé des heures à contempler en secret ce rectangle de carton noir et blanc, y posant ses lèvres dans l'espoir de se perdre dans les eaux grises du lac de Constance ? Ne retrouvait-elle pas les émois, telle une collégienne à l'aube de son premier béguin, à la lecture de ces quelques lignes, le souvenir fugace des instants délicieux d'une conduite coupable ? Forte de cette intime conviction, quand Monique ferma la porte sur la silhouette déjà lointaine de Japelune, elle était résolue à fouiller les Taillades de fond en comble pour tenter de mettre la main dessus. Et qui sait si à cette occasion elle ne trouverait pas d'autres traces de son vrai père ?

À l'image du fil d'Ariane, elle ne devait rien négliger pour savoir ce qu'était devenu par la suite l'ex-PGA Friedrich Rösener. S'était-il fondu dans la nuit barbare qui avait recouvert l'Allemagne d'une ombre noire à l'aube des années trente ? Dénicher cette carte, c'était trouver le début d'une piste…

Avec ordre et méthode, Monique, secondée par Rachel, passa la vieille demeure au peigne fin. Retrouver un courrier vieux de trente-sept ans n'était pas une mince affaire ! Autant chercher une aiguille dans une botte de foin ! Les deux femmes commencèrent par le grenier, ce qui était au demeurant un bon prétexte pour faire un peu de tri, de rangement et de ménage dans toutes les vieilleries entassées depuis des années par plusieurs générations de Maréchal. Vêtues d'une blouse grise usagée et d'un grand sarrau noir comme en portaient jadis les maîtres d'école, tels des scaphandriers elles firent une courageuse plongée dans le bric-à-brac. S'étendant sur toute la surface de la maison, il remplissait les combles d'un univers d'objets hétéroclites, recouverts d'épaisses toiles d'araignées.

Au bout de deux jours, les deux femmes avaient avalé un océan de poussière, alimenté à profusion le grand feu de la cheminée du salon et accompli avec le break Citroën trois voyages à la décharge sauvage où les habitants du bourg avaient pris l'habitude depuis quelques mois de se débarrasser des encombrants que les « boueux » ne ramassaient pas. Mais, malgré leurs efforts, la carte postale du lac de Constance était introuvable. Sans autre éclairage que la médiocre clarté donnée par l'œil-de-bœuf de la lucarne et le faisceau jaunâtre d'une pile plate Wonder, il y avait de quoi perdre courage au milieu de ce fatras de chaises cassées, de cartons qui bâillaient comme des ventres, de potiches aux cols brisés, de hardes démodées, de piles de journaux jaunis qui s'entassaient en un gargantuesque méli-mélo propre à dégoûter toutes les fées du logis en puissance.

– Dis-moi, tu as regardé celle-là ? fit Monique en avisant une grosse caisse en bois identique à celle qui servait parfois aux volumineuses expéditions, rangée un peu à l'écart, juste sous une poutre maîtresse de la charpente.

– J'ai juste soulevé le couvercle… Je crois que ça concerne la fabrique mais je n'ai pas trié…

– Eh bien allons-y ! soupira Monique en s'asseyant sur un tabouret pour plonger la main dans un magma de dossiers cartonnés, tous ficelés d'une sangle de toile, estampillés de dates correspondant aux exercices comptables.

Il y avait là, rangés selon un ordre à peu près chronologique, un monceau de factures, de bons de commande, de récépissés de livraison, de bordereaux d'expédition, d'anciennes correspondances avec des fournisseurs et des clients. À consulter ces documents, on pouvait reconstituer sans peine le fonctionnement de l'entreprise au jour le jour. Pour intéressant que fût ce fonds d'archives sur les années 1941 à 1951, Monique était sans grande illusion sur la possibilité d'y trouver la carte postale recherchée. Mais, faisant preuve de persévérance, elle se remit au travail, ouvrant un à un les dossiers à dos cartonné. La plupart n'avaient qu'un intérêt commercial. Toutefois, à compulser ces vieux papiers, on percevait bien que, pendant les années de guerre, la fabrique avait tourné plutôt au ralenti. Les affaires n'avaient vraiment bien repris qu'à partir de l'année 1947 où, après l'échec des grèves insurrectionnelles conduites par la CGT, avec le sentiment de paix sociale assurée, le flux de commandes s'était intensifié.

Monique ouvrait la sangle de toile d'un dossier étiqueté « Bons de commande » de cette année-là quand une enveloppe sombre glissa sur le parquet poussiéreux. Elle se baissa pour la ramasser. En dehors de la mention « République Française », l'enveloppe de papier bleu ressemblait à s'y méprendre, à quelques centimètres près, à celles utilisées par le ministère de l'Intérieur pour y glisser un bulletin de vote lors des élections. Monique retourna l'enveloppe et le timbre attira son regard. De couleur rose carminé, avec une valeur faciale de 4,50 anciens francs, ce portrait de Louvois, gravé par Raoul Serres et imprimé en taille douce, était plus joli que la banale Marianne de Decaris qui tamponnait désormais le courrier ordinaire.

Le cachet de la poste oblitéré sur l'enveloppe était partiellement effacé. Monique dut approcher sa pile électrique pour déchiffrer dans l'encre noire écrasée les mots de « Poste centrale-Strasbourg » et la date de 1947. Sans doute une commande d'Alsace, pensa-t-elle. Et, machinalement, elle plongea deux doigts dans l'enveloppe pour en extraire la demi-feuille d'un bloc de correspondance, semblable à ceux utilisés aujourd'hui pour le courrier aérien comme l'indique souvent la mention *Air Mail* en filigrane. Le papier était mince, sans doute un effet de ces pénuries persistantes qui touchaient encore le pays, rendant nécessaire le maintien des cartes d'alimentation jusqu'en 1949. Tranquillement, elle le déplia et, sous l'éclairage blafard de la pile Wonder, elle lut les premiers mots et crut que son cœur aller s'arrêter de battre.

Chère famille Maréchal,

Comment allez-vous tous ? N'ayant malgré les années rien oublié des Taillades, j'espère que vous avez traversé sans problème la grande épreuve qui a frappé nos deux peuples à nouveau dans ce siècle.

Cette fois, j'ai été prisonnier des Américains mais seulement quelques semaines en avril 1945 et j'ai repris après mon travail à jouer du piano dans l'Orchestre symphonique de la radio SWR de Baden-Baden et Fribourg-en-Brisgau sous la direction de George Szell.

Supportant mal l'air de l'Allemagne d'aujourd'hui, je suis revenu vivre en France au début de cette année où l'Orchestre philharmonique de Strasbourg a bien voulu m'accueillir. L'Alsace sent si bon le pays de mes ancêtres français !

Avec mon meilleur souvenir,

Votre dévoué Friedrich Rösener

Monique était bouleversée, ses mains tremblaient, elle avait le souffle court, la gorge sèche et était incapable de faire un geste. La lettre faillit lui échapper des doigts. C'était une lettre de son père… et Friedrich Rösener était toujours vivant en 1947 ! Ainsi avait-il réussi à traverser les années sombres du nazisme ! Ainsi avait-il aussi survécu à la tourmente de la Seconde Guerre mondiale ! La date même de cette lettre en était la preuve. Elle portait aussi témoignage que, trente ans après, l'ancien PGA n'avait rien oublié... Monique ne parvenait pas à discipliner le tremblement nerveux qui agitait ses mains. Suivait une adresse, « Quai Finkwiller », en plein cœur du quartier de la Petite France, à Strasbourg...

À cet instant, Rachel se retourna, exhibant triomphalement d'une panière d'osier un col de renard argenté comme les femmes de la bourgeoisie provinciale en portaient au début du siècle. La fourrure avait perdu tout son lustre d'antan. Sale et râpée par endroits, elle était marquée par des traces de maquillage et de poudre de riz. Elle s'apprêtait à lancer une plaisanterie sur l'usage hivernal possible de sa trouvaille quand, dans la fade clarté que l'œil-de-bœuf répandait dans le grenier, elle vit que son amie était comme frappée de stupeur. Craignant qu'elle ait un malaise, elle l'appela doucement mais Monique demeurait immobile, l'esprit chaviré du souffle d'une folle espérance qu'elle sentait désormais à portée de main : retrouver celui qui était son père biologique.

– Monique... Monique... Tu m'entends ? répéta-t-elle en faisant quelques pas dans sa direction. Ça va ? Qu'est-ce que tu as ? Tu es malade ? Tu te sens mal ?

– Tiens ! Regarde... Cette lettre, elle est de lui ! murmura-t-elle. Tu te rends compte ! Rachel, mon Dieu ! Tu te rends compte ! s'écria-t-elle, enfin pleine d'une passion soudaine qui la faisait vibrer comme une corde de violon. Il est peut-être encore vivant... Vivant, Rachel ! Vivant ! Cette lettre, c'est une preuve, non ?

– Cette lettre date de 1947, c'est-à-dire il y a dix-sept ans…

– Et alors ?

– Et alors, il y a que beaucoup d'eau a coulé sous les ponts !

– Il faut absolument que je sache, tu comprends ! Je ne peux pas rester avec cette incertitude ! Mon vrai père…

– Garde ton calme…

– Je ne peux pas ! C'est plus fort que moi… Je descends à la poste consulter l'annuaire téléphonique ! lança-t-elle en déboutonnant rapidement la blouse grise et usagée qu'elle avait enfilée par-dessus sa robe pour affronter l'épaisse couche de poussière qui nappait tout dans le grenier des Taillades d'un uniforme voile opaque et presque gras.

Rachel avait rarement vu son amie en proie à un tel état d'excitation. Une jeune fille de la haute société à l'aube du Bal des débutantes, cette aristocratique manifestation mondaine créée quelques années plus tôt, en 1957, au château de Versailles, ne devait pas être moins survoltée. La respiration haletante, agitant les bras en tous sens comme dans une comédie italienne, elle marchait nerveusement de long en large sans prendre garde aux solives basses de la charpente, au risque de se cogner méchamment la tête. Son débit, d'ordinaire calme et posé, se transformait en une avalanche de syllabes aussi sèches et brutales que le staccato des MG 42, ces mitrailleuses allemandes dont elle conservait à l'oreille le son rauque de sinistre mémoire. Sans lui laisser le temps de répondre, Monique s'était précipitée si rapidement dans l'étroit escalier que, sans le bon réflexe d'agripper la rampe, elle se serait retrouvée en bas des marches en piteux état. Rachel soupira, elle reposa la lamentable étole de renard argenté qu'elle tenait encore à la main et se résigna à suivre son amie.

Après un bref mais utile passage à la salle d'eau pour se rendre plus présentable, Monique Maréchal s'engouffra dans le break Citroën. Rachel, sur ses talons, eut juste le temps de fermer la portière de l'ID 19. La voiture démarra sur les chapeaux de roues, soulevant un nuage de poussière dans le chemin bordé d'aubépines que l'autan, « ce vent qui rend fou », se hâta de dissiper. Heureusement que Japelune ne traînait pas au bord de la route comme à l'accoutumée et que la maréchaussée avait ce jour-là d'autres chats à fouetter qu'à contrôler les excès de vitesse. Son irruption au bureau de poste de Martres-Tolosane fit l'effet d'une tornade à l'employée au visage rubicond, placidement installée derrière son guichet de marbre gris, et à la petite vieille occupée à déposer le reliquat de sa retraite sur son livret de Caisse d'Épargne.

– L'annuaire du Bas-Rhin, s'il vous plaît. Vite !

– Mais on ne l'a pas, madame…

– Comment ça, vous ne l'avez pas ?

– Nous n'avons que ceux de la région.

– Et où puis-je le trouver ?

– Il vous faut aller à Cazères.

– À Cazères ?

– Oui, là-bas, ils ont toute la France… mais, si vous voulez un numéro précis, je peux téléphoner à ma collègue.

Monique la remercia chaleureusement et aussitôt gagna la petite ville située à quelques kilomètres de là, sur les bords d'une Garonne assagie depuis sa sortie des Pyrénées. Cazères, cette bastide du temps de Gaston Phébus, 1 500 habitants de plus que Martres-Tolosane, promue par la République au rang de chef-lieu de canton, offrait en effet une ossature de services publics plus complète qui en faisait, à son échelle, une micro-capitale locale. Dans le bureau de poste, Monique trouva rapidement sur un présentoir ce qu'elle cherchait. Les annuaires téléphoniques de toute la France étaient alignés par département, agencés en une double rangée de modernes classeurs au dos épais de plastique rouge. Il ne lui fallut pas longtemps pour mettre la main sur celui qui intéressait la ville de Strasbourg. Elle compulsait le bottin si vite, tournant si brusquement les feuilles qu'elle faillit déchirer une page. Parvenu à la lettre R, son doigt glissa de ligne en ligne et s'arrêta brutalement, comme un chien d'arrêt devant une compagnie de perdreaux, au milieu de la colonne centrale sur un certain Friedrich Rösener, Quai Finkwiller…

– J'ai trouvé ! jeta-elle comme un cri de victoire, déchaînée.

– Tu es sûre que c'est lui ? demanda Rachel.

– Il n'y en a pas d'autre…

– Fais voir !

– Tiens, regarde, là… le 32.77.43… Friedrich Rösener !

– C'est peut-être un homonyme…

– L'adresse est la même. Je suis sûre que c'est lui ! Tu vois, mon intuition ne m'avait pas trompée, ajouta-t-elle triomphante.

Un large sourire illuminait son visage qui prenait l'aspect de ces petits matins clairs où le vent frais du soleil levant est prometteur d'émotions profondes. Il gommait les quelques rides que l'âge commençait à faire apparaître subrepticement à la commissure de ses yeux en amande. Toute la fatigue de ces dernières semaines où Monique s'était jetée à corps perdu dans la gestion de la fabrique était dissipée. Oubliée la fin tragique de Marcel Laffargue ! Pour elle, les portes du passé s'entrouvraient et, dans ses yeux pétillant à nouveau de joie, on pouvait voir brûler la petite flamme du bonheur retrouvé. Ainsi, Monique avait l'air de renaître à la vie. Il y avait plusieurs mois que Rachel ne l'avait vue aussi radieuse. La mort de Jeff au printemps avait si douloureusement assombri son existence !

« Demain, je pars pour Strasbourg ! » lui annonça-t-elle avec une ardeur à soulever des montagnes.

Épilogue

De retour aux Taillades, il ne fallut pas longtemps à Monique pour boucler son bagage. Dans un sac en cuir ayant appartenu à Gaston Maréchal, elle jeta de quoi passer trois ou quatre jours. Bien que n'ayant pas l'habitude de manier le break Citroën, Rachel la conduisit à la petite gare de Martres le lendemain matin même. Au terme d'un long voyage d'abord jusqu'à Paris où elle passa la nuit, Monique Maréchal gagna la gare de l'Est et débarqua le 2 décembre 1964 à Strasbourg vers 13 heures. Les souvenirs que cette capitale européenne qui avait changé quatre fois de nationalité en soixante-quinze ans lui avaient laissé, remontaient au mois de juin 1945. Depuis sa libération le 23 novembre 1944 par les troupes de Leclerc, la ville cherchait à oublier les années sombres de la guerre et la politique de germanisation des nazis. De la capitale de l'Alsace devenue symbole de la réconciliation franco-allemande, Monique ne connaissait que la gare SNCF, un hôtel minable où logeait la tournée dont elle avait accepté de faire partie et le cabaret où, trois soirs de suite, elle avait chanté en première partie d'un spectacle plutôt miteux. Seule la douceur de l'air au cours d'une promenade sur les quais de l'Ill lui avait laissé une impression agréable.

Le taxi, une 403 aussi grise que le ciel d'Alsace, la déposa à l'entrée du pont Saint-Thomas, à quelques mètres de la rue où habitait Friedrich Rösener. Monique régla la course et sortit de la voiture, son sac de voyage à la main. Elle ne put réprimer un frisson sous le souffle du vent glacial qui balayait les quais de l'Ill, ridant la surface de l'eau. À l'évidence, son léger manteau de drap beige, suffisant vu la clémence des hivers du Midi toulousain, convenait bien mal pour affronter la froidure que le thermomètre affichait depuis quelques jours. Elle traversa la chaussée et, au-delà d'un bouquet d'arbres orphelins des feuilles d'un automne finissant, elle put mieux chercher un numéro pour se repérer. Le chauffeur de taxi n'avait pas menti. À une petite vingtaine de mètres, elle aperçut une jolie porte de bois sombre agrémentée d'un heurtoir de laiton bien astiqué au milieu d'une façade claire à la propreté toute germanique. C'était là…

Monique s'approcha, le pas ralenti par l'émotion. Arrivée au seuil de la porte, elle releva la tête et vit qu'il y avait de jolis rideaux aux fenêtres. À cet instant, elle mesura pleinement l'importance du moment qu'elle était en train de vivre. Ces minutes n'étaient-elles pas comme une seconde naissance ? Sur une plaque de cuivre jaune au-dessus du bouton-poussoir de la sonnette, dans le chambranle à gauche, elle lut le nom de Friedrich Rösener. Aussitôt, son cœur se mit à battre plus fort. Un flot de pensées brinquebalait dans sa tête en une cacophonie confuse. Pour tenter de retrouver un peu de sérénité, elle ferma les yeux un bref instant, prit une grande respiration, comme lorsqu'elle entrait en scène, puis d'un index ferme elle appuya sur le bouton. La sonnerie étouffée qui résonna à l'intérieur la ramena brutalement à la réalité. Elle tendit l'oreille et entendit un bruit de pas.

La porte s'ouvrit sur une dame à cheveux gris acier soigneusement tirés en arrière et partagés par une raie aussi droite que si elle avait utilisé un fil à plomb de maçon. Âgée d'une soixantaine d'années, elle portait un chemisier de dentelle blanche rehaussée et colorée de broderies de fleurs champêtres. Les yeux très bleus, le teint pâle, la bouche discrètement soulignée d'un léger filet de rouge à lèvres, elle fixa sur Monique un œil rond de surprise évoquant celui des dorades posées sur un lit de glace à l'étal du poissonnier. Toutefois, sous son air sévère, presque austère, se manifestait une bienveillance naturelle, fruit des vertus d'une éducation à l'ancienne. Mais manifestement, pour cette dame, à cette heure de la journée, ce coup de sonnette était à l'évidence inattendu, pour ne pas dire inopportun.

– Vous désirez ?

– M. Friedrich Rösener, c'est bien ici ? fit Monique, la voix éraillée d'émotion.

– Oui, madame. C'est à quel sujet ?

– C'est… c'est personnel…

– Vous êtes attendue ? demanda la dame en la toisant de la tête aux pieds.

– Non, pas vraiment…

– Dans ce cas, je crains qu'il ne puisse vous recevoir…

– Mais pourquoi, madame ?
– M. Rösener se repose.
– Écoutez, je viens de loin…
– Inutile d'insister, madame, répliqua froidement la dame aux cheveux gris en fermant la porte.
– Madame ! Madame ! Je vous en prie…
– Quoi encore ?
– Dites-lui que sa fille est là, articula-t-elle comme si elle se jetait à la mer dans un effort désespéré, les yeux pleins de larmes.
– M. Rösener n'a pas de fille !
– Dites-le-lui quand même ! J'attendrai !

La dame aux cheveux gris hésita encore quelques secondes. Elle retoisa Monique de la tête aux pieds. N'était-ce pas là un prétexte inventif pour un de ces démarcheurs à domicile, vendeurs de stylos bille ou d'aspirateurs, comme on en voyait passer régulièrement, représentants de commerce spécialistes du porte-à-porte que le suréquipement croissant des ménages des années des Trente Glorieuses rendait de plus en plus agressifs ? Elle la jaugea dans l'entrebâillement de la porte. Cette femme n'avait qu'un modeste bagage à main au bout des doigts… D'autre part, sa silhouette élégante, son manteau de bonne facture, sa mine avenante étaient des éléments favorables… Mais c'est la larme qu'elle vit discrètement perler à la commissure des yeux en amande de Monique qui fut décisive : « Un instant, s'il vous plaît ! »

Sans la laisser entrer davantage, la dame aux cheveux gris tourna la tête pour appeler dans une langue gutturale dont Monique ne put distinguer s'il s'agissait d'un patois germanique ou de la langue de Goethe. Au bout de quelques secondes, la haute silhouette d'un homme vêtu d'un pull-over à col roulé noir se dessina dans l'embrasure d'une porte au fond du couloir aux murs ornés de grandes images d'Épinal. S'ensuivit un bref dialogue et l'homme fit enfin quelques pas vers la lumière, ce qui permit à Monique, toujours à l'entrée du seuil, de distinguer mieux les traits de son visage. Encadré d'une volumineuse masse de cheveux mi-longs d'un blanc aussi immaculé que la neige, son visage était empreint d'un mélange de bonté et de sérénité. Il s'approcha d'elle et, dans un silence aussi glacé que le vent qui balayait toujours par bourrasques les quais de l'Ill, il la dévisagea d'un œil où l'étonnement se teintait de curiosité et d'inquiétude.

– Je suis la fille de Marguerite, balbutia-t-elle.

– Marguerite ? fit-il en levant un sourcil interrogateur.

– Oui, Marguerite Maréchal, vous vous souvenez, n'est-ce pas ?

L'homme aux cheveux blancs ne répondit pas. Saisi de surprise, il ouvrit ses grands yeux bleus, cilla des paupières pour se persuader qu'il ne rêvait pas et recula d'un pas comme si quelque chose d'invisible risquait brutalement de le frapper. Sa pomme d'Adam monta et descendit. Un grand trouble l'envahissait. Les images du temps passé surgissaient dans la brume de sa mémoire. Des souvenirs qui avaient la force d'un boomerang… Balayé par cette émotion soudaine qu'il avait du mal à contrôler, l'homme vacilla presque, au point d'esquisser un geste d'appui pour ne pas sombrer telles

les feuilles des arbres sous le vent de novembre. Il lui fallut une longue minute pour dominer la tempête que ces quelques mots avaient fait naître en lui avant qu'il ne puisse prononcer un « Entrez » qui, pour Monique, était déjà presque une reconnaissance. Friedrich Rösener l'introduisit dans un petit salon orné de meubles en bois polychrome à l'image des stubs des maisons médiévales du pays. Monique jeta un bref coup d'œil à cet ensemble au décor fleuri, bien différent du style Henri II des Taillades. Elle se retourna vers lui et le vieil homme lui dit d'une voix douce : « Il y a si longtemps que j'attendais ce moment ! »

Friedrich Rösener l'invita à s'asseoir. Après un temps de silence il se lança dans une longue confession, il lui retraça les circonstances de sa rencontre avec sa mère, un jour de mai 1917 où la caresse du soleil tiède sur la peau avait la douceur d'une pêche. Arrivé aux Taillades quelques semaines plus tôt, employé à des tâches domestiques, le goût de la belle musique n'avait pas tardé naturellement à rapprocher les deux jeunes gens. Quelque peu esseulée, la jeune femme se pâmait quand, l'après-midi, Schubert ou Brahms couraient sous les doigts du beau PGA, talentueux pianiste. Marguerite avait des excuses : Gaston était un mari peu attentif, aux manières bien rudes… Friedrich n'avait pas eu besoin de lui faire la cour et, à ce jeu-là, ils étaient tombés dans les bras l'un de l'autre, croquant avec passion un fruit défendu que l'interdit tout aussi conjugal que patriotique rendait d'autant plus savoureux.

– Et puis, c'était la guerre ! conclut Friedrich, un peu fataliste.

– Mais Marguerite, dans tout ça ?

– Devant son mari, elle a assumé notre faute commune avec courage.

– Que voulez-vous dire ? demanda Monique, troublée.

– Quelques semaines après votre naissance, un soir, votre mère lui a tout avoué…

– Si Gaston Maréchal a toujours su la vérité, pourquoi donc ne m'a-t-il jamais rien dit ? lança-t-elle.

– Et que voulez-vous qu'il vous ait dit, soupira Friedrich Rösener. Le seul honneur des cocus, c'est le silence !

Quand, en fin d'après-midi, Monique retraversa le pont Saint-Thomas sous les bourrasques d'une bise glacée où se mêlaient par moments quelques flocons de neige, les dernières paroles de Friedrich Rösener résonnaient encore dans sa tête. À l'image des cumulus chassés par l'autan mutin quand il dégage le ciel des Pyrénées, le voile des incompréhensions qui l'avaient habitée dans sa jeunesse s'était déchiré. Friedrich Rösener lui avait promis de revenir passer quelques jours aux Taillades au printemps, histoire de rattraper un peu de ce temps que la vie leur avait volé. Gaston Maréchal avait récolté ce qu'il avait semé ! Son aveuglante passion pour la faïence et son excessif esprit d'entreprise l'avaient conduit à trop délaisser sa jeune épouse qui avait succombé au charme juvénile d'un Allemand, un fils de ce peuple vomi par quarante années d'une haine revancharde. Ainsi, pour

Gaston, Monique avait toujours été la fille du Boche, le vivant reproche de l'infidélité de Marguerite. Mais, portée par les vents contraires de l'Histoire, dans le respect du silence des uns et des souffrances des autres, Monique Maréchal, assumant désormais pleinement son destin, savait qu'elle resterait pour tous les autres la fille de la fabrique.

Collection

« FRANCE DE TOUJOURS ET D'AUJOURD'HUI »

Jean Anglade, *Une vie en rouge et bleu*
Le Dernier de la paroisse
Le Choix d'Auguste
Sylvie Anne, *Le Gantier de Jourgnac*
La Maison du feuillardier
Jean-François Bazin, *Les Raisins bleus*
Le Clos des Monts-Luisants
Le Vin de Bonne-Espérance
Henriette Bernier, *Le Baron des champs*
Jean-Baptiste Bester, *L'Homme de la Clarée*
Françoise Bourdon, *Le Moulin des Sources*
Le Mas des Tilleuls
Édouard Brasey, *Les Lavandières de Brocéliande*
Patrick Breuzé, *Les Remèdes de nos campagnes*
La Valse des nuages
Michel Caffier, *Corne de brume*
La Paille et l'Osier
Anne Courtillé, *La Tentation d'Isabeau*
Le Gaucher du diable
Annie Degroote, *Les Racines du temps*
Jérôme Deliry, *Une rivière trop tranquille*
Raphaël Delpard, *L'Enfant sans étoile*
Pour l'amour de ma terre
Alain Dubos, *La Mémoire du vent*
La Corne de Dieu
Marie-Bernadette Dupuy, *Les Fiancés du Rhin*
Angélina. Les mains de la vie
Élise Fischer, *Les Noces de Marie-Victoire*
Emmanuelle Friedmann, *Le Rêveur des Halles*
La Dynastie des Chevallier
Alain Gandy, *Les Cousins de Saintonge*
Gérard Georges, *Une terre pour demain*
Le Destin des Renardias
Le Bal des conscrits

Yves Jacob, *Sous l'ombre des pommiers*
Hélène Legrais, *L'Ermitage du soleil*
Les Héros perdus de Gabrielle
Les Ailes de la tramontane
Philippe Lemaire, *Rue de la Côte-Chaude*
L'Enfant des silences
Éric Le Nabour, *Retour à Tinténiac*
La Louve de Lorient
Jean-Paul Malaval, *L'Or des Borderies*
Soleil d'octobre
Les Noces de soie
La Villa des térébinthes
Antonin Malroux, *La Promesse des lilas*
La Cascade des loups
La Pierre marquée
Jean-Luc Mousset, *L'Enfant des labours*
Joël Raguénès, *La Maîtresse de Ker-Huella*
Jean Siccardi, *La Source de saint Germain*
Le Maître du diamant noir
Jean-Michel Thibaux, *L'Olivier du Diable*
Le Maître des Bastides
Brigitte Varel, *Le Secret des pierres*
Louis-Olivier Vitté, *La Guérisseuse de Peyreforte*

Collection

« ROMAN D'AILLEURS »

Jean Bertolino, *Pour qu'il ne meure jamais*
Jean-Baptiste Bester, *Les Neiges de Toula*
Marie-Bernadette Dupuy, *L'Orpheline des neiges*
Le Rossignol de Val-Jalbert
Éric Le Nabour, *La Dame de Kyoto*

Michel Peyramaure, *Les Villes du silence*
Tempête sur le Mexique
Mourir pour Saragosse
Les Folies de la duchesse d'Abrantès
Bernard Simonay, *La Fille de l'île Longue*

ROMANS HORS COLLECTION

Jean-Jacques Antier, *Blanche du Lac*
Le Convoi de l'espoir
Jean-Baptiste Bester, *Le Cocher du Pont-Neuf*
Lucien De Pena, *L'Argent des autres*
Joël Raguénès, *L'Instinct du prédateur*
Bernard Simonay, *Le Lys et les Ombres*

DOCUMENTS

Jérôme Deliry, *Sept Enfants autour du monde*
Charles Guilhamon, *Sur les traces des chrétiens oubliés*
Frédéric Pons, *Algérie. Le vrai état des lieux*

Photocomposition PCA

Achevé d'imprimer en novembre 2013
par DUPLI-PRINT à Domont (95)
pour le compte des éditions Calmann-Lévy
31, rue de Fleurus, 75006 Paris

N° d'éditeur : 5186762/02
N° d'impression : 2013110980
Dépôt légal : novembre 2013
Imprimé en France